CB036319

TUBA

PETER BE

PERIGO

ÁREA SUJEITA
A ATAQUE
DE TUBARÃO

DANGER

BATHERS IN THIS AREA
ARE AT A GREATER
THAN AVERAGE RISK
OF SHARK ATTACK

JAWS
Copyright © 1974, renewed 2002 by Benchley IP, LLC.

Introduction copyright © 2005 by Winifred W. Benchley

Peter Benchley is a registered trademark with the
US Patent and Trademark office. All rights reserved.

Imagem da Capa © Everett Collection
Imagens do Miolo © Stockphotos, © 123rf

Tradução para a língua portuguesa © Carla Madeira, 2015

Os personagens e as situações desta obra são reais
apenas no universo da ficção; não se referem a pessoas
e fatos concretos, e não emitem opinão sobre eles.

Diretor Editorial
Christiano Menezes

Diretor Comercial
Chico de Assis

Diretor de Novos Negócios
Marcel Souto Maior

Diretora de Estratégia Editorial
Raquel Moritz

Gerente Comercial
Fernando Madeira

Gerente de Marca
Arthur Moraes

Capa e Projeto Gráfico
Retina 78

Gerentes Editoriais
Bruno Dorigatti
Marcia Heloisa

Coordenador de Diagramação
Sergio Chaves

Revisão
Joana Milli
Retina Conteúdo

Finalização
Sandro Tagliamento

Marketing Estratégico
Ag. Mandíbula

Impressão e Acabamento
Gráfica Geográfica

DADOS INTERNACIONAIS DE CATALOGAÇÃO NA PUBLICAÇÃO (CIP)
Jéssica de Oliveira Molinari CRB-8/9852

Benchley, Peter
    Tubarão / Peter Benchley ; tradução de Carla Madeira. — 2. ed.
    — Rio de Janeiro : DarkSide Books, 2021.
    280 p. : il.

    ISBN: 978-65-5598-100-1
    Título original: Jaws

    1. Ficção norte-americana 2. Fantasia I. Título II. Madeira, Carla

21-2152   CDD 813.6

Índice para catálogo sistemático:
1. Literatura americana

[2021, 2024]
Todos os direitos desta edição reservados à
DarkSide® *Entretenimento* LTDA.
Rua General Roca, 935/504 — Tijuca
20521-071 — Rio de Janeiro — RJ — Brasil
www.darksidebooks.com

TUBARÃO
PETER BENCHLEY

DARKSIDE

TRADUÇÃO
CARLA MADEIRA

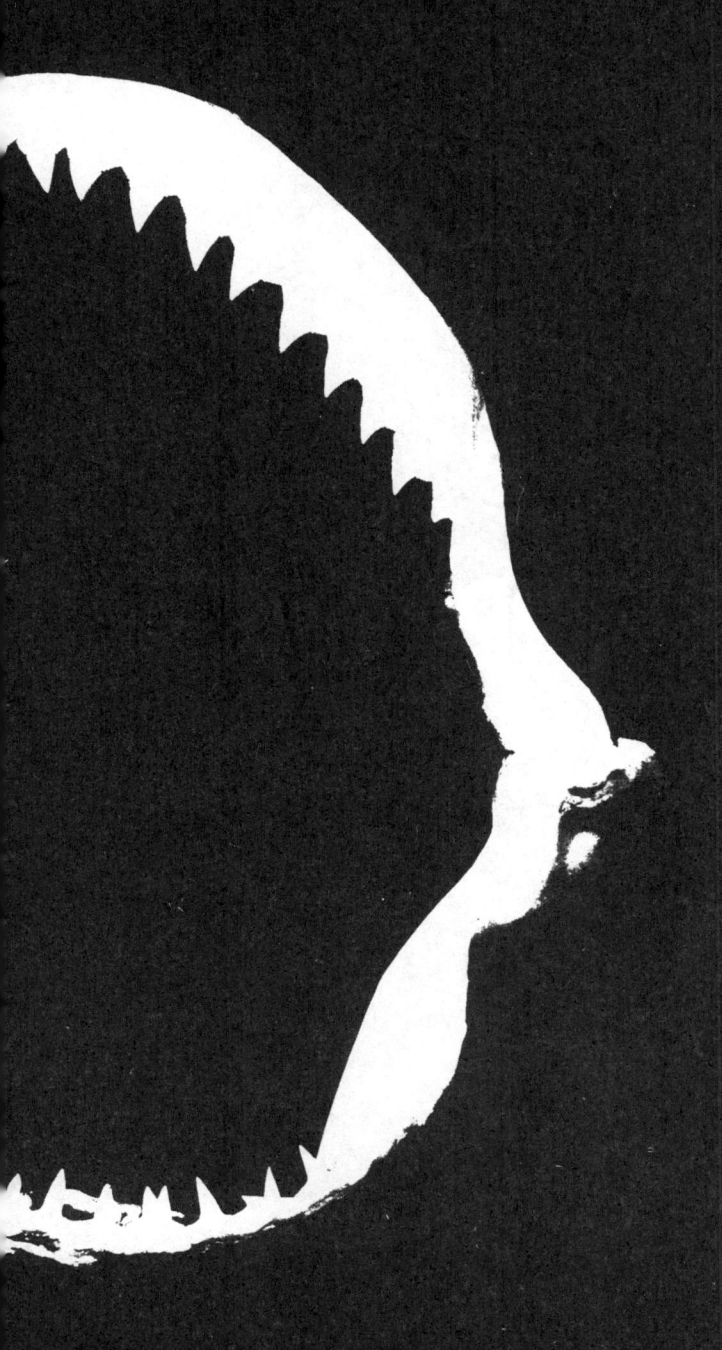

PARA WENDY

INTRODUÇÃO
PETER BENCHLEY

Tubarão foi o resultado de uma paixão de infância. Como milhões de outras crianças, desenvolvi, desde cedo, um fascínio por tubarões. Por ter passado meus verões em Nantucket, uma ilha no Oceano Atlântico a uns cinquenta quilômetros do continente, pude me entregar a essa paixão com frequência e regularidade. Nos anos 1940 e 1950, as águas em torno de Nantucket eram ricas de vida selvagem, incluindo tubarões de várias espécies: tubarões-areia, tubarões-azuis, tubarões-makos, e, apesar de à época eu não saber, grandes tubarões-brancos. Quando meu pai, meu irmão e eu íamos pescar em dias de vento fraco, víamos as barbatanas dos tubarões ziguezagueando pela superfície calma do mar. Para mim significavam o desconhecido e o misterioso, de um perigo invisível e de uma ferocidade irracional.

Durante a adolescência e início dos meus 20 anos, li a maioria dos livros sobre tubarões que havia disponíveis — não havia muitos —, e em 1964 li uma matéria num jornal sobre um pescador que havia arpoado um grande tubarão-branco de mais de duas toneladas na região de Long Island. Lembro-me de na época pensar "Meu Deus, o que aconteceria se um desses monstros chegasse numa região de veraneio e não fossem embora?" Guardei a matéria na carteira e por um bom tempo não pensei mais a respeito.

Aí, em 1971, um documentário chamado *Morte Branca em Água Azul (Blue Water, White Death)* foi lançado. Era a história de uma expedição liderada por Peter Gimbel, um herdeiro de uma loja de departamentos e aventureiro profissional na busca e filmagem de um grande tubarão-branco. *Morte Branca* foi e é, na minha opinião, o mais primoroso filme que já foi feito sobre tubarões. No mesmo ano, o ótimo livro de Peter Matthiessen sobre a expedição, *Blue Meridian*, foi publicado, e os dois eventos não somente confirmaram meu fascínio por tubarões como também impulsionaram as engrenagens do romance na minha cabeça.

Eu não me interessava por contar uma história de terror de uma nota só: tubarão come gente. Me concentrei na questão sobre o que realmente *aconteceria* se um predador gigantesco fechasse o cerco sobre um balneário. A primeira reação das autoridades, pensei, seria a de tentar abafar o problema na esperança de que ele fosse embora. Alguns balneários têm 80 ou 90% de suas receitas anuais proveniente dos três meses de verão, e um pânico decorrente de um ataque de tubarão poderia arruinar os negócios da estação. Claro, no segundo ou terceiro ataque fatal, seria impossível manter o silêncio. Quem seriam as autoridades? Um chefe de polícia, provavelmente. E não seria interessante se ele fosse um homem que temesse e detestasse a água? Quem seria sua mulher? Teriam filhos? Eles procurariam ajuda de uma autoridade em tubarões? Um biólogo marinho, talvez, cuja ambição fosse estudar o tubarão, não matá-lo. E como a cidade reagiria ao forasteiro? Todas essas perguntas e outras dez mil me assaltaram assim que comecei a contar a história para mim. Logo a história começou a se contar por si só e de vez em quando os personagens fugiam do meu controle, correndo em várias direções. Eu os trazia de volta, conversava com eles e decidia se seus destinos seriam ou não apropriados.

Quando estava escrevendo *Tubarão*, o movimento ecológico que conhecemos hoje não existia. Sim, havia iniciativas em formação para salvar baleias; sim, as pessoas estavam conscientizadas de que a poluição do ar e da água era um problema; sim, pesticidas e outros materiais tóxicos estavam sendo reconhecidos como perigosos para pássaros e peixes. Mas para a população em geral os oceanos permaneciam como sempre foram — eternos, intocáveis, capazes de se manterem ilesos independentemente do que os homens jogassem neles. Quanto aos tubarões... bem, só algumas pessoas no planeta sabiam algo sobre tubarões. Para a maioria, e especiamente para os pescadores e mergulhadores, a verdade absoluta era: tubarão bom é tubarão morto.

Eu me orgulhava de saber mais sobre tubarões do que as pessoas em geral, todavia sucumbia à lenda e a aceitava — ou as aceitava, pois elas eram uma legião — assim como a verdade. Tubarões atacavam barcos? Claro que atacavam. Atacavam alvos humanos? Pode apostar. Eu tinha lido sobre vários ataques de tubarões. Eles ficavam numa única área, matando e matando, até que fossem pegos e mortos ou acabassem com o estoque de alimento? Com certeza. E aquele tubarão que foi até um *rio* de Nova Jersey em 1916 e matou quatro pessoas? Muitas vezes eu assegurava aos meus entrevistadores que cada um dos episódios relativos ao comportamento do tubarão em *Tubarão* (o livro, lembre-se, não o filme) realmente aconteceu — não todos de uma vez, não com o mesmo tubarão, mas no decorrer dos anos e num mar em algum lugar do mundo. Eu estava certo também; cada episódio descrito no livro *aconteceu*... não pelas razões que eu coloquei, nem com os resultados que eu havia imaginado.

Passaram-se anos até eu aprender as verdades biológicas e comportamentais sobre tubarões em geral, e em particular sobre os grandes tubarões-brancos. Aprendi sobre eles devagar, em primeira mão, geralmente na companhia de cientistas, de pescadores ou de mergulhadores, e cada descoberta era fascinante, apesar de um tanto humilhante. Uma das primeiras lições que aprendi foi que tubarões não somente não perseguem ou atacam seres humanos como eles evitam os humanos sempre que possível — afinal, somos uns forasteiros grandes, barulhentos e feios que, até onde um tubarão sabe, podem se impor como um perigo mortal — e os mordem muito raramente. Eles nem gostam do nosso sabor, e os grandes tubarões-brancos geralmente cospem os humanos de volta porque eles são muito ossudos e sem gordura (se comparados a focas, claro).

Com o conhecimento acumulado de dezenas de expedições, centenas de mergulhos e incontáveis encontros com tubarões de muitos tipos veio a descoberta de que eu nunca poderia escrever *Tubarão* nos dias de hoje. Eu jamais demonizaria um animal, especialmente um que é muito mais antigo e muito mais bem--sucedido em seu habitat do que o homem foi ou um dia será, um animal que é vitalmente necessário para o equilíbrio da natureza no mar, e um animal que iremos — se não mudarmos nossos comportamentos destrutivos — extinguir da face da Terra.

Quando *Tubarão* estava quase pronto para ser publicado, minhas ambições com relação a ele eram modestas, para dizer o mínimo. Eu sabia que ele provavelmente não seria um sucesso comercial. Em primeiro lugar, era meu primeiro romance, e, salvo raras exceções como *...E o Vento Levou (Gone with the Wind*, 1936), os primeiros romances tendiam a mofar intactos nas prateleiras das livrarias. Em segundo lugar, era um primeiro romance sobre um peixe, e eu não me lembrava de nenhum sobre peixes que tivesse sido um sucesso de crítica ou de vendas. Além disso, eu tinha certeza de que ninguém nunca faria um filme do livro porque era impossível capturar e treinar um grande tubarão-branco, e a tecnologia do cinema não era boa o suficiente para criar uma cópia verossímil ou uma versão mecânica. O livro foi publicado na primavera de 1974, e no geral obteve críticas favoráveis. Alguns leitores e críticos mergulharam nele com prazer. Fidel Castro disse ao repórter da National Public Radio (NPR) que *Tubarão* (*Tiburón*, nas edições em espanhol) era uma metáfora maravilhosa sobre a corrupção do capitalismo. Outros críticos o descreveram como uma alegoria sobre o caso Watergate e uma história clássica sobre a amizade entre os homens.

Não muito tempo depois de sua publicação, *Tubarão* chegou à lista dos livros de capa dura mais vendidos do *New York Times* e permaneceu lá por 44 semanas. Entretanto, nunca chegou a ficar em primeiro lugar. (Um livro irritante sobre um coelho, *Watership Down*, recusou-se a arredar o pé do primeiro lugar.) Já com a brochura a história foi completamente diferente. Ficou em primeiro lugar durante meses nas listas do mundo todo. Só nos Estados Unidos vendeu mais de 9 milhões de exemplares. Mas este sucesso teve a ver, em parte, com a filmagem, preparação e lançamento do filme, com brilhante promoção feita pelo editor da brochura em parceria com a empresa produtora do filme, e com uma tremenda, fenomenal boa sorte.

Senti-me muito recompensado com o passar dos anos ao ouvir de leitores que *Tubarão* foi o primeiro livro adulto que eles tinham lido e que os ensinou que ler poderia ser divertido; que *Tubarão* despertou-lhes um interesse que os levou a seguir carreiras em biologia marinha (soube por alguns professores universitários que atribui-se o aumento de estudantes de graduação em ciências marinhas em geral e o estudo de tubarões em particular diretamente ao livro e ao filme); ou que *Tubarão* os ensinou que tubarões são tão, tão legais que eles quiseram virar ecologistas. A cada ano, mais de mil jovens que não haviam nascido quando o livro foi publicado ou o filme lançado me escrevem para dizer o quanto estão horrorizados com o declínio das populações de tubarões ao redor do mundo e para me perguntar como podem ajudar a salvar esses animais impressionantes que descobriram em *Tubarão*.

Tubarão também me proporcionou uma segunda profissão. Desde meados da década de 1990 venho trabalhando com preservação marinha praticamente em tempo integral, apesar de ainda nutrir um grande desejo de mergulhar ao lado dessas criaturas enormes em locais remotos e sentir que abandonaria quase tudo pela chance de ir até esses lugares para visitar grandes tubarões-brancos debaixo d'água. Não sei o quanto posso fazer por eles — não sei o quanto *alguém* pode fazer —, mas o que eu sei é que, depois de tudo o que recebi dos tubarões, me sentiria um ingrato se não retribuísse de alguma maneira.

Em 1973, antes de o livro ter sido publicado, me encontrei com Richard D. Zanuck e David Brown, os produtores para quem a Universal Pictures havia comprado os direitos para filmar *Tubarão*. Apesar de não ter de maneira alguma sabido à época, tive uma sorte imensa de estar em suas mãos. (Mais tarde, todos nós acharíamos que tínhamos muita sorte de estar nas mãos de um gênio de 26 anos chamado Steven Spielberg, mas à época não havia jeito de termos essa noção.) Richard e David não somente eram encantadores, afáveis e brilhantes, com décadas de conhecimento e experiência do negócio cinematográfico, mas também tinham o hábito de violar dois dos clichês mais antigos de Hollywood: eles não mentiam e retornavam os telefonemas.

Eu nunca havia escrito um roteiro cinematográfico, mas pedi para fazê-lo e consegui permissão para escrever os primeiros esboços de *Tubarão*. Em nossa primeira reunião, após uma troca de gracejos, Richard Zanuck me disse (estou parafraseando aqui): "Este filme vai ser uma história de aventura de A a Z, em linha reta, então queremos que você corte tudo o que for romance, tudo o que for máfia, tudo o que vai apenas dispersar a atenção".

Você que nunca leu *Tubarão*, você que viu apenas o filme, posso vê-lo franzir a sobrancelha, posso ouvi-lo dizer para si mesmo: "Romance? Máfia? Do que ele está falando? Onde está tudo isso?"

Leia, por favor, e descubra por conta própria.

Peter Benchley
2005

PARTE I

TUBARÃO

01

O gigantesco peixe movia-se em silêncio pelas águas da noite, empurrado pelos toques curtos de sua cauda em formato de meia-lua. A boca abria-se o suficiente para deixar passar um jato de água por suas guelras. Havia um outro discreto movimento: uma mudança eventual do curso, aparentemente sem sentido, feita por um leve levantar ou abaixar da barbatana do peito — como um pássaro que muda de direção abaixando uma asa e levantando a outra. Os olhos não enxergavam no escuro e os outros sentidos não emitiam nada de extraordinário ao cérebro pequeno e primitivo. O peixe deveria estar dormindo, exceto pelo movimento ditado por incontáveis milhões de anos de continuidade instintiva: à falta de uma bexiga de flutuação, comum a outros peixes, e de aletas móveis para liberar a água carregada de oxigênio por entre suas guelras, ele só sobrevivia caso se movimentasse. Uma vez parado, afundaria até o fundo do mar e morreria por asfixia.

A terra parecia quase tão escura quanto a água, pois não havia lua. Tudo o que separava o mar da areia era uma faixa longa e reta de praia — tão branca que brilhava. De uma casa atrás das dunas cobertas de grama, luzes derramavam um brilho amarelo na areia.

A porta da frente da casa se abriu e um homem e uma mulher saíram até a varanda de madeira. Ficaram de pé por um momento, os olhos fixos no mar. Abraçaram-se por um instante e desceram pelas escadas até a areia. O homem estava bêbado e tropeçou no último degrau. A mulher riu e pegou na sua mão, e foram juntos para a praia.

"Vamos nadar primeiro", disse a mulher, "pra sua cabeça dar uma clareada."

"Deixa minha cabeça pra lá", disse o homem. Rindo, caiu de costas na areia, puxando junto a mulher. Foram tirando as roupas, braços e pernas se entrelaçaram e eles se amaram com ardor na areia fria.

Depois o homem se deitou de costas e fechou os olhos. A mulher olhou para ele e sorriu. "Agora, que tal dar uma nadada?", ela disse.

"Vai você. Te espero aqui."

A mulher se levantou e caminhou até onde as ondas suaves molhavam seus tornozelos. A água estava mais fria que o ar da noite, pois era meados de junho. A mulher gritou para ele: "Tem certeza que não quer vir?" Mas ele não respondeu, já havia adormecido.

Ela recuou uns passos e correu para a água. No início seus passos eram longos e elegantes, mas logo uma pequena onda bateu nos seus joelhos. Ela se desequilibrou, voltou a se endireitar e atirou-se sobre a onda seguinte, que bateu na altura de sua cintura. A água chegava até seus quadris, então ela empinou-se, tirou o cabelo da frente dos olhos e continuou a caminhar até a água cobrir seus ombros. Começou a nadar, desajeitada, a cabeça fora d'água acompanhando as braçadas num jeito típico de quem não aprendera a nadar direito.

A cem metros da praia o peixe sentiu uma mudança no ritmo do mar. Ele não viu a mulher, nem sentiu ainda seu cheiro. Ao longo de seu corpo havia uma série de dutos finos, repletos de muco e dotados de terminações nervosas que detectaram as vibrações e enviaram sinais para o cérebro. O peixe virou-se em direção à praia.

A mulher continuou a nadar para longe da areia, parando de vez em quando para guiar sua localização através das luzes que vinham da casa. A maré estava calma, então ela não havia se afastado da beira. Mas estava ficando cansada, ficou boiando por um momento para descansar e em seguida começou o caminho de volta.

As vibrações agora estavam mais fortes, o peixe identificou a presa. A cauda passou a acelerar, empurrando seu corpo gigantesco para a frente numa velocidade que agitou os pequenos animais fosforescentes na água fazendo-os brilhar e espalhando um véu de faíscas sobre ele.

O peixe se aproximou da mulher e passou rápido ao seu lado a uma distância de uns quatro metros e a uns dois metros de profundidade. A mulher só sentiu uma onda, como uma pressão que a levantou na água e a jogou de volta. Ela parou de nadar e prendeu a respiração. Como não sentiu mais nada, voltou a nadar. O peixe agora a tinha farejado, e as vibrações — irregulares e intensas — indicavam agitação. O peixe começou a nadar em círculos junto à superfície. Seu dorso surgiu da água e sua cauda, batendo de um lado a outro, cortava a superfície espelhada com um assovio. Tremores sacudiram seu corpo.

Pela primeira vez a mulher sentiu medo, apesar de não saber do quê. Uma descarga de adrenalina percorreu seu corpo e membros, alfinetando-os e obrigando-a a nadar mais rápido. Calculou que estaria a uns cinquenta metros da praia. Podia ver a faixa de espuma branca das ondas batendo na margem. Via as luzes da casa e, por um momento, aliviada, pensou ter visto alguém passar por uma das janelas.

O peixe estava ao lado da mulher, distante cerca de doze metros dela, quando de repente virou-se para a esquerda, afundou na água por completo e, com duas rápidas arremetidas da cauda, estava sobre ela.

A princípio a mulher achou que tinha machucado a perna numa pedra ou num pedaço de madeira. Não sentia dor, apenas um puxão violento na perna direita. Tentou alcançar seu pé direito, boiando com a perna esquerda para manter a cabeça acima d'água. Ela não conseguiu encontrar seu pé. Buscou sua perna mais acima, então foi tomada por náuseas e tontura. Seus dedos tatearam uma ponta de osso e a carne dilacerada. Ela sabia que o fluxo quente e pulsante que passava pelos seus dedos na água fria era o próprio sangue.

Dor e pânico a tomaram ao mesmo tempo. A mulher virou a cabeça para trás e soltou um grito agudo de terror.

O peixe tinha se afastado. Engolira a perna da mulher sem mastigar. Ossos e carne passaram direto por sua enorme garganta. O peixe virou-se novamente, guiado pelo fio de sangue que saía da artéria femural, um guia tão claro e seguro quanto um farol numa noite sem nuvens. O peixe voltou a atacar, agora por baixo. Bateu nela, mandíbulas arreganhadas. A colossal cabeça em forma de cone a atingiu como uma locomotiva, socando-a para fora d'água. O conjunto de dentes mastigou seu torso triturando ossos, carne, pele e órgãos, transformando-os numa geleia. O peixe, com o corpo da mulher na boca, bateu de volta na água, espalhando espuma, sangue e fosforescência num chafariz cintilante.

Abaixo da superfície, o peixe sacudia a cabeça de um lado a outro, os dentes, serras em forma de triângulos, cortavam o restante dos nervos que ainda resistiam. O corpo se desfez. O peixe engoliu, depois virou-se para continuar a comer. Seu cérebro ainda registrava sinais da presa por perto. A água estava coalhada de sangue e carne triturada, e o peixe não conseguia distinguir o que era realmente comestível. Ia e voltava pela nuvem de sangue que se dissipava, abrindo e fechando a boca, buscando um naco aleatório. Mas agora a maioria dos pedaços do cadáver tinha se espalhado. Alguns afundaram devagar, descansando no fundo arenoso onde se moviam soltos na correnteza. Uns poucos pedaços foram levados à superfície, flutuando nas ondas que iam parar na arrebentação.

O homem acordou tremendo com o frio daquele início de manhã. Sua boca estava grudenta e seca, e seu arroto ao despertar tinha gosto de uísque e milho. O sol ainda não havia nascido, mas uma linha cor-de-rosa no horizonte indicava que estava prestes a amanhecer. As estrelas ainda piscavam no céu, que começava a clarear. O homem se levantou e começou a se vestir. Estava aborrecido por ela não o ter acordado quando voltou para casa, e achou estranho que ela tenha deixado as roupas na praia. Ele as pegou e entrou novamente.

Atravessou a varanda na ponta dos pés e delicadamente abriu a porta de tela, lembrando-se de que ela rangia quando empurrada. A sala de estar estava escura e vazia. Havia copos espalhados, ainda com bebida, cinzeiros e pratos sujos. Passou pela sala, foi até o corredor à direita, passou por duas portas fechadas. A porta do quarto que ele dividia com ela estava aberta, um abajur na mesinha ao lado da cama estava aceso. As duas camas estavam arrumadas. Ele jogou as roupas numa delas, voltou para a sala e acendeu a luz. Os dois sofás estavam vazios. Havia mais dois quartos na casa. Os donos dormiam num deles. Dois outros hóspedes ocupavam o outro. Em silêncio, o homem abriu a porta do primeiro quarto. Havia duas camas, cada uma com uma pessoa. Fechou a porta e foi para o próximo quarto. Os donos da casa dormiam numa cama king size. O homem fechou a porta e voltou para o seu quarto para pegar seu relógio. Eram quase cinco da manhã.

Sentou-se em uma das camas e ficou olhando para o amontoado de roupas na outra. Tinha certeza de que ela não estava na casa. Não havia outros convidados para o jantar, portanto, a menos que ela tivesse ficado com alguém enquanto ele dormia, ela não poderia ter ido embora com ninguém. "E mesmo que tivesse", pensou ele, "ela provavelmente teria levado ao menos algumas de suas roupas."

Só aí que ele se permitiu pensar na possibilidade de um acidente. Rapidamente a possibilidade tornou-se certeza. Voltou ao quarto do dono da casa, parou por um momento ao lado da cama e então, delicadamente, pôs a mão em seu ombro.

"Jack", falou, batendo em seu ombro. "Ei, Jack."

O homem suspirou e abriu os olhos. "O quê?"

"Sou eu, Tom. Me desculpa ter de te acordar, mas acho que temos um problema."

"Que problema?"

"Você viu a Chrissie?"

"Como assim, se eu vi a Chrissie? Ela tá com você."

"Não, não tá. Quer dizer, eu não consigo encontrar ela."

Jack sentou-se e acendeu a luz. Sua mulher se mexeu e cobriu a cabeça com o lençol. Jack olhou para o relógio em seu pulso. "Meu Deus. São cinco da manhã. E você não consegue encontrar sua namorada."

"Eu sei", disse Tom. "Desculpe. Você se lembra da última vez que viu ela?"

"Claro que me lembro. Ela disse que vocês estavam indo nadar e vocês saíram pela varanda. Quando *você* viu ela pela última vez?"

"Na praia. Aí caí no sono. Quer dizer que ela não voltou?"

"Não que eu tenha visto. Pelo menos não antes da gente ter ido pra cama, e isso foi por volta de uma da manhã."

"Eu achei as roupas dela."

"Onde? Na praia?"

"Isso."

"Procurou na sala?"

Tom fez que "sim" com a cabeça. "E no quarto dos Henkel."

"No quarto dos Henkel!?"

Tom ficou vermelho. "Eu não conhecia ela há muito tempo. Pelo que eu sei ela podia ser um pouco esquisita. Como os Henkel. Quer dizer, eu não tô sugerindo nada. Eu só queria dar uma olhada na casa toda antes de te acordar."

"E o que você acha?"

"O que eu tô começando a achar", disse Tom, "é que talvez ela tenha tido um acidente. Talvez tenha se afogado."

Jack olhou para ele por um instante, depois voltou a olhar o relógio. "Eu não sei a que horas começa o expediente da polícia nessa cidade", disse, "mas acho que agora é uma boa hora pra descobrir."

TUBARÃO
PETER BENCHLEY

02

O policial Len Hendricks estava sentado na sua mesa na delegacia de Amity lendo um romance policial chamado *Mortalmente, Sou Sua*. Quando o telefone tocou, a heroína, uma jovem chamada Whistling Dixie, estava prestes a ser estuprada por um grupo de motociclistas. Hendricks deixou o telefone tocar até Miss Dixie castrar o primeiro dos seus algozes com um estilete que guardava escondido no cabelo.

Ele pegou o telefone. "Delegacia de Amity, patrulheiro Hendricks, em que posso ajudá-lo?", disse.

"Aqui é Jack Foote, da Old Mill Road. Eu quero registrar o desaparecimento de uma pessoa. Ou pelo menos acho que ela está desaparecida."

"Podia repetir, senhor?" Hendricks havia servido no Vietnã como operador de rádio e adorava os termos militares.

"Uma das minhas hóspedes foi nadar por volta de uma da manhã de hoje", disse Foote. "Ainda não voltou. O namorado encontrou as roupas dela na praia."

Hendricks começou a tomar nota. "Qual o nome dessa pessoa?"

"Christine Watkins."

"Idade?"

"Não sei. Só um momento..." Pausa. "Em torno de 25 anos. O namorado dela diz que é mais ou menos isso."

"Altura e peso?"

"Espera um pouco." Pausa. "A gente acha que por volta de 1,75 metro e o peso em torno de 60, 65 quilos."

"Cor dos cabelos e olhos?"

"Seu guarda, por que o senhor precisa disso tudo? Se a mulher se afogou, provavelmente foi a única — pelo menos esta noite, certo? Tem mais de um afogamento por noite por aqui?"

"Quem disse que ela se afogou, sr. Foote? Talvez ela tenha saído pra caminhar."

"Caminhar nua à uma da manhã? O senhor teve alguma notícia de uma mulher caminhando nua por aí?"

Hendricks gostou da oportunidade de poder ser insuportavelmente calmo. "Não, sr. Foote, ainda não. Mas quando o verão começa nunca se sabe o que esperar. Em agosto passado um bando de viados resolveu dançar no clube... pelados. Cor de cabelos e olhos?"

"O cabelo dela é... um louro queimado, creio. Cor de palha. Não sei a cor dos olhos. Vou ter de perguntar ao namorado dela. Não, ele diz que também não sabe. Digamos que sejam castanhos."

"Ok, sr. Foote. Vamos trabalhar nisso. Assim que tivermos algo entraremos em contato com o senhor."

Hendricks desligou e olhou para o relógio. Eram cinco e dez da manhã. O chefe não estaria de pé ainda por uma hora, e Hendricks não queria acordá-lo por conta de algo tão vago como um registro de pessoa desaparecida. Provavelmente a garota estaria transando no mato com algum cara que tenha encontrado na praia. Por outro lado, se ela tivesse se afogado em algum lugar, o chefe Brody iria querer que fosse dada a devida atenção à coisa toda antes de o corpo ser encontrado por alguma babá com crianças e isso se tornasse um transtorno público.

Discernimento, isso era o que o chefe vivia dizendo que ele precisava; é isso que faz um bom policial. E o desafio intelectual do trabalho na corporação pesou na decisão de Hendricks de entrar para a polícia de Amity depois que voltou do Vietnã. O salário era razoável: começava com 9 mil dólares, 15 mil após quinze anos, mais benefícios. A carreira policial oferecia segurança, horas regulares e a chance de algum divertimento — não apenas bater em garotos baderneiros ou prender bêbados, mas resolver casos de roubos, tentar prender o estuprador eventual (no verão anterior, um jardineiro negro havia estuprado sete mulheres brancas ricas, sendo que nenhuma delas foi aos tribunais testemunhar contra ele), e — num plano levemente mais elevado — a chance de se tornar um membro respeitável e participativo da comunidade. E ser um policial de Amity não era muito perigoso, com certeza nada comparável a trabalhar para a polícia de uma cidade grande. A última morte em serviço de um policial de Amity foi em 1957 quando um guarda tentou parar um bêbado em alta velocidade na Montauk Highway e a viatura foi jogada para fora da estrada, indo parar num muro de pedra.

Hendricks tinha certeza de que assim que pudesse cair fora daquele seu turno esquecido por Deus, de meia-noite às oito, ele começaria a apreciar seu trabalho. No momento, entretanto, era um saco. Sabia muito bem por que ficava com o turno da madrugada. Chefe Brody gostava de domesticar seus rapazes devagar, deixando-os desenvolver os princípios do trabalho policial — bom senso, capacidade de discernimento, tolerância e polidez — numa hora do dia em que eles não estivessem sobrecarregados.

O turno no horário comercial era das oito da manhã às quatro da tarde, e exigia experiência e diplomacia. Seis homens trabalhavam naquele turno: um lidava com o trânsito de verão no cruzamento da Main Street com a Water Street, dois faziam a ronda em viaturas, um atendia os telefones na delegacia, um cuidava do serviço administrativo e o chefe lidava com o público — as senhoras que reclamavam que não conseguiam dormir por causa do barulho que vinha do Randy Bear ou do Saxon's, os dois bares da cidade; os moradores que reclamavam que mendigos estavam sujando as praias ou perturbando a paz; e os banqueiros, corretores e advogados em férias que passavam lá para expor seus planos de manter Amity um balneário de verão imaculado e exclusivo.

O turno de quatro da tarde à meia-noite era o turno problemático. Era quando a rapaziada dos Hamptons vinha em bando ao Randy Bear e se envolvia em brigas ou simplesmente ficava tão bêbada que virava uma ameaça nas estradas; ou quando, muito raramente, alguns malandros do Queens se escondiam nas ruas escuras menos movimentadas e assaltavam quem passava; e quando, cerca de duas vezes por mês no verão, tendo acumulado provas suficientes, a polícia se via obrigada a montar um flagrante de drogas numa das mansões de frente para o mar. Havia seis homens no turno da meia-noite às quatro da manhã, os seis homens mais fortes da corporação, todos entre 30 e 50 anos.

Da meia-noite às oito era normalmente calmo. Durante alguns meses ao longo do ano a paz estava praticamente garantida. O maior acontecimento do inverno anterior tinha sido uma tempestade de raios que disparou todos os alarmes que ligavam a delegacia às quarenta e oito maiores e mais caras casas de Amity. Normalmente durante o verão o turno da meia-noite às oito contava com três policiais. Um, entretanto, um jovem chamado Dick Angelo, estava agora gozando suas duas semanas de licença antes de o movimento da temporada aumentar. O outro era um veterano de guerra, de 30 anos, chamado Henry Kimble, que escolheu o turno da meia-noite às oito porque permitia a ele pôr o sono em dia — ele tinha um emprego durante o dia como garçom no Saxon's. Hendricks tentou falar com Kimble no rádio para mandá-lo ir até a Old Mill Road, mas sabia que seria em vão. Para variar, Kimble estaria cochilando numa viatura estacionada atrás da Farmácia Amity. Então Hendricks pegou o telefone e ligou para a casa do chefe Brody.

Brody estava dormindo, naquele estado inquieto antes de acordar, quando os sonhos rapidamente mudam e há momentos de vaga semiconsciência. O primeiro toque do telefone foi assimilado por seu sonho — estava de volta ao colégio, apalpando uma garota embaixo da escada. O segundo toque desfez a visão imediatamente. Ele rolou pela cama e pegou o fone.

"Sim?"

"Chefe, aqui é o Hendricks. Desculpe incomodar o senhor tão cedo, mas..."

"Que horas são?"

"Cinco e vinte."

"Leonard, é melhor que seja sério."

"Acho que temos um 'flutuador' em mãos, chefe."

"Um 'flutuador'? O que quer dizer 'flutuador', em nome de Deus?"

Era uma palavra que Hendricks havia escolhido de sua leitura da noite. "Alguém que se afogou", falou, constrangido, e narrando a Brody o telefonema de Foote. "Eu achei que o senhor iria querer dar uma checada antes das pessoas começarem a nadar. Quer dizer, parece que o dia vai ser bonito."

Brody deu um bocejo alto. "Cadê o Kimble?", perguntou, logo acrescentando: "Ah, deixa pra lá. Pergunta besta. Um dia desses vou dar um jeito no rádio dele pra ele não poder desligar".

Hendricks esperou um pouco e disse: "Como eu falei, chefe, eu detesto incomodar..."

"Claro, eu sei, Leonard. Fez bem em me ligar. Já que acordei é melhor levantar. Vou fazer a barba, dar uma chuveirada e tomar um café. No caminho eu passo na praia em frente à Old Mill Road e Scotch Road só pra garantir que o seu 'flutuador' não está atravancando a praia de alguém. Aí quando os rapazes do turno do dia chegarem eu saio e converso com o Foote e com o namorado da garota. Até mais tarde."

Brody desligou e deu uma espreguiçada. Olhou para sua mulher, que dormia ao seu lado. Ela se agitara quando o telefone tocou, mas assim que percebeu que não era uma emergência caiu de novo no sono.

Ellen Brody tinha 36 anos, cinco anos mais nova que o marido, e o fato de que mal aparentava 30 era fonte tanto de orgulho quanto de irritação para Brody: orgulho porque, como era bonita e jovem e estava casada com ele, fazia-o parecer um homem de ótimo bom gosto e forte poder de atração; irritação porque ela foi capaz de manter a beleza apesar do esforço de ter parido três filhos, ao passo que Brody — apesar de nem tão gordo nos seus 1,85 metro e 90 quilos — estava começando a se preocupar com sua pressão arterial e o aumento da circunferência abdominal. Às vezes, durante o verão, Brody se pegava olhando com desejo para uma das garotas de pernas compridas que circulavam pela cidade — seus seios sacudindo soltos sob as camisetas finas. Mas ele nunca gostou dessa sensação pois elas sempre o faziam pensar se Ellen sentia o mesmo quando olhava para os rapazes esguios e bronzeados que faziam par com as meninas de pernas longas. Logo que esse pensamento lhe ocorria ele ficava ainda pior, pois reconhecia nisso um sinal de que estava do lado infeliz dos 40 anos e que já tinha vivido mais do que metade da vida.

Os verões eram tempos ruins para Ellen Brody, pois nessa época ela era torturada por pensamentos indesejados — pensamentos sobre oportunidades perdidas e vidas que poderia ter vivido. Ela via as pessoas com as quais tinha crescido: colegas da escola, agora casadas com banqueiros e corretores passando o verão em Amity e o inverno em Nova York; mulheres atraentes que jogavam tênis e alegravam as conversas com a mesma desenvoltura; mulheres que (Ellen tinha certeza) debochavam entre si sobre o fato de Ellen Shepherd ter se casado com aquele policial por ter engravidado dele no banco de trás do seu Ford 1948, o que não era verdade.

Ellen tinha 21 anos quando conheceu Brody. Tinha acabado de completar o primeiro ano em Wellesley[1] e estava passando o verão em Amity com os pais — como havia feito nos onze anos anteriores desde que a agência de publicidade em que seu pai trabalhava o transferiu de Los Angeles para Nova York. Apesar de, ao contrário de algumas de suas amigas, Ellen Shepherd não ser nem um pouco obcecada por casamento, pôs na cabeça que um ou dois anos depois de se formar se casaria com alguém de um nível social e econômico semelhante ao seu. Este pensamento não a perturbava nem a alegrava. Gostava de usufruir do pequeno patrimônio que seu pai havia acumulado, e sabia que sua mãe também gostava. Mas não estava ansiosa para viver uma vida que seria a repetição da vida dos seus pais. Ela estava ciente dos problemas sociais banais, e esses problemas a entediavam. Considerava-se uma garota simples, orgulhosa de ter sido eleita a Mais Sincera no anuário da Miss Porter's School na turma de 1953.

Seu primeiro contato com Brody foi profissional. Ela foi presa — ou melhor, o namorado dela foi. Era tarde da noite, e ela estava sendo levada para casa por um rapaz extremamente bêbado que dirigia muito rápido por ruas muito estreitas. O carro foi interceptado e parado por um policial que impressionou Ellen com sua juventude, aparência e polidez. Após dar ao rapaz uma notificação, ele confiscou as chaves do carro e levou os dois para suas respectivas casas. Na manhã seguinte, Ellen estava fazendo compras quando se viu ao lado da delegacia. Como quem não quer nada, entrou e perguntou qual era o nome do jovem policial que estava trabalhando por volta da meia-noite do dia anterior. Depois foi para casa e escreveu a Brody um bilhete de agradecimento por ter sido tão gentil e também escreveu um bilhete ao chefe de polícia elogiando o jovem Martin Brody. Brody ligou para ela agradecendo pelo bilhete.

1 Wellesley College é uma reconhecida e exclusiva faculdade de Artes para mulheres, situada em Wellesley, Massachusetts. [As notas são da Tradutora.]

Quando ele a convidou para sair para jantar e assistir a um filme na sua folga, ela aceitou por curiosidade. Quase nunca tinha conversado com um policial, muito menos saído com um. Brody estava nervoso, mas Ellen parecia tão genuinamente interessada nele e no seu trabalho que ele por fim se acalmou o suficiente para se divertir. Ellen o achou encantador: forte, simples, gentil, sincero. Já era policial havia seis anos e disse que sua ambição era ser chefe de polícia de Amity, ter filhos para caçar patos no outono e economizar dinheiro suficiente para tirar férias de verdade a cada dois ou três anos. Casaram-se em novembro do mesmo ano. Os pais de Ellen queriam que ela terminasse a faculdade e Brody estava disposto a esperar até o próximo verão, mas Ellen não acreditava que um ano a mais de faculdade fosse fazer alguma diferença na vida que ela havia escolhido levar.

Houve alguns momentos constrangedores durante os primeiros anos de relacionamento. Os amigos de Ellen convidavam-nos para jantar, almoçar ou nadar e eles iam, mas Brody se sentia desconfortável e inferiorizado. Quando eles se reuniam com os amigos de Brody, o passado de Ellen parecia deixá-los pouco à vontade. As pessoas se comportavam como se temessem cometer uma gafe. Pouco a pouco, à medida que as amizades evoluíam, o desconforto diminuiu. Mas eles nunca mais viram nenhum dos antigos amigos de Ellen. Apesar de, com a perda do rótulo de "veranista" ter conquistado o afeto dos moradores fixos de Amity, isso custou-lhe o abandono do que fora prazeroso e familiar nos primeiros vinte e um anos de sua vida. Era como se tivesse se mudado para outro país.

Até quatro anos atrás o estranhamento não a incomodava. Estava muito ocupada e feliz criando os filhos para se permitir perder tempo pensando em possíveis alternativas em um passado distante. Mas quando seu filho mais novo começou a estudar ela se sentiu meio sem rumo e começou a relembrar como sua mãe passou a viver a vida depois que os filhos tinham começado a se desligar dela: excursões de compras (divertidas porque havia dinheiro suficiente para comprar tudo, menos os produtos absurdamente caros), longos almoços com amigas, tênis, coquetéis, viagens de fim de semana. O que antes parecia superficial e tedioso agora surgiam em sua memória como se fossem o paraíso.

A princípio ela tentou restabelecer laços com amigas que não via há dez anos, mas tudo o que tinham em comum havia desaparecido há muito tempo. Ellen conversava alegremente sobre a comunidade, sobre política local, sobre seu trabalho como voluntária no Hospital Southampton — assuntos sobre os quais suas velhas amigas, e muitas delas vinham a Amity todo verão por mais de trinta dias, sabiam pouco e ligavam menos ainda. Elas falavam sobre a política em Nova York, sobre galerias de arte e pintores e escritores que conheciam. A maioria das conversas terminava com fracas lembranças e especulações sobre onde os velhos amigos estariam agora. Havia sempre pedidos para se telefonarem e se encontrarem novamente.

Volta e meia ela tentava fazer novas amizades entre os veranistas, mas as ligações eram forçadas e breves. Poderiam ter durado se Ellen tivesse menos vergonha de sua casa, do emprego do marido e de quanto pagava mal. Ela se certificava de que todo mundo que encontrava soubesse que ela tinha começado sua vida em Amity num plano completamente diferente. Sabia o que estava fazendo e se odiava por isso, pois amava seu marido profundamente, adorava seus filhos e, na maior parte do ano, estava bem satisfeita com sua sorte.

No momento ela já tinha desistido das incursões à comunidade dos veranistas, mas os ressentimentos e as saudades persistiam. Estava infeliz, e descontou a maior parte da sua infelicidade no marido, fato que ambos entenderam, mas só ele podia tolerar. Ela queria poder disfarçar qualquer entusiasmo por aqueles três meses todos os anos.

Brody virou-se na cama na direção de Ellen, levantou-se sobre um dos cotovelos e descansou a cabeça na mão. Com a outra mão tirou uma mecha de cabelo que estava fazendo cócegas no nariz dela. Ele ainda tinha uma ereção, resultado das lembranças do último sonho, e pensou em excitá-la para uma rapidinha. Sabia que ela era lenta para acordar e que de manhã era mais azeda que romântica. Mesmo assim seria bom. Não havia muito sexo no lar dos Brody ultimamente. Raramente havia quando Ellen estava no seu humor de verão.

Neste instante a boca de Ellen se abriu e ela começou a roncar. Brody perdeu o tesão rápido como se alguém tivesse derramado água gelada em suas costas. Levantou-se e foi para o banheiro.

Eram quase seis e meia da manhã quando Brody virou na Old Mill Road. O sol já estava alto. Tinha perdido o vermelho do amanhecer e passava de laranja para amarelo forte. O céu estava limpo, sem nuvens.

Teoricamente havia um direito legal de acesso às praias por entre as casas, cujos terrenos poderiam ser considerados propriedade particular apenas até o nível da maré alta. Mas esses espaços entre a maioria das casas eram usados como garagens ou fechados com cercas. Da estrada não dava para ver a praia. Tudo o que Brody podia avistar era o alto das dunas. Portanto, a cada cem metros ele tinha de parar a viatura e andar até uma das entradas de garagem para alcançar um ponto de onde pudesse observar a praia.

Não havia sinal de corpo. Tudo que ele viu na imensa extensão de areia branca eram pedaços de madeira, uma lata ou duas e um cordão de algas de uns cem metros de largura trazido do mar pela brisa do sul. Não havia praticamente nenhuma onda; portanto, se um corpo estivesse flutuando na superfície, ele estaria visível. "Se houver um 'flutuador' por perto", pensou Brody, "está flutuando abaixo da superfície e eu nunca o verei até que a maré o traga."

Por volta de sete da manhã Brody tinha coberto toda a praia ao longo da Old Mill Road e da Scotch Road. A única coisa que viu e chamou sua atenção como um pouco estranho foi um prato de papelão com três longas tiras de cascas de laranja — um sinal de que os piqueniques na praia iam ser mais elegantes do que nunca.

Dirigiu de volta pela Scotch Road, virou para o norte em direção à cidade na Bayberry Lane e chegou à delegacia às sete e dez.

Hendricks estava terminando de preencher sua papelada quando Brody entrou, e pareceu desapontado ao ver que ele não arrastava um cadáver atrás de si.

"Nada, chefe?", perguntou.

"Depende do que você chama de nada, Leonard. Se você quer dizer: se encontrei um corpo, e, se não encontrei, isto não é tão ruim, a resposta a ambas as perguntas é não. Kimble já chegou?"

"Não."

"Bom, espero que ele não esteja dormindo. Seria uma beleza ele estar roncando num carro da polícia quando as pessoas começassem a ir às compras."

"Ele vai chegar por volta das oito", disse Hendricks. "Ele sempre chega."

Brody encheu uma xícara de café, foi para sua sala e começou a folhear os jornais do dia — a edição matinal do *Daily News* de Nova York e o jornal local, o *Amity Leader*, que saía semanalmente no inverno e diariamente no verão.

Kimble chegou um pouco antes das oito, parecendo que tinha dormido de uniforme, e tomava uma xícara de café com Hendricks enquanto esperavam pela troca do turno. Seu substituto chegou às oito em ponto e Hendricks estava vestindo sua jaqueta de aviador de couro e se aprontando para sair quando Brody veio de sua sala.

"Vou ver o Foote, Leonard", falou Brody. "Quer vir comigo? Você não precisa, mas achei que você gostaria de acompanhar a história do seu... 'flutuador'." Brody sorriu.

"Claro, acho que sim", disse Hendricks. "Não tenho nada pra fazer hoje, posso dormir a tarde toda."

Foram no carro de Brody. Quando entraram no acesso da garagem de Foote, Hendricks disse: "Quer apostar como estão todos dormindo? Lembro que no verão passado uma mulher ligou à uma da manhã e me perguntou se eu podia vir o mais cedo possível na manhã seguinte porque ela achava que algumas joias dela tinham sumido. Eu me ofereci pra ir imediatamente mas ela disse que não, que estava indo dormir. Bom, apareci às dez da manhã do dia seguinte e ela me expulsou. 'Eu não quis dizer *tão cedo*', ela disse".

"Veremos", disse Brody. "Se eles estiverem realmente preocupados com essa mulher estarão de pé."

A porta abriu quase antes de Brody terminar de bater. "Estávamos esperando pelo senhor", falou um jovem. "Sou Tom Cassidy. Vocês a encontraram?"

"Sou o chefe Brody. Este é o agente Hendricks. Não, sr. Cassidy, não a encontramos. Podemos entrar?"

"Claro, claro. Desculpe. Sigam para a sala. Vou chamar os Foote."

Demorou menos de cinco minutos para Brody entender tudo o que tinha de entender. Depois, mais para parecer meticuloso do que na esperança de descobrir algo útil, pediu para olhar as roupas da desaparecida. Ele foi levado ao quarto e verificou as roupas na cama.

"Ela não estava de maiô?"

"Não", disse Cassidy. "Está aqui na gaveta de cima. Já olhei."

Brody parou por um momento, tomando cuidado com as palavras, e aí falou: "Sr. Cassidy, longe de mim querer parecer leviano, mas essa jovem, Watkins, gostava de fazer coisas estranhas? Tipo sair no meio da noite... ou andar por aí sem roupa?"

"Não que eu saiba", disse Cassidy. "Mas não conheço ela muito bem."

"Entendi", disse Brody. "Então acho que é melhor irmos à praia de novo. O senhor não precisa vir. Hendricks e eu cuidamos disso."

"Eu queria ir, se não se importa."

"Não me importo. Só achei que o senhor não ia querer vir."

Os três foram para a praia. Cassidy mostrou aos policiais onde caiu no sono — a marca na areia feita por seu corpo ainda estava lá — e apontou onde encontrou as roupas da namorada.

Brody vistoriou a praia de alto a baixo. Até onde conseguiu ver, cerca de mais de um quilômetro e meio nas duas direções, a praia estava vazia. Amontoados de algas eram os únicos pontos escuros na areia branca.

"Vamos dar uma volta", ele disse. "Leonard, você vai para o leste até aquele ponto. Sr. Cassidy, vamos para oeste. Seu apito está com você, Leonard? Por via das dúvidas."

"Está comigo", disse Hendricks. "Se importa se eu tirar meus sapatos? É mais fácil para andar na areia úmida, não quero que se molhem."

"Tudo bem", disse Brody. "Tecnicamente, você está de folga. Pode tirar suas calças se quiser. Claro, aí eu te prendo por atentado ao pudor."

Hendricks seguiu para o leste. A areia úmida estava áspera e gelada sob seus pés. Caminhou olhando para baixo com as mãos nos bolsos, olhando as pequenas conchas e emaranhados de algas. Alguns insetos — pareciam pequenos besouros

— saíam de sua frente em voos rasantes, e quando a onda recuava, via as bolhas que surgiam dos buracos feitos pelos tatuís que corriam para dentro deles. Gostou de caminhar. "Engraçado", pensou, "que quando a gente vive a vida inteira num lugar quase nunca faz as coisas que os turistas vão lá fazer — como caminhar na praia ou nadar no mar." Não conseguia se lembrar da última vez que tinha ido nadar. Não tinha certeza nem se ainda tinha calção de banho. Era como algo que tinha ouvido sobre Nova York — que metade das pessoas que moram lá nunca vão ao topo do Empire State Building ou visitam a Estátua da Liberdade.

De vez em quando Hendricks olhava para a frente para ver se estava mais perto do ponto. Olhou para trás para ver se Brody e Cassidy tinham encontrado algo. Imaginou que os dois estivessem a quase oitocentos metros dali.

Quando virou de volta e continuou a caminhar, Hendricks viu algo à sua frente, um amontoado de algas que parecia estranhamente grande. Estava a uns trinta metros do amontoado quando começou a achar que as algas poderiam estar presas a alguma coisa.

Quando alcançou o amontoado, Hendricks se abaixou para afastar um pouco as algas. De repente parou. Por alguns segundos ele olhou, congelado. Procurou por seu apito nos bolsos da calça, pôs nos lábios e tentou assoprar. Ao invés disso ele vomitou, se desequilibrou para trás e acabou caindo de joelhos.

Emaranhados no monte de algas estavam a cabeça de uma mulher, ainda presa aos ombros, parte de um braço e cerca de um terço do tronco. A massa de carne dilacerada estava cheia de manchas roxas, e enquanto Hendricks vomitava na areia, pensou — e o pensamento o fez vomitar de novo — que o que sobrou do seio da mulher parecia achatado como uma flor espremida num livro de memórias.

"Espere", disse Brody, parando e tocando o braço de Cassidy. "Acho que foi um apito." Ele forçou a vista sob o sol da manhã. Viu um ponto preto ao longe, achou que fosse Hendricks, e então ouviu o apito com mais clareza. "Venha", disse, e os dois começaram a correr pela areia.

Hendricks ainda estava ajoelhado quando eles chegaram. Tinha parado de vomitar, mas a cabeça ainda estava pendurada abaixada, a boca aberta, a respiração roncava.

Brody estava alguns passos à frente de Cassidy, e disse: "Sr. Cassidy, pode ficar aqui atrás por um segundo, por favor?" Afastou algumas das algas, e quando viu o que estava dentro sentiu a bile subir pela garganta. Engoliu de volta e fechou os olhos. Depois de um momento, disse: "O senhor pode olhar agora também, sr. Cassidy, e me diga se é ela ou não".

Cassidy ficou aterrorizado. Olhava para o extenuado Hendricks e a massa de algas. "Isso?", disse, apontando para as algas. Num reflexo, deu um passo atrás. "Essa *coisa*? O que quer dizer com 'ela'?"

Brody ainda lutava para controlar o estômago. "Acho", falou, "que pode ser parte dela."

Hesitante, Cassidy deu um passo à frente. Brody afastou um pouco as algas para Cassidy poder ter uma visão clara do rosto cinzento e de boca aberta. "Meu Deus!", disse Cassidy, e pôs a mão na boca.

"É ela?"

Cassidy fez que sim, ainda com os olhos fixos no rosto. Então virou-se e disse: "O que aconteceu com ela?"

"Não posso afirmar", disse Brody. "Extraoficialmente, diria que foi atacada por um tubarão."

Os joelhos de Cassidy se dobraram e, à medida que ele afundava na areia, dizia "acho que vou vomitar". Abaixou a cabeça e começou a ter ânsias.

O mau cheiro do vômito alcançou Brody quase instantaneamente, e ele sabia que tinha perdido a batalha. "Bem-vindo ao clube", disse, e vomitou também.

03

Alguns minutos se passaram antes que Brody se sentisse melhor para se erguer, voltar para o carro e chamar uma ambulância do Hospital Southampton. Demorou quase uma hora para a ambulância chegar e o corpo em pedaços ser enfiado num saco plástico e levado embora.

Por volta de onze horas, Brody estava de volta à delegacia preenchendo formulários sobre o acidente. Tinha preenchido tudo, menos "causa da morte", quando o telefone tocou.

"É o Carl Santos, Martin", falou a voz do legista.

"Sim, Carl. O que você tem pra mim?"

"A menos que você tenha algum motivo pra suspeitar de assassinato, eu diria que foi um tubarão."

"Assassinato?"

"Não estou sugerindo nada. O que quero dizer é que é possível — bem remotamente — que algum maluco tenha feito esse serviço na garota com um machado e uma serra."

"Não acho que seja assassinato, Carl. Não tenho o motivo, a arma do crime e — a não ser que eu queira fazer alguma acusação leviana — nenhum suspeito."

"Então é um tubarão. E bem grande. Mesmo a hélice de um transatlântico não teria feito isso. Teria partido ela em dois, mas..."

"Ok, Carl", disse Brody. "Poupe-me dos detalhes. Meu estômago ainda não se recuperou."

"Desculpe, Martin. De qualquer forma, considere como ataque de tubarão. Acho que é o que faz mais sentido pra você também, a não ser que haja... você sabe... outras considerações."

"Não", disse Brody. "Não dessa vez. Obrigado por ligar, Carl."
Ele desligou, datilografou "ataque de tubarão" no espaço para "causa da morte" no formulário e recostou em sua cadeira.

A possibilidade de que "outras considerações" poderiam estar envolvidas neste caso não ocorreu a Brody. Essas considerações eram a parte mais delicada do trabalho de Brody, forçando-o a analisar constantemente as melhores formas de proteger o bem--estar da comunidade sem expor a si ou a lei.

Era o começo do verão e Brody sabia que o destino de Amity para o resto do ano dependia do sucesso ou do fracasso daquelas doze breves semanas. Uma temporada próspera significava abundância suficiente para a cidade enfrentar um inverno mais duro. A população fixa de Amity era de cerca de mil pessoas; num verão bom a população pulava para quase 10 mil. E esses 9 mil veranistas mantinham os habitantes da cidade vivos pelo ano inteiro.

Comerciantes — dos donos de lojas de materiais de construção, de material esportivo e dos dois postos de gasolina ao farmacêutico local — precisavam de um verão bom para mantê-los pelo inverno, quando suas contas nunca fechavam. As mulheres dos carpinteiros, eletricistas e encanadores trabalhavam durante o verão como garçonetes ou corretoras de imóveis para ajudar suas famílias a atravessar o inverno. Só havia duas autorizações de venda de bebidas alcoólicas válidas por um ano em Amity, portanto as doze semanas de verão eram importantíssimas para a maioria dos restaurantes e bares. Pescadores que usavam barcos de aluguel precisavam aproveitar qualquer oportunidade: tempo bom, boa pescaria e, acima de tudo, multidões.

Mesmo depois dos melhores dos verões, os invernos de Amity eram duros. Três de cada dez famílias passavam por apertos. Por causa do inverno, dezenas de homens eram forçados a se mudar para a costa norte de Long Island, onde arranjavam trabalhos como o de abrir conchas de mariscos por um punhado de dólares diários.

Brody sabia que um verão ruim quase dobraria a lista de pessoas em dificuldades. Se as casas não fossem todas alugadas, não haveria trabalho suficiente para os negros de Amity, a maioria jardineiros, mordomos, garçons e empregadas domésticas. E dois ou três verões ruins seguidos — uma circunstância, que, felizmente, não havia ocorrido em mais de duas décadas — poderiam criar um ciclo que arruinaria a cidade. Se as pessoas não tivessem dinheiro suficiente para comprar roupas, combustível ou grandes estoques de comida, se não pudessem reformar suas casas e consertar seus utensílios, os comerciantes e as empresas de serviços não conseguiriam sobreviver até o verão seguinte. Fechariam as portas, e os cidadãos de Amity começariam a fazer compras em outro lugar. A cidade perderia arrecadação de impostos. Os serviços municipais se deteriorariam e as pessoas começariam a se mudar dali.

Pois então havia um acordo tácito, em Amity, gerado da necessidade de sobrevivência. Esperava-se que cada um fizesse a sua parte para garantir que Amity permanecesse um balneário de verão atraente. Há alguns anos, lembrou Brody, um jovem e seu irmão mudaram-se para a cidade e se estabeleceram como carpinteiros. Chegaram na primavera, quando havia trabalho suficiente para todo mundo na preparação das casas para os veranistas. Isso mantinha todo mundo ocupado, então eles eram bem-vindos. Pareciam bem competentes e alguns dos carpinteiros já estabelecidos começaram a passar trabalhos para eles.

No meio do verão surgiram notícias perturbadoras sobre esses irmãos Felix. Albert Morris, dono da loja de materiais de construção de Amity, disse que eles estavam comprando pregos de aço barato e cobrando mais caro, o preço de pregos galvanizados. Num clima à beira-mar, pregos de aço começam a enferrujar em poucos meses. Dick Spitzer, dono da serraria, disse a alguém que os Felix fizeram um pedido de madeira verde de baixa qualidade para usar em alguns armários numa casa na Scotch Road. As portas do armário começaram a empenar logo depois de instaladas. Num bar, uma noite, o irmão mais velho, Armando, gabou-se a um colega que no seu emprego atual lhe pagavam para prender rebites a cada quarenta centímetros, mas na verdade ele os instalava a espaços maiores, de sessenta centímetros. E o irmão mais novo, Danny, um rapaz de 21 anos com sérios problemas de acne, gostava de mostrar aos amigos livros eróticos que, dizia, havia roubado das casas onde trabalhara.

Os demais carpinteiros pararam de passar trabalho aos irmãos Felix, mas eles já tinham construído um negócio sólido para se manterem no inverno. Silenciosamente, o acordo tácito de Amity começou a funcionar. A princípio, foram dadas apenas algumas indicações aos irmãos de que eles haviam abusado da hospitalidade. Armando reagiu de forma arrogante. Logo, pequenos contratempos começaram a aborrecê-lo. Todos os pneus do seu caminhão se esvaziaram misteriosamente, e quando ele pediu socorro ao posto de gasolina da Gulf em Amity lhe disseram que a bomba de ar estava quebrada. Quando acabou o gás na sua cozinha, a companhia de gás demorou oito dias para entregar um botijão novo. Seus pedidos de toras de madeira e outros suprimentos foram inexplicavelmente trocados ou atrasados. Nas lojas em que antes tinha crédito, agora era obrigado a pagar à vista. Lá pelo fim de outubro, os irmãos Felix não puderam mais trabalhar e tiveram de ir embora.

Geralmente, a contribuição de Brody ao acordo tácito de Amity — além de manter a lei e o bom senso na cidade — consistia em banir rumores e, em consulta a Harry Meadows, o editor do *Leader* de Amity, manter uma certa aparência nas raras ocorrências infelizes que eram qualificadas como notícias.

Os estupros do verão anterior tinham sido noticiados no *Leader,* mas muito de leve (como abusos), porque Brody e Meadows haviam concordado que o fantasma de um estuprador negro assombrando cada mulher em Amity não ajudaria muito o turismo. Neste caso, havia o problema adicional de que nenhuma das mulheres que tinham dito à polícia que haviam sido estupradas iria repetir sua história para mais ninguém.

Se algum dos mais abastados veranistas de Amity fosse preso por dirigir alcoolizado, caso fosse a primeira vez, Brody dispunha-se a multá-lo apenas por dirigir sem habilitação, e esta infração era devidamente noticiada pelo *Leader.* Mas Brody fazia questão de avisar ao motorista de que se fosse pego pela segunda vez dirigindo alcoolizado ele seria penalizado, fichado e iria a julgamento por dirigir embriagado.

O relacionamento de Brody com Meadows era baseado num equilíbrio delicado. Quando grupos de jovens chegavam à cidade vindo dos Hamptons e criavam problemas, Meadows era informado de tudo — nomes, idades e as penalidades aplicadas. Quando os jovens da própria Amity faziam muito barulho numa festa, o *Leader* geralmente dava uma nota de apenas um parágrafo, sem divulgar nomes ou endereços, informando ao público que a polícia fora chamada para resolver um distúrbio de menor relevância, digamos, na Old Mill Road.

Já que vários veranistas mantinham uma assinatura anual do *Leader*, o fato de suas casas serem alvo de vandalismo no inverno era um assunto particularmente complicado. Durante anos, Meadows o vinha ignorando — deixando por conta de Brody notificar o proprietário, punir os infratores e enviar profissionais para o reparo das casas. Mas no inverno de 1968, dezesseis casas foram vandalizadas no espaço de poucas semanas. Brody e Meadows concordaram que era o momento de dar início a uma forte campanha no *Leader* contra os vândalos de inverno. O resultado foi a instalação de quarenta e oito alarmes ligados diretamente à delegacia nas casas, e como a população não sabia quais possuíam esses alarmes e quais não possuíam, o vandalismo simplesmente cessou, facilitando em muito o trabalho de Brody e dando a Meadows a imagem de um editor militante nas causas da comunidade.

De vez em quando os dois se desentendiam. Meadows era um fanático na luta contra o uso de drogas. Também tinha um bom faro jornalístico, e quando farejava uma história — uma que não fosse suscetível a "outras avaliações" — ia atrás dela como um porco vai atrás de trufas. No verão de 1971, a filha de uma das famílias mais ricas de Amity morrera na praia da Scotch Road. Para Brody, não havia evidência de crime, e como a família se opôs a fazerem uma autópsia, a morte foi oficialmente registrada como afogamento.

Mas Meadows tinha razões para crer que a garota estava drogada e que quem fornecia a droga era o filho de um plantador de batatas polonês da região. Meadows demorou quase dois meses para concluir a história, mas no final conseguiu que fosse feita uma autópsia, que provou que quando ela se afogou já estava inconsciente devido a uma overdose de heroína. Ele também localizou o traficante e denunciou uma enorme quadrilha que agia na área de Amity. A história pegou mal para Amity e pior ainda para Brody, que, por conta das várias violações de leis federais envolvidas no caso, não pôde nem mesmo se redimir de seu descaso e fazer uma ou duas prisões. E Meadows recebeu dois prêmios de jornalismo regional.

Agora era a vez de Brody pressionar por uma completa exposição. Tencionava fechar as praias por alguns dias para dar tempo ao tubarão de ir para longe da costa de Amity. Ele não sabia se tubarões poderiam adquirir um gosto por carne humana (como ele ouvira a respeito de tigres), mas estava determinado a privar o peixe de mais pessoas. Agora ele queria publicidade para fazer as pessoas temerem a água e ficarem longe dela. Brody sabia que haveria forte resistência à divulgação do ataque do tubarão. Como no resto do país, Amity ainda sentia os efeitos da recessão. Até agora, o verão estava se mostrando medíocre. Os aluguéis estavam mais altos que no ano anterior, mas não eram "bons" aluguéis. A maioria era de "turmas", grupos de dez ou quinze jovens que vinham da cidade e rachavam o aluguel numa casa grande. Pelo menos uma dúzia das casas à beira-mar avaliadas entre 7 e 10 mil dólares a temporada ainda não tinham sido alugadas, e muitas outras na faixa dos 5 mil ainda não tinham os contratos fechados. Notícias sensacionalistas sobre um ataque de tubarão transformariam a mediocridade em desastre.

"Mesmo assim", pensou Brody, "uma morte no meio de junho, antes de as multidões chegarem, provavelmente seria logo esquecida. Certamente teria menos efeito que duas ou três." O peixe já devia ter desaparecido, mas Brody não estava disposto a arriscar vidas baseado em algo tão impreciso: as probabilidades poderiam ser boas, mas os riscos eram demasiadamente altos.

Telefonou para Meadows. "Oi, Harry", disse. "Pode almoçar?"

"Fiquei imaginando quando você iria ligar", disse Meadows.

"Claro. Minha casa ou a sua?"

De repente Brody preferiu não ter ligado na hora do almoço. Seu estômago ainda estava dolorido, e pensar em comida o deixou enjoado. Olhou para o calendário na parede. Era quinta-feira. Como todos os seus amigos assalariados e com orçamento apertado, a família Brody fazia compras baseada nas ofertas dos supermercados. A oferta de segunda-feira era frango, a de terça era carneiro, e assim por diante. À medida que cada item era consumido, Ellen anotava na sua lista e substituía na semana seguinte. As únicas variáveis eram anchova e robalo, incluídos no cardápio quando um pescador amigo deixava o excedente de presente em sua casa. A oferta de quinta-feira era hambúrguer, e Brody já tinha visto carne triturada suficiente por um dia. "Na sua", disse. "Por que não pedimos no Cy? Podemos comer no seu escritório."

"Por mim, tudo bem", disse Meadows. "Você come o quê? Vou pedir agora."

"Salada de ovos, acho, e um copo de leite. Tô indo praí." Brody ligou para Ellen para avisar que não iria almoçar em casa.

Harry Meadows era um homem grandalhão, e respirar era esforço suficiente para deixar sua testa coberta de suor. Estava nos seus 40 e tantos anos, comia demais, fumava charutos baratos demais, bebia uísque contrabandeado e era, segundo seu médico, o candidato número um do Ocidente a um infarto coronariano avassalador.

Quando Brody chegou, Meadows estava de pé ao lado de sua mesa abanando uma toalha na janela aberta. "Em respeito ao seu estômago sensível, como percebi pelo seu pedido de almoço, estou tentando limpar o ar do cheiro do meu White Owl."[1]

"Muito obrigado", disse Brody. Deu uma olhada pela sala pequena, entulhada, procurando um lugar para sentar.

"Joga essas porcarias no chão", disse Meadows. "São só relatórios do governo. Relatórios do condado, do estado, da comissão de rodovias e de águas. Provavelmente custaram um milhão de dólares, mas como informação não valem nada."

Brody pegou o monte de papéis e o empilhou sobre um aquecedor. Puxou a cadeira para perto da mesa de Meadows e sentou-se.

Meadows enfiou a mão num saco grande de papel, tirou um copo de plástico e um sanduíche embrulhado em papel celofane e os deslizou na direção de Brody. Depois começou a desembrulhar o próprio almoço, quatro embalagens separadas que abriu e espalhou à sua frente com o cuidado de um joalheiro exibindo pedras preciosas: um sanduíche de almôndegas

---

[1] Marca de charutos.

transbordando molho de tomate, uma porção de batatas fritas engorduradas, um picles temperado do tamanho de uma abobrinha e uma fatia de torta de limão. Tateou por trás da cadeira e de uma pequena geladeira retirou uma lata de cerveja de meio litro. "Delicioso", disse, com um sorriso, enquanto contemplava o banquete à sua frente.

"Impressionante", disse Brody, sufocando um arroto ácido.

"Absurdamente impressionante. Eu devo ter comido umas mil refeições com você, Harry, mas ainda não me acostumei."

"Todos têm suas pequenas extravagâncias, meu amigo", disse Meadows enquanto levantava seu sanduíche. "Algumas pessoas perseguem as esposas dos outros. Outras se perdem na bebida. Eu encontro meu alívio no alimento da própria natureza."

"Será um alívio para Dorothy quando seu coração disser 'Basta, cara, *adiós*'."

"Já discutimos isso, Dorothy e eu", disse Meadows, filtrando as palavras pela boca cheia de pão e carne, "e concordamos que uma das poucas vantagens que o homem tem sobre os outros animais é a possibilidade de escolher como vai morrer. A comida pode até me matar, mas também é o que faz da vida um prazer. Além disso, prefiro ir do meu jeito do que terminar na barriga de um tubarão. Depois desta manhã tenho certeza que você concorda comigo."

Brody estava engolindo uma mordida do sanduíche de salada de ovos e teve que forçar a descida quando engasgou ao ouvir aquilo. "Não faz isso comigo", disse.

Comeram em silêncio por uns instantes. Brody terminou seu sanduíche e o leite, amassou o papel celofane e o enfiou no copo plástico. Encostou-se na cadeira e acendeu um cigarro. Meadows ainda estava comendo, mas Brody sabia que seu apetite não diminuiria por nenhuma discussão. Lembrou-se de uma vez quando Meadows visitou a cena de um acidente de carro sangrento e em seguida foi entrevistar a polícia e os sobreviventes enquanto chupava um picolé de coco.

"Sobre a história da jovem Watkins", disse Brody, "pensei numa coisa, caso você queira ouvir."

Meadows fez que sim com a cabeça.

"Primeiro, me parece que não há dúvida quanto à causa da morte. Já conversei com o Santos, e..."

"Eu também."

"Então você sabe o que ele acha. Foi um ataque de tubarão, puro e simples. E se você tivesse visto o corpo concordaria. Não tem..."

"Eu vi."

Brody estava impressionado, mais porque não poderia imaginar como alguém que tivesse visto aquilo poderia estar sentado ali agora, lambendo recheio de torta de limão dos dedos. "Então você concorda?"

"Concordo. Concordo que foi isso que matou a garota. Mas tem algumas outras coisas que eu não tenho certeza."

"Tipo?"

"Tipo por que ela estava nadando àquela hora da noite. Você sabe qual era a temperatura por volta de meia-noite? Quinze graus. Sabe qual era a temperatura da água? Por volta de 10° C. Você teria de estar fora de si para ir nadar nestas condições."

"Ou bêbada", disse Brody, "o que provavelmente ela estava."

"Talvez. Não, você tem razão — provavelmente. Fiz umas checagens, e os Foote não usam maconha ou mescalina ou nada dessas coisas. No entanto, tem uma coisa que me incomoda."

Brody foi ficando aborrecido. "Pelo amor de Deus, Harry, para de procurar mistério onde não tem. Às vezes as pessoas morrem acidentalmente."

"Não é isso. É só que é muito engraçado que a gente tenha um tubarão por aqui quando a água ainda está fria desse jeito."

"É? Talvez existam tubarões que gostem de água fria. Quem sabe algo sobre tubarões?"

"Tem gente que sabe. Tem o tubarão da Groenlândia, mas eles nunca vêm até aqui, e mesmo se viessem, normalmente não incomodariam as pessoas. Quem sabe de tubarões? Vou te dizer uma coisa: No momento eu sei muito mais sobre eles do que sabia hoje de manhã. Depois que eu vi o que sobrou da jovem Watkins, liguei pra um rapaz que eu conheço no Instituto Oceanográfico de Woods Hole. Descrevi o corpo pra ele e ele disse que aparentemente só um tipo de tubarão poderia fazer um estrago como esse."

"Que tipo?"

"O grande tubarão-branco. Tem outros que atacam gente, tipo o tigre e o tubarão-martelo, e talvez até os makos e os azuis, mas este rapaz, Hooper — Matt Hooper — me disse que pra cortar uma mulher ao meio assim teria que ser um peixe com uma boca desse tamanho" — ele abriu as mãos a cerca de noventa centímetros de distância uma da outra — "e o único tubarão que chega a esse tamanho e ataca gente é o grande tubarão-branco. Tem outro nome pra eles."

"É?" Brody estava começando a perder o interesse. "Qual é?"

"Comedor de homem. Outros tubarões comem gente uma vez ou outra, por todos os motivos — fome, talvez, ou confusão, ou porque sentiram cheiro de sangue na água. Aliás, a moça estava menstruada ontem à noite?"

"Como eu vou saber?"

"Só curiosidade. Hooper disse que esta é uma maneira de garantir um ataque se um tubarão estiver por perto."

"E o que ele disse sobre a água fria?"

"Que é bem comum para o grande tubarão-branco vir para águas frias assim. Uns anos atrás um garoto foi morto por um desses perto de São Francisco. A água estava a 14º C."

Brody deu uma longa tragada no cigarro e disse: "Você foi fundo nessa pesquisa, Harry".

"Me pareceu um caso de, digamos, bom senso e de interesse público determinar exatamente o que aconteceu e quais as chances de acontecer novamente."

"E você conseguiu descobrir quais são essas chances?"

"Sim. Quase nulas. Pelo que eu entendi, esse acidente foi mesmo uma aberração. De acordo com Hooper, a única coisa boa sobre os grandes tubarões-brancos é que eles são raros. Há razão para acreditar que o tubarão que atacou a jovem Watkins já foi embora há tempos. Não há recifes por aqui. Não tem fábrica de beneficiamento de peixe ou abatedouro que despeje sangue ou vísceras na água. Portanto não há nada que mantenha o tubarão interessado."

Meadows fez uma pausa e olhou pra Brody, que olhou de volta em silêncio.

"Então me parece, Martin, que não há motivo para aborrecer o público com algo que é quase certo de não acontecer de novo."

"É uma forma de se pensar sobre isso, Harry. Uma outra é que, como quase não tem chance de acontecer de novo, não há mal algum em falar para as pessoas que isso aconteceu uma vez."

Meadows suspirou. "Em termos jornalísticos você está certo. Mas acho que esta é uma das vezes, Martin, que a gente tem de deixar as regras de lado e pensar no que é melhor para as pessoas. Não acho que seria de interesse público espalhar essa notícia. Não falo das pessoas da cidade. Elas saberão mais cedo ou mais tarde, as que ainda não sabem. Mas e as pessoas que leem o *Leader* em Nova York ou na Filadélfia ou em Cleveland?"

"Você está sendo pretensioso."

"Não enche. Você sabe o que quero dizer. E sabe como está a situação dos imóveis por aqui nesse verão. Estamos no limite, e outros lugares também estão, como Nantucket, Vineyard e East Hampton. Tem gente que ainda não fez planos para o verão. Elas sabem que estarão à vontade pra escolher o que quiserem este ano. Não há falta de casas para alugar... em lugar nenhum. Se eu soltar uma história contando que uma jovem foi partida ao meio por um tubarão monstruoso em Amity não vai haver uma casa alugada nesta cidade. Tubarões são como assassinos com um machado, Martin. As pessoas reagem a eles de forma passional. Tem algo de louco, maligno, incontrolável sobre eles. Se a gente disser às pessoas que tem um tubarão assassino por aqui, podemos dizer adeus ao verão."

Brody fez que sim com a cabeça. "Quanto a isso eu não tenho argumentos, Harry, e não quero dizer às pessoas que *tem* um tubarão assassino por aqui. Veja do meu ponto de vista, só por um segundo. Não vou pôr em questão as suas probabilidades ou nada disso. Provavelmente você está certo. Esse tubarão talvez já esteja a mais de cem quilômetros daqui e nunca mais vá voltar. A coisa mais perigosa na água agora talvez seja a ressaca. Mas há uma chance de você estar errado e eu não acho que a gente possa correr esse risco. Suponha — apenas suponha — que a gente não fale nada e mais alguém seja atacado pelo peixe. E aí? Estou em apuros. Minha função é proteger as pessoas daqui, e se eu não as proteger de algo, o mínimo que eu posso fazer é avisá-las de que há perigo. Você também está em apuros. Sua função é publicar as notícias, e simplesmente não há dúvidas de que alguém que foi morto por um tubarão é notícia. Quero que você publique no jornal, Harry. Vou interditar as praias, só por alguns dias, e só por precaução. Não vai ser uma grande chateação pra ninguém.

Não tem tanta gente aqui ainda e a água está fria. Se a gente falar honestamente, falar pras pessoas o que aconteceu e por que estamos fazendo o que estamos fazendo, acho que estaremos bem à frente."

Meadows ficou sentado na sua cadeira e pensou por um momento. "Não posso falar sobre o seu emprego, Martin, mas quanto ao meu, a decisão já foi tomada."

"O que isso quer dizer?"

"Não vai haver nenhuma história no *Leader* sobre o ataque."

"Simples assim?"

"Bem, não exatamente. A decisão não foi totalmente minha, apesar de, no geral, eu concordar com ela. Sou o editor do jornal, Martin, e sou dono de parte dele, mas não de uma parte grande o suficiente para aguentar certas pressões."

"Tais como?"

"Esta manhã já recebi seis telefonemas. Cinco eram de anunciantes — um restaurante, um hotel, duas imobiliárias e uma sorveteria. Eles estavam extremamente aflitos para saber se eu planejava ou não publicar a história sobre o caso da garota Watkins, e mais aflitos ainda para me dizer que eles achavam que seria melhor para Amity se a coisa toda fosse esquecida. O sexto telefonema foi do sr. Coleman, de Nova York. O sr. Coleman, que possui 55% do *Leader*. Aparentemente, ele também recebeu alguns telefonemas. E me disse que a história não sairia no *Leader*."

"Não creio que ele tenha dito que o fato de a mulher dele ser corretora de imóveis tenha algo a ver com essa decisão."

"Não", disse Meadows. "Ele não comentou nada."

"Números. Bom, Harry, aonde isso nos leva? Você não vai publicar a matéria; para os bons leitores do *Leader*, nada aconteceu. Vou interditar as praias e colocar umas placas dizendo o porquê."

"Ok, Martin. A decisão é sua. Mas deixa eu te lembrar uma coisa: você é um funcionário eleito, certo?"

"Como o presidente. Por quatro anos repletos de emoções."

"Funcionários eleitos podem ser destituídos."

"Isso é uma ameaça, Harry?"

Meadows sorriu. "Você sabe muito bem que não. Além disso, quem sou eu para fazer ameaças? Só quero que saiba o que está fazendo antes de mexer com a vida de toda essa gente que te elegeu."

Brody se levantou para sair. "Obrigado, Harry. Sempre ouvi falar que o poder é solitário. Quanto te devo pelo almoço?"

"Esqueça. Não poderia aceitar dinheiro de um homem cuja família estará logo na fila do seguro-desemprego."

Brody riu. "De jeito algum. Não sabia? A melhor coisa do trabalho na polícia é a estabilidade."

Dez minutos após Brody voltar à sua sala, tocou o interfone e uma voz anunciou: "O prefeito está aqui para vê-lo, chefe". Brody sorriu. O prefeito. Não Larry Vaughan o visitando. Não Lawrence Vaughan da Imobiliária Vaughan & Penrose, vindo reclamar de alguns inquilinos barulhentos. Mas o prefeito Lawrence P. Vaughan, que o povo escolheu — por setenta e um votos na última eleição. "Mande sua excelência entrar", disse Brody.

Larry Vaughan era um homem atraente, na faixa dos 50 anos, de fartos cabelos grisalhos e um corpo enxuto à custa de muitos exercícios. Apesar de ter nascido em Amity, com o passar dos anos desenvolveu um ar elegante de quem não é local. Ganhara muito dinheiro em Amity durante a especulação imobiliária do pós-guerra, e era o sócio majoritário (alguns pensavam que ele era o *único* sócio, já que ninguém nunca encontrou ou falou com alguém chamado Penrose no escritório de Vaughan) na imobiliária mais bem-sucedida da cidade. Vestia-se com simplicidade elegante, com casacos ingleses de corte atemporal, camisas de botão e mocassins. Diferentemente de Ellen Brody, que fizera o caminho de descida e deixara de pertencer à classe dos veranistas, tornando-se parte do povo local, mas sem conseguir se integrar, Vaughan passou tranquilamente da categoria de local para a de veranista, traçando sua trajetória com graça. Larry não era um deles, pois tecnicamente era um comerciante local, então nunca era convidado a visitá-los em Nova York ou Palm Beach. Mas em Amity movimentava-se livremente entre todos, menos entre os veranistas mais indiferentes, os quais, claro, faziam muito bem aos seus negócios. Era convidado para a maioria das festas de verão importantes e sempre chegava sozinho. Pouquíssimos amigos sabiam que ele tinha uma mulher em casa, uma mulher simples, devota, que gastava a maioria do seu tempo bordando em frente à televisão.

Brody gostava de Vaughan. Não o via muito durante o verão, mas depois do Dia do Trabalho,[2] quando as coisas se acalmavam, Vaughan sentia-se livre para cumprir sua agenda de visitas sociais, e por algumas semanas ele e a esposa chamavam Brody e Ellen para jantar num dos melhores restaurantes dos Hamptons. Essas noites eram verdadeiros agrados para Ellen, e apenas isso já era o bastante para fazer Brody feliz. Vaughan parecia entender Ellen. Ele sempre era delicado, tratando Ellen como um dos seus.

Vaughan entrou na sala de Brody e sentou-se. "Acabei de conversar com Harry Meadows", disse.

Vaughan estava obviamente aborrecido, o que interessou Brody. Ele não esperava essa reação. "Estou vendo", disse. "Harry não perde tempo."

"Como você vai conseguir uma autorização para interditar as praias?"

"Você está me perguntando como prefeito, como corretor de imóveis, como amigo ou o quê, Larry?"

Vaughan se sentiu pressionado, e Brody pôde perceber que ele tinha problemas em controlar o humor. "Quero saber como você vai conseguir a autorização. Quero saber agora!"

"Oficialmente, eu não tenho certeza se é permitido", disse Brody. "Tem algo no regulamento que diz que eu posso tomar quaisquer decisões que julgue necessárias em caso de emergência, mas acho que os membros do Conselho Municipal têm de declarar estado de emergência. Não creio que você queira encarar toda essa lenga-lenga."

"De jeito algum."

"Bom, então, extraoficialmente, acho que é de minha responsabilidade manter as pessoas que moram aqui o mais seguras que eu puder, e no momento eu acho que isso significa interditar as praias por alguns dias. Caso isso venha a acontecer, não sei se poderia prender alguém por ir nadar. A não ser", Brody sorriu, "que eu possa alegar caso de estupidez criminosa."

Vaughan ignorou o comentário. "Não quero que você interdite as praias", disse.

---

2 Nos Estados Unidos o Dia do Trabalho é comemorado na primeira segunda-feira de setembro. Coincide com o fim do verão no hemisfério norte.

"Estou vendo."

"Você sabe por quê. O Quatro de Julho[3] não está longe, e este é o feriado do tudo ou nada. Estaríamos dando tiro no próprio pé."

"Eu entendo sua justificativa, e tenho certeza de que você sabe das minhas razões pra querer interditar as praias. Não é que eu vá ganhar alguma coisa com isso."

"Não. Eu diria que é o contrário, na verdade. Olha, Martin, essa cidade não precisa desse tipo de propaganda."

"Também não precisa de mais gente morta."

"Não vai morrer mais ninguém, pelo amor de Deus. Tudo o que você vai fazer fechando as praias é chamar atenção de um bando de repórteres para bisbilhotar onde não são chamados."

"E aí? Eles viriam aqui e quando não achassem nada que valesse a pena noticiar voltariam pra casa. Não imagino que o *New York Times* tenha tanto interesse em cobrir um piquenique ou um jantar num clube campestre."

"Simplesmente não precisamos disso. Suponha que eles encontrem algo. Fariam um tremendo alarde que não seria bom pra ninguém."

"Como o quê, Larry? O que eles poderiam descobrir? Não tenho nada a esconder. Você tem?"

"Não, claro que não. Só estava pensando... talvez os estupros. Algo desagradável."

"Merda", disse Brody. "Tudo isso já passou."

"Droga, Martin!" Vaughan fez uma pausa por um momento, lutando para se acalmar. "Olha, se você não ouvir a razão você pode me ouvir como amigo? Estou sob muita pressão dos meus sócios. Algo assim poderia ser desastroso para nós."

Brody riu.

"É a primeira vez que ouço você admitir que *tem* sócios, Larry. Achei que você tocava aquela empresa como um imperador."

Vaughan ficou constrangido, como se sentisse que tinha falado demais. "Meus negócios são muito complicados. Tem vezes que *eu* não entendo o que está acontecendo. Me faz esse favor. Só dessa vez."

---

3 Feriado nacional que celebra a independência dos Estados Unidos.

Brody olhou para Vaughan tentando entender seus motivos. "Sinto muito, Larry, não posso. Eu não estaria fazendo o meu trabalho."

"Se você não me ouvir", disse Vaughan, "você pode não ter seu trabalho por muito tempo."

"Você não tem qualquer controle sobre mim. Você não pode demitir nenhum policial nessa cidade."

"Não com os policiais, isso não. Mas acredite ou não, tenho poder sobre o cargo de chefe de polícia."

"Não acredito."

Do bolso do paletó Vaughan tirou um exemplar do livro de normas da cidade de Amity. "Pode ler", disse, folheando até encontrar a página que queria. "Está bem aqui." Entregou a brochura para Brody. "O que ele diz, efetivamente, é que mesmo que você seja eleito pelo povo para o cargo de chefe, os membros do Conselho Municipal têm o poder de te destituir."

Brody leu o parágrafo que Vaughan indicou.

"Creio que você está certo", disse. "Mas adoraria ver o que você considera 'motivo bom e suficiente'."

"Eu torço que não chegue a tanto, Martin. Esperava que nossa conversa nem tivesse chegado a esse ponto. Esperava que você ficasse do nosso lado, já que você sabia como eu e os membros do conselho nos sentimos."

"Todos eles?"

"A maioria."

"Quem?"

"Não vou ficar aqui dando nomes. Não tenho que fazer isso. Tudo o que você tem de saber é que eu tenho o conselho me apoiando, e se você não fizer o que é certo vamos pôr alguém no seu lugar que fará."

Brody nunca tinha visto Vaughan com uma postura tão agressiva. Ficou fascinado, mas um pouco mexido. "Você realmente quer isso, não quer, Larry?"

"Quero." Percebendo a vitória, Vaughan disse calmamente, "Confia em mim, Martin. Você não vai se arrepender."

Brody suspirou.

"Merda", disse. "Não estou gostando disso. Não me cheira bem. Mas tudo bem, se é tão importante."

"É muito importante." Pela primeira vez desde que chegou, Vaughan sorriu. "Obrigado, Martin", disse, e se levantou. "Agora eu tenho a missão desagradável de visitar os Foote."

"Como você vai mantê-los de boca fechada pro *Times* ou pro *News*?"

"Espero poder apelar ao espírito público deles", disse Vaughan, "da mesma forma que apelei ao seu."

"Vai ser dureza."

"Temos algo a nosso favor. A jovem Watkins era uma ninguém, sem destino. Não tinha família nem amigos próximos. Disse que tinha pegado carona em Idaho até aqui no leste. Então não vão sentir a falta dela."

Brody chegou em casa um pouco antes das cinco da tarde. Seu estômago tinha melhorado o suficiente para que pudesse tomar uma cerveja ou duas antes do jantar. Ellen estava na cozinha, ainda com o uniforme cor-de-rosa de voluntária do hospital. Suas mãos estavam enfiadas em carne moída, preparava um bolo de carne.

"Oi", ela disse, virando a cabeça para Brody poder beijá-la na bochecha. "Qual foi a crise?"

"Você tava no hospital. Não soube?"

"Não. Hoje foi dia de dar banho nas velhinhas. Não consegui deixar a ala Ferguson."

"Uma moça foi morta na praia da Old Mill Road."

"Como?"

"Por um tubarão."

Brody foi até a geladeira e pegou uma cerveja.

Ellen parou de amassar a carne e olhou para ele. "Um tubarão? Nunca ouvi falar disso aqui. Você vê um uma vez ou outra, mas eles nunca fazem nada."

"Eu sei. Foi o primeiro pra mim também."

"E o que você vai fazer?"

"Nada."

"Sério? Isso é correto? Quer dizer, não tem nada que você possa fazer?"

"Claro, tem coisas que eu poderia fazer. Tecnicamente. Mas não tem nada que eu possa realmente fazer. O que eu e você achamos não pesa muito por aqui. Os que mandam aqui estão preocupados que não caia bem se a gente propagar que uma estranha foi morta por um peixe. Preferem correr o risco de dizer que foi só um acidente fora do normal que não se repetirá. Ou, pior, eles preferem que eu corra esse risco, já que a responsabilidade é minha."

"O que você quer dizer com os que mandam?"

"Um deles, Larry Vaughan."

"Ah. Não sabia que você tinha falado com Larry."

"Ele veio me ver assim que soube que eu planejava interditar as praias. Ele não foi bem o que se pode chamar de sutil quando me disse que não queria as praias fechadas. Disse que me tiraria o emprego se eu fizesse isso."

"Não acredito, Martin. Larry não é assim."

"Eu também não acreditei. Aliás, o que você sabe sobre os sócios dele?"

"Nos negócios? Não achava que havia algum. Achava que Penrose era o nome dele do meio, ou algo assim. De qualquer forma, eu achava que ele era dono de tudo."

"Eu também. Mas parece que não."

"Bom, fico aliviada de saber que você falou com Larry antes de tomar qualquer decisão. Ele costuma ter uma visão mais geral, mais ampla das coisas que a maioria das pessoas. Talvez ele saiba o que é melhor."

Brody sentiu o sangue subir pelo pescoço. Disse apenas "Merda". Arrancou a tampa da lata de cerveja, jogou na lixeira e foi para a sala assistir às notícias da noite na TV.

Ellen falou da cozinha: "Esqueci de te avisar: ligaram procurando por você há pouco".

"Quem?"

"Não disse. Ele só pediu pra te dizer que você está fazendo um trabalho maravilhoso. Simpático, não acha?"

Pelos dias seguintes o tempo permaneceu limpo e estranhamente calmo. O vento soprava devagar, constante. Do sul, uma brisa agradável formava ondas tão pequenas que sequer quebravam, deixando o mar liso, sem espumas. Esfriava apenas à noite, e, depois de dias ininterruptos de sol, a terra e a areia haviam esquentado.

Domingo era dia 20 de junho. As escolas públicas ainda tinham uma semana ou mais de aulas antes do início das férias de verão, mas as escolas particulares em Nova York já haviam entrado de férias. As famílias que tinham casas de praia em Amity já vinham para os fins de semana desde o início de maio. Veranistas cujos aluguéis iam de 15 de junho a 15 de setembro já tinham desfeito as malas e, já familiarizados com a localização dos armários das roupas de cama, da louça mais fina, onde estavam guardados os objetos do dia a dia e quais camas eram mais macias que outras, já começavam a se sentir em casa.

Por volta do meio-dia a praia em frente à Scotch Road e à Old Mill Road estava cheia de gente. Maridos em sono profundo sobre toalhas de praia tentando absorver a energia da luz do sol antes de uma tarde de tênis e da viagem de volta pra Nova York no trem de Long Island. Esposas recostadas em cadeiras de praia, lendo Helen MacInnes, John Cheever e Taylor Caldwell, parando de vez em quando para encher uma taça do vermute seco do *cooler*.

Adolescentes deitados em fileiras simétricas, os rapazes curtindo a sensação de esfregar o corpo na areia pensando no sexo das garotas e de vez em quando esticando seus pescoços na esperança de verem algo mais, exposto, de propósito ou não, pelas garotas deitadas de costas com as pernas abertas. Não eram da Era de Aquário.[1] Não falavam de assuntos triviais como paz ou poluição, justiça ou revolta. Cresceram destinados ao privilégio por conta de uma certeza genética. Da mesma forma que seus olhos eram azuis ou castanhos, seus gostos e consciências eram determinados por outras gerações. Não tinham carências de vitaminas, nenhuma anemia falciforme. Seus dentes — graças à criação ou à ortodontia — eram retos, brancos e nivelados. Seus corpos, magros, seus músculos tonificados por aulas de boxe aos 9 anos, de equitação aos 12 e de tênis desde sempre. Não tinham nenhum mau cheiro corporal. Quando suavam, as meninas cheiravam vagamente a perfume; os rapazes simplesmente a limpeza.

Mas não se deve dizer que fossem idiotas ou maus. Se o seu QI pudesse ser avaliado em grupo, sua habilidade natural estaria 10% acima da média da humanidade. E eles foram, estavam sendo educados em escolas que ensinavam todas as disciplinas, incluindo exposição a sentimentos de grupos minoritários, filosofias revolucionárias, hipóteses ecológicas, táticas de poder político, drogas e sexo. Intelectualmente, eles sabiam bastante. Praticamente, escolheram saber quase nada. Tinham sido condicionados a acreditar (ou, se não acreditar, a sentir) que o mundo era realmente bastante irrelevante para eles. E estavam certos. Nada os tocava — nem conflitos raciais em lugares como Trenton, Nova Jersey ou Gary, Indiana; nem o fato de que partes do rio Missouri estavam tão poluídas que a água às vezes pegava fogo sozinha; nem a corrupção da polícia em Nova York ou o aumento do número de assassinatos em São Francisco, ou revelações de que os cachorros-quentes continham cocô de inseto ou que o hexaclorofeno causava danos ao cérebro. Estavam vacinados até mesmo contra as crises econômicas que arruinaram o resto da América. Oscilações no mercado de ações eram

---

1   Geração dos jovens norte-americanos do final dos anos 1960 identificados com símbolos da contracultura: paz e amor, liberação sexual, movimento hippie etc.

incômodos percebidos, quando muito, como ocasiões para os pais reclamarem de extravagâncias reais ou fantasiosas.

Esses eram os que voltavam a Amity todo verão. Os outros — e havia alguns, dissidentes — marchavam e se lastimavam, juntavam-se, suspiravam e passavam seus verões trabalhando para grupos de ações sociais. Mas por terem rejeitado Amity e, no máximo, aparecido por um eventual feriado do fim de semana do Dia do Trabalho, eles, também, eram irrelevantes.

As criancinhas brincavam na areia à beira d'água, cavando buracos e jogando areia molhada umas nas outras, sem pensar e sem ligar sobre quem eram e o que seriam.

Um menino de 6 anos parou de atirar pedrinhas na água. Caminhou pela praia até onde sua mãe estava deitada cochilando e se jogou ao lado da toalha dela. "Mãe", disse, desenhando na areia com a ponta do dedo.

A mãe virou-se para ele, protegendo os olhos do sol. "O quê?"

"Tô de saco cheio."

"Como que você pode estar de saco cheio? Não estamos nem em julho ainda."

"Não quero saber. Tô de saco cheio. Não tenho nada pra fazer."

"Você tem uma praia inteira pra brincar."

"Eu sei. Mas não tem nada pra *fazer* nela. Poxa, tô de saco cheio."

"Por que não vai jogar bola?"

"Com quem? Não tem ninguém aqui."

"Estou vendo uma porção de gente. Já procurou os Harris? E o Tommy Converse?"

"Não estão aqui. Ninguém tá aqui. E eu tô mesmo de saco cheio."

"Ah, pelo amor de Deus, Alex."

"Posso ir nadar?"

"Não. Está muito frio."

"Como você sabe?"

"Eu sei e pronto. Além disso, você sabe que não pode ir sozinho."

"Vem comigo?"

"Na água? Claro que não."

"Não, só pra me olhar."

"Alex, mamãe está cansada, completamente exausta. Você não pode arrumar outra coisa pra fazer?"

"Posso dar uma volta com a minha boia?"

"Uma volta onde?"

"Só ali na água um pouquinho. Eu não vou nadar. Só vou deitar na minha boia."

A mãe sentou-se e colocou os óculos de sol. Olhou a praia de alto a baixo. A algumas centenas de metros um homem estava na praia com água na altura da cintura com uma criança nos ombros. Ela olhou para ele, num rápido momento de arrependimento e autopiedade por não poder mais passar para o marido a responsabilidade de entreter o filho.

Antes de virar a cabeça, o menino adivinhou o que ela estava sentindo. "Aposto que o papai ia deixar", disse.

"Alex, já era pra você saber que esse é o jeito errado de conseguir alguma coisa."

Olhou para a praia na outra direção. Exceto por alguns casais ao longe, ela estava vazia. "Tudo bem", disse. "Vai. Mas não vá pra longe. E não vá nadar." Olhou para o menino e, para ele ver que ela falava a sério, abaixou os óculos para ele ver seus olhos.

"Tá bem", ele disse. Ele se levantou, pegou sua boia de borracha e a arrastou pela água. Segurou-a à sua frente e caminhou para dentro do mar. Quando a água alcançou sua cintura, ele inclinou-se para a frente. Uma onda o alcançou e levantou a boia com o menino. Ele tentou ficar bem no meio dela, e então a boia se estabilizou. Remou com os dois braços, movendo-os suavemente. Seus pés e tornozelos estavam apoiados na parte de trás da boia. Ele recuou alguns metros, depois se virou e começou a nadar paralelamente à praia. Sem que ele notasse, uma leve corrente o levava devagar para longe da beira.

A cinquenta metros de distância da praia, o fundo do mar formou um precipício — não vertical, como um desfiladeiro, mas um declive que ia de dez a mais de quarenta e cinco graus. A profundidade da água era de cinco metros onde o declive começou a aumentar. Logo eram sete metros, depois doze, depois quinze metros de profundidade. A oitocentos metros de distância da praia, nivelou-se em trinta metros e então elevou-se num banco de areia que aproximou-se da superfície a uns mil e seiscentos metros da costa. Em direção ao mar, o banco de areia caiu rapidamente para sessenta metros, e depois, ainda mais para longe, começaram as reais profundezas do oceano.

A dez metros abaixo da superfície, o enorme peixe nadava devagar, a cauda mexendo-se o suficiente apenas para mantê-lo em movimento. Ele não via nada, a água estava escura por causa da vegetação local. O peixe começou a se mover seguindo a linhada costa. Virou-se devagar e foi gradualmente subindo. Percebia mais luz na água, mas ainda não via nada.

O menino estava descansando, os braços afundados, pés e tornozelos batendo na água a cada pequena onda. Sua cabeça estava virada na direção da praia, e ele notou que tinha sido levado para além do que sua mãe considerava seguro. Podia vê-la deitada sobre a toalha, e via também o homem que brincava com a criança na arrebentação. Não estava com medo, pois a água estava calma e ele não estava tão longe da costa — a cerca de uns quarenta metros. Mas queria chegar mais perto, senão sua mãe poderia se sentar, espiá-lo e mandar que saísse da água. Acomodou-se um pouco mais para trás para que os pés ajudassem a empurrá-lo de volta. Começou a bater os pés e remar em direção à praia. Seus braços deslocavam a água quase em silêncio, mas seus pés a agitavam, deixando bolhas no trajeto.

O peixe não ouviu o som, mas registrou os impulsos emitidos pelos pés. Eram sinais, fracos mas reais, e o peixe fixou-se neles e passou a segui-los. Subiu, primeiro devagar, depois ganhou velocidade à medida que os sinais ficaram mais fortes.

O menino parou por um momento para descansar. Os sinais cessaram. O peixe diminuiu a velocidade, virando a cabeça de um lado para outro, tentando recuperá-los. O menino ficou completamente imóvel e o peixe passou por baixo dele, colado no fundo arenoso. Virou-se outra vez.

O menino voltou a remar. Batia os pés só a cada terceira ou quarta braçada; os movimentos com os pés cansavam mais do que as remadas regulares. Mas os ocasionais movimentos dos pés enviaram novos sinais ao peixe. Agora ele precisava capturar os sinais por apenas um instante, pois estava quase diretamente abaixo do menino. O peixe emergiu. Quase na vertical, agora viu a agitação na superfície. Não havia nenhuma certeza de que o que se movia acima era comida, mas comida não era um conceito tão significante. O impulso do peixe era atacar. Se o que ele engolisse fosse digerível, era comida; se não, seria mais tarde regurgitado. A boca abriu, e com um último movimento de sua cauda em forma de foice o peixe atacou.

O último — e único — pensamento do menino foi de que tinha levado um soco no estômago. Sua respiração sumiu subitamente. Não teve tempo de gritar e, ainda que tivesse tido tempo, não saberia o que gritar, pois não pôde ver o peixe. A cabeça do peixe lançou a boia acima da água. As mandíbulas morderam, engolindo cabeça, braços, ombros, tronco, quadris e grande parte da boia. Quase metade do peixe tinha saído da água, e ele deslizou para a frente e para baixo revirando o corpo, mastigando a massa de carne, ossos e borracha. As pernas do menino foram arrancadas na altura dos quadris e afundaram, girando devagar, em espiral, para o fundo.

Na praia o homem e a criança gritaram: "Ei!" Ele não tinha certeza do que acabara de ver. Estava olhando em direção ao mar, depois começou a virar a cabeça quando uma agitação chamou sua atenção. Virou-se na direção do mar novamente, mas já não havia nada para ver, somente as ondas causadas pelo chafariz que se erguera e espalhava-se agora em círculos. "Você viu aquilo?", gritou. "Você viu aquilo?"

"O quê, papai, o quê?" O menino olhou para ele, excitado.

"Lá! Um tubarão, uma baleia, sei lá! Algo enorme!"

A mãe do menino, ainda meio sonolenta sobre a toalha, abriu os olhos e virou-se para o homem. Viu-o apontar na direção da água e ouviu dizer algo para o filho, que correu para a areia e ficou perto de uma pilha de roupas. O homem correu na direção da mãe do garoto e se sentou. Ela não entendia o que ele falava, então protegeu os olhos da claridade com as mãos e olhou para o mar. Primeiro, o fato de não ver nada não lhe causou estranheza. Então ela se lembrou e disse: "Alex".

Brody estava almoçando: frango assado, purê de batatas e ervilhas. "Purê de batatas", disse enquanto Ellen o servia. "O que você tá tentando fazer comigo?"

"Não quero você definhando. Além disso, você fica bem, assim, mais parrudinho."

O telefone tocou. Ellen disse "Eu atendo", mas Brody se levantou. Era como sempre acontecia. Ela dizia "Eu atendo", mas era ele quem atendia. A mesma coisa quando ela esquecia algo na cozinha. Ela dizia "Esqueci os guardanapos. Vou pegar". Mas os dois sabiam que ele iria se levantar para pegá-los.

"Não, tudo bem", disse. "Deve ser pra mim mesmo." Ele sabia que a ligação era provavelmente para ela, mas as palavras vieram automaticamente.

"É o Bixby, chefe", disse a voz na delegacia.

"O que foi, Bixby?"

"Acho que é melhor o senhor vir aqui."

"Por quê?"

"Bom, é que, chefe..." Era óbvio que Bixby não queria entrar em detalhes. Brody o ouviu dizer algo para alguém e retornar ao aparelho. "Estou com essa mulher histérica aqui, chefe."

"Por que ela está histérica?"

"O filho dela. Na praia."

Um certo mal-estar atravessou o estômago de Brody. "O que aconteceu?"

"Foi..." Bixby titubeou e falou rápido. "Quinta-feira."

"Escuta aqui, seu imbecil..."

Brody parou de falar pois agora estava entendendo. "Tô indo praí." Desligou.

Sentiu que ficou vermelho, quase febril. Temor, culpa e fúria se misturavam num golpe doloroso que parecia lhe contorcer as entranhas. Logo se sentiu traído e traidor, enganado e enganador. Era um criminoso forçado a cometer um crime, uma prostituta relutante. Tinha que levar a culpa, mas não era culpado. A culpa era de Larry Vaughan e seus sócios, fossem eles quem fossem. Quis fazer a coisa certa, forçaram-no a não fazer. Mas quem eram eles para o forçarem? Se não pudesse se impor perante Vaughan, que tipo de policial era ele? Ele tinha que ter interditado as praias.

Suponhamos que o tivesse feito. O peixe teria ido embora da praia — digamos, para East Hampton — e matado alguém lá. Mas não foi o que aconteceu. As praias permaneceram abertas e uma criança foi morta por isso. Simples assim: causa e efeito. Brody de repente sentiu desprezo por si mesmo. E de repente também sentiu pena de si.

"O que foi?", perguntou Ellen.

"Um menino foi morto."

"Como?"

"Por um maldito de um tubarão filho da puta."

"Ah não! Se você tivesse fechado as praias..." E parou, constrangida.

"É, eu sei."

Harry Meadows esperava no estacionamento atrás da delegacia quando Brody chegou. Abriu a porta do carona do carro de Brody e sentou-se. "As probabilidades não eram tão pequenas assim, não é?", disse.

"Pois é. Quem está lá, Harry?"

"Um cara do *Times*, dois do *Newsday* e um dos meus. E a mulher. E o homem que diz que viu o que aconteceu."

"Como que o cara do *Times* ficou sabendo?"

"Má sorte. Ele estava na praia. Como um dos caras do *Newsday*. Os dois estão hospedados na casa de pessoas daqui neste fim de semana. Chegaram no local em dois minutos."

"A que horas aconteceu?"

Meadows olhou o relógio. "Quinze, vinte minutos atrás. Não mais."

"Eles sabem do caso da moça, a Watkins?"

"Não sei. Meu homem sabe, mas sabe o suficiente pra não falar. Quanto aos outros, depende de com quem eles têm falado. Duvido que eles saibam. Ainda não tiveram tempo de vasculhar."

"Eles vão descobrir, mais cedo ou mais tarde."

"Eu sei", disse Meadows. "Isso me põe numa situação muito difícil."

"*Você?* Não me faça rir."

"É sério, Martin. Se alguém do *Times* conseguir essa história e enviar ela pro jornal, vai aparecer na edição de amanhã junto com o ataque de hoje, e o *Leader* vai ficar numa situação ruim. Vou ter de usar isso, cobrir eu mesmo, mesmo se os outros não publicarem."

"Usar como, Harry? O que você vai dizer?"

"Ainda não sei. Como eu disse, estou numa posição muito difícil."

"E quem você vai dizer que mandou que esse ataque fosse abafado? Larry Vaughan?"

"Dificilmente."

"Eu?"

"Não, não. Não vou dizer que ninguém mandou abafar. Não houve nenhum complô. Vou falar com Carl Santos. Se puder pôr as palavras certas na boca dele, todos poderemos ser poupados de muito aborrecimento."

"E quanto à verdade?"

"Como assim?"

"E quanto a dizer o que realmente aconteceu? Dizer que eu quis interditar as praias e avisar as pessoas, mas os membros do Conselho Municipal não concordaram. E dizer que eu fui um tremendo de um covarde em não lutar por medo de perder o emprego, e acabei concordando com eles. Dizer que todos os poderosos de Amity concordaram que não havia razão para alarmar as pessoas só porque havia um tubarão por perto que gostava de comer crianças."

"Ora essa, Martin. Não foi sua culpa. Não foi culpa de ninguém. Tomamos essa decisão, fizemos uma aposta e perdemos. Isso foi tudo."

"Maravilhoso. Agora eu só tenho de ir dizer à mãe do garoto que sentimos muitíssimo por termos usado o filho dela como ficha dessa aposta."

Brody saiu do carro e se dirigiu à porta dos fundos da delegacia. Meadows, mais lento para sair, seguiu uns passos atrás.

Brody parou. "Sabe o que eu gostaria de saber, Harry? Quem realmente tomou essa decisão? Você concordou. Eu concordei. Não creio que Larry Vaughan tenha sido realmente o cara que tomou a decisão. Acho que ele concordou também."

"O que faz você pensar assim?"

"Ainda não sei. Você sabe algo sobre os sócios dele nos negócios?"

"Ele não tem nenhum parceiro de verdade, tem?"

"Tô começando a me perguntar. Bem, foda-se... por ora." Brody deu mais um passo, e quando Meadows ainda seguia atrás dele, disse: "É melhor você entrar pela frente, Harry... pra manter as aparências".

Brody entrou na sala por uma porta lateral. A mãe do menino estava sentada em frente à sua mesa apertando um lenço com as mãos. Usava um roupão curto sobre o maiô. Estava descalça. Brody olhou para ela nervoso, mais uma vez sentindo o aperto da culpa. Não sabia se ela estava chorando, pois seus olhos estavam cobertos por óculos escuros.

Um homem estava em pé junto à parede atrás dela. Brody achou que fosse o que disse que testemunhou o acidente. Olhava distraído a coleção de registros corporativos de Brody: menções de grupos de serviço da comunidade, fotos de Brody com autoridades em visita, não exatamente coisas para se reter muita atenção de um adulto, mas ficar olhando para aquilo era melhor do que arriscar uma conversa com a mulher.

Brody nunca foi adepto a consolar pessoas, então ele simplesmente se apresentou e começou a fazer perguntas.

A mulher disse que não viu nada: num instante o menino estava ali, no outro tinha sumido, "e tudo o que vi foram pedaços da boia". Sua voz era fraca mas firme. O homem descreveu o que viu, ou o que pensou que viu.

"Então na verdade ninguém viu esse tubarão", disse Brody, numa vaga esperança interna.

"Não", disse o homem. "Acho que não. Mas o que mais poderia ter sido?"

"Muitas coisas." Brody mentia para si mesmo da mesma forma que para eles, testando para ver se poderia acreditar em suas próprias mentiras, imaginando se qualquer alternativa à realidade poderia ter algum crédito. "A boia pode ter se esvaziado e o menino se afogado."

"Alex é bom nadador", protestou a mulher. "Ou... era..."

"E a agitação na água?", disse o homem.

"O menino pode ter se debatido."

"Ele nunca gritou. Nem uma palavra."

Brody percebeu que o exercício era fútil. "Ok", disse. "Provavelmente vamos saber logo, de qualquer maneira."

"O que o senhor quer dizer?", disse o homem.

"De um jeito ou de outro, as pessoas que morrem na água geralmente aparecem em algum lugar. Se foi um tubarão, não haverá dúvida." Os ombros da mulher dobraram-se para a frente, e Brody odiou sua própria falta de tato. "Desculpe", disse. A mulher sacudiu a cabeça e chorou.

Brody pediu à mulher e ao homem que esperassem na sala e foi para a frente da delegacia. Meadows estava de pé na porta, encostado na parede. Um jovem — o repórter do *Times*, Brody imaginou — gesticulava para Meadows e parecia fazer perguntas. Era alto e magro. Usava sandálias, um calção de banho e uma camisa de mangas curtas com um emblema de jacaré costurado, no lado esquerdo do peito, o que fez com que Brody, por um instante, instintivamente, não gostasse dele. Em sua adolescência Brody achava essas camisas símbolos de riqueza e status. As pessoas as usavam o verão inteiro. Brody perturbou sua mãe até ela comprar uma para ele — "Uma camisa de dois dólares com um lagarto de seis dólares nela", ela disse — e quando ele se viu de repente alvo de deboche da turma de veranistas, sentiu-se humilhado. Arrancou o jacaré do bolso e usou a camisa como esfregão para limpar o cortador de grama que usava para ganhar algum dinheiro no verão. Recentemente, Ellen insistiu em comprar algumas camisas desse mesmo fabricante — pagando um preço exorbitante pelo emblema do jacaré — para ajudá-la a voltar a ter acesso ao seu antigo meio. Para seu próprio horror, uma noite viu-se pegando no pé de Ellen por comprar "um vestido de dez dólares com um lagarto de vinte dólares nele".

Dois homens estavam sentados num banco — os repórteres do *Newsday*. Um usava um calção de banho, o outro um blazer e calças compridas. O repórter de Meadows— Brody o conhecia como Nat alguma coisa, ou algo assim — estava debruçado sobre a mesa, conversando com Bixby. Pararam de falar assim que viram Brody entrar.

"Em que posso ajudá-lo?"

O jovem ao lado de Meadows deu um passo à frente e disse: "Sou Bill Whitman, do *New York Times*".

"E?"

"O que eu deveria fazer?", pensou Brody. "Cair de quatro pra você?"

"Eu estava na praia."

"O que você viu?"

Um dos repórteres do *Newsday* o interrompeu: "Nada. Eu também estava lá. Ninguém viu nada. Exceto, talvez, o homem na sua sala. Ele diz que viu algo".

"Eu sei", disse Brody, "mas ele não tem certeza do que viu."

O homem do *Times* disse: "Você está pronto para chamar isto de ataque de tubarão?"

"Não estou pronto para achar nada, e sugiro que você não ache nada também, até que saiba muito mais do que sabe até agora." O homem do *Times* sorriu. "Ora, chefe, o que você quer que a gente faça? Chamar de desaparecimento misterioso? Garoto perdido no mar?"

Foi difícil para Brody resistir à tentação de trocar farpas com o repórter do *Times*. Ele disse: "Veja, sr... Whitman, é isso? Whitman. Não temos testemunhas que tenham visto algo a não ser uma agitação forte na água. O homem que está lá dentro acha que viu uma coisa grande e cinzenta que ele acha que era um tubarão. Ele diz que nunca viu um tubarão de verdade na vida, então não é o que se possa chamar de testemunha especializada. Não temos corpo, nenhuma evidência real de que algo violento aconteceu ao garoto... Quer dizer, exceto que ele está desaparecido. É possível que tenha se afogado. E é plausível que tenha sido atacado por algum tipo de peixe ou outro animal — ou mesmo por uma pessoa, quem sabe. Tudo isso é possível, e até que a gente consiga..."

O som de pneus rangendo sobre o cascalho no estacionamento em frente fez Brody parar de falar. Uma porta de carro bateu forte e Len Hendricks correu para a delegacia vestindo apenas uma sunga. Seu corpo branco era cheio de manchas, como um copo de café de isopor. Ele estancou.

"Chefe..."

Brody surpreendeu-se com a visão inusitada de Hendricks naquela sunga — coxas cheias de espinhas, a genitália apertada no tecido sintético. "Você *foi nadar*, Leonard?"

"Houve outro ataque!", disse Hendricks.

O rapaz do *Times* perguntou logo: "Quando foi o primeiro?"

Antes que Hendricks pudesse responder, Brody disse: "Estávamos justamente falando disso, Leonard. Não quero você ou ninguém mais chegando a conclusões precipitadas até que se saiba do que está falando. Pelo amor de Deus, o garoto pode ter se afogado!"

"Garoto?", disse Hendricks. "Que garoto? Foi um homem, um velho. Há cinco minutos. Estava um pouco além da arrebentação e de repente deu um grito terrível. A cabeça dele afundou, subiu de novo, ele gritou outra vez e depois afundou de novo. O sangue começou a se espalhar por todo lado. O peixe continuou vindo e atacando nele de novo, de novo e de novo. É uma porra de um peixe enorme, o maior peixe que eu já vi na vida, do tamanho da porra de uma caminhonete. Eu entrei na água até ela bater na minha cintura e tentei alcançar o cara, mas o peixe continuou atacando ele." Hendricks parou de falar e olhou para o chão, a respiração ofegante. "Aí o peixe parou de atacar. Talvez tenha ido embora, não sei. Fui até onde o velho estava, a cabeça virada pra baixo. Peguei um dos braços e puxei."

Brody disse, após mais uma pausa de Hendricks: "E aí?"

"Soltou do corpo e ficou pendurado na minha mão. O peixe deve ter mastigado ele todo, deixou só um fio de pele." Hendricks olhou para cima, os olhos vermelhos cheios de lágrimas de cansaço e terror.

"Você vai vomitar?", perguntou Brody.

"Acho que não."

"Chamou a ambulância?"

Hendricks fez sinal negativo com a cabeça.

"Ambulância?", disse o repórter do *Times*. "Não é como botar uma tranca depois da porta ter sido arrombada?"

"Cala a boca, imbecil", disse Brody. "Bixby, ligue para o hospital. Leonard, você consegue trabalhar?"

Hendricks fez que sim.

"Então vá se vestir e traga alguns cartazes para inteditar as praias."

"E nós temos?"

"Não sei. Devemos ter. Talvez no almoxarifado junto daqueles avisos que dizem 'Propriedade Protegida pela Polícia'. Se não tiver, vamos improvisar uns que sirvam até a gente conseguir os apropriados. Não importa. De um jeito ou de outro, vamos fechar essas malditas praias."

Na manhã de segunda-feira, Brody chegou à delegacia um pouco depois das sete.

"Conseguiu?", perguntou a Hendricks.

"Está na sua mesa."

"Bom ou ruim? Deixa pra lá. Vou dar uma olhada."

"Não vai precisar olhar muito."

A edição local do *New York Times* estava bem no centro da mesa de Brody. Ao lado da coluna da direita na primeira página, ele viu a manchete:

TUBARÃO MATA DOIS EM LONG ISLAND

Brody disse "Merda!", e começou a ler.

Por **William F. Whitman**

Especial para o New York Times

AMITY, LONG ISLAND. 20 de junho — Um menino de 6 anos e um homem de 65 foram mortos hoje em diferentes ataques de tubarão que ocorreram no espaço de uma hora perto das praias desta comunidade de veraneio.

Embora o corpo do menino, Alexander Kintner, não tenha sido encontrado, autoridades disseram não haver dúvidas de que ele foi morto por um tubarão. Uma testemunha, Thomas Daguerre, de Nova York, disse que viu um objeto grande e cinza surgir da água, prender o menino e sua boia de borracha e desaparecer dentro d'água.

O legista de Amity, Carl Santos, relatou que vestígios de sangue encontrados mais tarde nos restos recuperados da boia não deixam dúvidas de que o menino morreu de forma violenta.

Pelo menos quinze pessoas testemunharam o ataque a Morris Cater, 65, que ocorreu por volta das duas da tarde a quatrocentos metros de distância de onde o pequeno Kintner foi atacado.

Aparentemente o sr. Cater nadava um pouco além da linha da arrebentação quando foi repentinamente atacado por trás. Ele gritou por ajuda, mas todas as tentativas de resgatá-lo foram em vão.

"Entrei na água até a cintura e tentei alcançá-lo", disse o policial de Amity Leonard Hendricks, que estava na praia na hora, "mas o peixe continuava a atacá-lo."

O sr. Cater, um atacadista de joias, com escritórios na Avenida das Américas, 1224, foi dado como morto ao chegar no Hospital Southampton. Estes incidentes são os primeiros casos oficiais de ataques de tubarão a banhistas na Costa Leste em mais de duas décadas.

De acordo com o dr. David Dieter, um ictiologista do Aquário de Nova York, em Coney Island, é lógico supor — mas não ter certeza — que ambos os ataques foram obra de um tubarão.

"Nessa época do ano nessas águas", disse dr. Dieter, "há muito poucos tubarões. É raro em qualquer época do ano tubarões virem tão perto da praia. Portanto, as chances de dois tubarões estarem na mesma praia ao mesmo tempo — e cada um atacar uma pessoa — são ínfimas."

Quando foi informado de que uma testemunha descreveu o tubarão que atacou o sr. Cater como sendo "tão grande quanto uma caminhonete", dr. Dieter disse que seria provavelmente um "grande tubarão-branco" (Carcharodon carcharias), uma espécie conhecida no mundo todo por sua voracidade e agressividade.

Em 1916, disse, um grande tubarão-branco matou quatro banhistas em Nova Jersey num único dia — o único outro registro de mortes por ataques múltiplos de tubarões nos Estados Unidos neste século. Dr. Dieter atribuiu os ataques à "má sorte, como um raio que atinge uma casa. O tubarão provavelmente só estava de passagem. Aconteceu de estar um dia bonito, pessoas estarem nadando, e ele acabou por se aproximar. Foi puro acaso."

Amity é uma comunidade de verão na costa sul de Long Island, aproximadamente no meio do caminho entre Bridgehampton e East Hampton, com a população de mil moradores. No verão, a população cresce para 10 mil pessoas.

Brody terminou de ler a matéria e pôs o jornal na mesa. Acaso, o doutor falou, puro acaso. O que ele diria se soubesse do primeiro ataque? Ainda puro acaso? Ou seria negligência, gritante e imperdoável? Havia pessoas mortas agora, e duas delas poderiam ainda estar vivas se Brody tivesse...

"Você viu o *Times*", disse Meadows. Ele estava de pé na porta.

"Sim, eu vi. Eles não usaram o caso da Watkins."

"Eu sei. Curioso, mesmo depois de Len ter dado com a língua nos dentes."

"Mas você usou."

"Usei. Tive de usar. Olha aqui." Meadows deu a Brody um exemplar do *Leader*. A manchete tomava todas as seis colunas da primeira página. "Você com certeza consegue um senhor destaque pras suas notícias, Harry."

"Leia."

Brody leu:

```
          DOIS MORTOS PELO TUBARÃO
          MONSTRO EM AMITY BEACH

            Número de vítimas do
         peixe assassino sobe para três


    Dois veranistas de Amity foram brutalmente
assassinados ontem por um tubarão comedor de
homens que os atacou enquanto se divertiam nas
águas frias da praia de Scotch Road.
    Alexander Kintner, de 6 anos, que morava com
sua mãe em Goose Neck Lane numa casa que per-
tencia ao sr. e à sra. Richard Packer, foi o
primeiro a morrer — atacado por baixo enquanto
descansava numa boia de borracha. Seu corpo não
foi encontrado.
    Menos de meia hora depois, Morris Cater, 65,
que passava o fim de semana na Abelard Arms
Inn, foi atacado por trás enquanto nadava na
arrebentação da praia pública.
```

O peixe gigante atacou várias vezes, truci-
dando o sr. Cater enquanto ele gritava por ajuda. O patrulheiro Len Hendricks, que por pura
coincidência estava nadando pela primeira vez
em cinco anos, fez uma valiosa tentativa de
resgatar a vítima, que se debatia, mas o peixe
não deu trégua. O sr. Cater estava morto quando
foi retirado da água.

As mortes foram a segunda e terceira a serem
causadas por ataque de tubarão em Amity nos
últimos cinco dias.

Na noite de quarta-feira, a jovem Christine
Watkins, hóspede do sr. e sra. John Foote, da
Old Mill Road, foi nadar e desapareceu.

Na manhã de quinta-feira, o chefe de polícia
Martin Brody e o policial Hendricks resgataram
seu corpo. De acordo com o legista Carl Santos, a
causa da morte foi "decididamente e sem sombra
de dúvida por ataque de tubarão".

Perguntado do por quê da causa da morte não
ter se tornado pública, o sr. Santos recusou-se
a comentar.

Brody tirou os olhos do jornal e disse: "O Santos realmente
se negou a comentar?"

"Não. Ele disse que ninguém, exceto você e eu, tinha perguntado sobre a causa da morte, então ele não se sentiu obrigado a
falar pra ninguém. Como pode ver, eu não poderia escrever esta
resposta. Tudo recairia em você e em mim. Eu esperava conseguir fazer ele falar algo como: 'A família dela pediu que a causa
da morte fosse guardada em sigilo, e uma vez que obviamente
não havia crime envolvido, eu concordei'. Mas ele não falou. Não
posso culpá-lo."

"Então o que você fez?"

"Tentei falar com Larry Vaughan mas ele estava fora para o
fim de semana. Achei que ele seria o melhor porta-voz oficial."

"E quando você não conseguiu falar com ele?"

"Leia."

Soube—se, entretanto, que a polícia de Amity e as autoridades tinham decidido segurar a informação pelo interesse público. "As pessoas tendem a ter reações exageradas quando ouvem falar de ataque de tubarão", disse um membro do Conselho Municipal. "Não queríamos dar início a pânico. E tivemos a opinião de um especialista de que as chances de termos outro ataque eram mínimas."

"Quem foi o seu conselheiro tagarela?", perguntou Brody.

"Todos e nenhum", disse Meadows. "Foi basicamente o que todos falaram, mas não posso mencionar nenhum deles."

"E sobre as praias não terem sido interditadas? Você falou disso?"

"*Você* disse."

"Eu disse?"

Perguntado por que não mandou interditar as praias até que o tubarão assassino fosse capturado, chefe Brody disse: "O Oceano Atlântico é gigantesco. Os peixes nadam nele e se movem para vários lugares. Eles não ficam sempre numa mesma área, especialmente uma área como esta onde não há fonte de alimento. O que iríamos fazer? Se fechássemos as praias de Amity as pessoas iriam simplesmente até East Hampton para nadar lá. E as chances de elas serem mortas tanto em East Hampton quanto em Amity são as mesmas".

Entretanto, após os ataques de ontem, o chefe Brody ordenou que as praias fossem fechadas até segunda ordem.

"Meu Deus, Harry", disse Brody, "você realmente pôs a culpa em mim. Me pôs defendendo um caso com o qual eu não concordo, depois provou-se que eu estava errado e eu fui *forçado* a fazer o que eu queria ter feito desde sempre. Foi um estratégia bem calhorda."

"Não foi nada disso. Eu tive de ter alguém falando a história oficial, e com Vaughan fora, você era a escolha lógica. Você admite que concordou em seguir adiante com a decisão, então, contrariado ou não, você apoiou. Não vi razão em publicar toda a roupa suja de disputas internas."

"Imagino. Bom, tá feito. Tem mais alguma coisa que eu deva ler aqui?"

'Não. Apenas cito Matt Hooper, o cara de Woods Hole. Ele diz que seria fora do normal se tivermos outro ataque. Mas está um pouco menos seguro do que estava da última vez."

"Ele acha que um único peixe está fazendo isso tudo?"

"Ele não sabe, claro, mas extraoficialmente acha. Ele acha que é um grande tubarão-branco."

"Eu também." Quer dizer, não sei se branco, verde ou azul, mas acho que é apenas um tubarão."

"Por quê?"

"Não tenho certeza, exatamente. Ontem à tarde eu liguei pra Guarda-Costeira em Montauk. Perguntei a eles se notaram a presença de muitos tubarões por aqui recentemente, e eles disseram que não viram nenhum. Nenhum até esta primavera. Ainda é cedo, portanto não é *tão* estranho. Eles disseram que iriam enviar um barco para cá mais tarde e me ligar se vissem alguma coisa. Aí eu acabei ligando de volta pra eles. Eles disseram que circularam por essa área de cima a baixo por duas horas e não viram nada. Então com certeza não há muitos tubarões nas redondezas. Eles disseram também que quando há tubarões na área, são na maioria tubarões-azuis de tamanho médio — de cerca de um metro e meio a três metros — e tubarões-areia que geralmente não incomodam as pessoas. Pelo que o Leonard disse que viu ontem, esse não é nenhum azul de tamanho médio."

"Hooper disse que havia uma coisa que a gente podia fazer", disse Meadows. "Agora que você conseguiu fechar as praias, a gente poderia jogar umas iscas. Você sabe, espalhar entranhas de peixe e coisas do tipo pela água. Se houver um tubarão, ele disse, isso vai trazê-lo voando pra cá."

"Ah, ótimo. É tudo que a gente precisa, atrair tubarões. E se ele aparecer? O que a gente faz?"

"Pega ele."

"Com o quê? Com o meu molinete?"

"Não, com arpão."

"Harry, eu não tenho nem um barco de polícia, muito menos um barco com arpão."

"Temos os pescadores. Eles têm arpões."

"Claro, por 150 dólares por dia, ou seja lá o que for."

"É verdade. Mas mesmo assim pra mim parece..."

Uma gritaria no corredor fez Meadows interromper sua frase no meio.

Ele e Brody ouviram Bixby falar: "Eu lhe disse, dona, ele está em reunião". Então uma voz feminina disse: "Conversa fiada! Não me importa o que ele está fazendo. Vou entrar".

O barulho de pés correndo — primeiro um par, depois dois. A porta da sala de Brody se escancarou, e ali, de pé, amassando um jornal, lágrimas escorrendo do rosto, estava a mãe de Alexander Kintner.

Bixby chegou atrás dela e disse: "Desculpe, chefe. Eu tentei impedi-la".

"Está tudo bem, Bixby", disse Brody. "Entre, sra. Kintner."

Meadows ficou de pé e ofereceu a ela uma cadeira, a que estava mais perto da mesa de Brody. Ela o ignorou e foi até Brody, que estava em pé atrás da mesa.

"Em que posso..."

A mulher atirou o jornal no rosto de Brody. Isso não o machucou tanto quanto o susto que levou — em especial o barulho, um som agudo que foi direto em seu ouvido esquerdo. O jornal caiu no chão.

"O que é isso?", gritou a sra. Kintner. "O que é isso?"

"Isso o quê?", disse Brody.

"O que eles falam aqui. Que o senhor sabia que era perigoso nadar. Que alguém já havia sido morto por aquele tubarão. Que o senhor guardou segredo."

Brody não sabia o que dizer. Claro que era verdade, tudo — pelo menos tecnicamente. Ele não poderia negar. E também não podia admitir porque não era a verdade completa.

"Em parte", disse. "Quer dizer, sim, é verdade, mas — veja, sra. Kintner..." Ele pedia que ela se controlasse até poder explicar.

"O senhor matou Alex!" Eram gritos agudos, e Brody tinha certeza de que tinham sido ouvidos no estacionamento, na rua, no centro da cidade, nas praias, em toda Amity. Tinha certeza de que sua mulher e seus filhos tinham ouvido.

Pensou com seus botões: "Dê um basta antes que ela diga algo mais". Mas tudo o que pôde falar foi "Ssshhh!"

"Foi você! Você matou ele!" Com os punhos cerrados e a cabeça para a frente ela gritava, como se tentasse enfiar as palavras em Brody. "O senhor não vai se livrar dessa!"

"Por favor, sra. Kintner", disse Brody. "Se acalme por um instante. Me deixe explicar." Tentou tocar no seu ombro e ajudá-la a se sentar, mas ela o repeliu.

"Tire suas mãos imundas de mim!", gritou ela. "O senhor sabia. O senhor sabia o tempo todo mas não falou nada. E agora um menino de 6 anos, um menino lindo de 6 anos, o meu menino..." As lágrimas brotavam de seus olhos, e à medida que ela tremia de ódio, gotas caíam de seu rosto. "O senhor sabia! Por que não falou? Por quê?" Ela se contraiu toda, enlaçando os braços no corpo como uma camisa de força, e olhou nos olhos de Brody. "Por quê?"

"É que..." Brody atrapalhou-se com as palavras. "É uma longa história." Sentiu-se ferido como se tivesse levado um tiro. Não sabia se podia explicar naquele momento. Não tinha certeza nem se poderia falar.

"Aposto que sim", disse a mulher. "Ah, seu maldito. Seu maldito, maldito. Seu..."

"Pare!" O grito de Brody foi ao mesmo tempo um pedido e uma ordem. "Agora ouça, sra. Kintner, a senhora entendeu errado, tudo errado. Pergunte ao sr. Meadows."

Meadows, tocado pela cena, concordou meio atordoado, acenando com a cabeça.

"Claro que ele vai dizer isso. Por que não iria? É seu amigo, não é? Provavelmente ele lhe disse que o senhor estava fazendo a coisa certa, não é?"

A raiva dela estava crescendo de novo, ressuscitada por uma nova carga emocional.

"Provavelmente vocês decidiram juntos. Fica mais fácil, não? Ganharam dinheiro?"

"O quê?"

"Ganharam dinheiro com o sangue do meu filho? Alguém pagou pra vocês não contarem o que sabiam?"

Brody ficou horrorizado. "Não! Jesus, claro que não!"

"Então, *por quê?* Me diga. Me diga por quê. *Eu pago* vocês. Apenas me diga por quê!"

"Porque a gente não imaginava que poderia acontecer de novo."

Brody ficou surpreso com sua concisão. Na verdade tinha sido isso, não tinha?

A mulher ficou em silêncio por um momento, processando as palavras em sua mente em desordem. Parecia repeti-las para si. Disse "Ah...". Então, um segundo depois, "Meu Deus". De repente, como se um botão tivesse sido apertado em algum lugar dentro dela, desligando-a, ela não tinha mais autocontrole. Deixou-se cair na cadeira perto de Meadows e começou a chorar convulsivamente.

Meadows tentou acalmá-la, mas ela não lhe dava ouvidos. Não ouviu quando Brody mandou Bixby chamar um médico. E não viu, ouviu ou sentiu nada quando o médico chegou na sala, ouviu a descrição de Brody sobre o que havia acontecido, tentou falar com ela, aplicou uma injeção de calmante Librium e a conduziu — com a ajuda de um dos homens de Brody — até o carro dele e a levou ao hospital.

Quando ela saiu, Brody olhou o relógio e disse: "Não são nem nove da manhã ainda. Se eu pudesse tomar ao menos um drinque... uau".

"Se estiver falando a sério", disse Meadows, "tenho uísque no escritório."

"Não. Se isso for alguma indicação de como o resto do dia vai ser, é melhor eu não foder com a minha cabeça."

"É duro, mas você tem de tentar não levar o que ela disse a sério. Quer dizer, a mulher estava em choque."

"Eu sei, Harry. Qualquer médico diria que ela não sabia o que estava dizendo. O problema é que eu já pensei muito nas coisas que ela disse. Não do jeito que ela disse, talvez, mas os pensamentos foram os mesmos."

"Qual é, Martin, você sabe que não pode se culpar."

"Eu sei. Eu podia culpar Larry Vaughan. Ou talvez até você. Mas a verdade é que as duas mortes de ontem poderiam ter sido evitadas. Eu poderia ter evitado e não evitei. Ponto final."

O telefone tocou. Alguém atendeu na outra sala e a voz no interfone disse: "É o sr. Vaughan".

Brody apertou o botão aceso, pegou o fone e disse: "Oi, Larry.
Teve um bom fim de semana?"

"Até por volta de onze da noite de ontem", disse Vaughan,
"quando liguei o rádio do carro voltando pra casa. Tive vontade
de ligar pra você ontem à noite, mas imaginei que você tinha
tido um dia muito difícil pra ser incomodado àquela hora."

"Taí uma decisão com a qual eu concordo."

"Para de bater nessa tecla, Martin. Já me sinto mal o suficiente."

Brody queria dizer "Sente mesmo, Larry?" Queria mexer na
ferida, descarregar um pouco de sua agonia em cima de alguém.
Mas sabia que era ao mesmo tempo injusto tentar e impossível
conseguir, então tudo o que disse foi "Claro".

"Esta manhã já tive dois cancelamentos. Contratos valiosos.
Pessoas boas. Já tinham assinado, disse a eles que poderia ir à
Justiça. Eles disseram 'Vá em frente: nós vamos pra outro lugar'.
Estou com medo de atender o telefone. Ainda tenho vinte casas
que não foram alugadas para o mês de agosto."

"Eu queria te dizer algo diferente, Larry, mas vai piorar."

"O que você quer dizer?"

"Com as praias fechadas."

"Por quanto tempo você acha que tem de mantê-las fechadas?"

"Não sei. O tempo que precisar. Alguns dias. Talvez mais."
Você sabe que o fim da semana que vem é o feriadão de Quatro de Julho, não sabe?"

"Sei, claro."

"Já está tarde demais para ter esperanças de um verão bom,
mas talvez a gente possa salvar algo — para agosto, pelo menos
— se o Quatro de Julho for bom."

Brody não conseguiu decifrar o que Vaughan quis dizer pelo
seu tom de voz.

"Você está discutindo comigo, Larry?"

"Não. Acho que estava pensando alto. Ou rezando alto. Mas,
então, você planeja manter as praias fechadas até quando? Inde-
finidamente? Como você vai saber que aquela coisa foi embora?"

"Ainda não tive tempo de pensar nisso. Não sei nem por que
essa coisa está aqui. Deixa eu te perguntar uma coisa, Larry. Só
por curiosidade."

"O quê?"

"Quem são seus sócios?"

Houve uma longa pausa até que Vaughan falou: "Por que você quer saber? O que isso tem a ver com o resto?"

"Como eu disse, só por curiosidade."

"Guarde sua curiosidade para o seu trabalho, Martin. Deixe que eu me preocupo com os meus negócios."

"Claro, Larry. Não quis ofender."

"Então, o que você vai fazer? Não podemos simplesmente ficar sentados esperando que ele vá embora. Podemos morrer de fome enquanto esperamos."

"Eu sei. Meadows e eu estávamos conversando sobre as nossas opções. Um especialista em peixes amigo do Harry diz que a gente poderia tentar capturá-lo. O que você acha de pegar uns 200 dólares para alugar o barco do Ben Gardner por um dia ou dois? Não sei se ele já pegou algum tubarão, mas vale a tentativa."

"Tudo vale a pena, desde que a gente se livre dessa coisa e volte a ganhar a vida. Vá em frente, diga a ele que eu consigo o dinheiro."

Brody desligou o telefone e disse a Meadows: "Não sei por que eu me importo, mas daria tudo pra saber mais sobre os negócios do Vaughan".

"Por quê?"

"Ele é um homem muito rico. Não importa o quanto esse assunto do tubarão durar, ele não vai sair seriamente prejudicado. Claro, vai perder umas migalhas, mas está falando de uma maneira como se fosse caso de vida ou morte — e não digo apenas da cidade. Dele."

"Talvez ele seja apenas um sujeito consciente."

"Não era consciência falando no telefone há pouco. Acredite em mim, Harry. Eu sei o que é consciência."

Dezesseis quilômetros ao sul do extremo leste de Long Island, um barco pesqueiro fretado era levado vagarosamente pela maré. Duas linhas de pesca desciam frouxas pela popa até uma mancha de óleo deixada pelo barco. O capitão do barco, um homem alto, magro, sentava-se num banco na ponte de comando, olhando fixo para a água. Abaixo, na cabine, os dois homens que haviam fretado o barco estavam sentados lendo. Um lia um romance, o outro o *New York Times*.

"Ei, Quint", disse o homem com o jornal, "você viu isso aqui sobre o tubarão que matou essas pessoas?"

"Vi", disse o capitão.

"Você acha que a gente vai esbarrar nesse tubarão?"

"Não."

"Como você sabe?"

"Eu sei."

"Digamos que a gente fosse procurar ele."

"Não vamos."

"Por que não?"

"Temos um vazamento de óleo... Vamos ficar aqui."

O homem sacudiu a cabeça e sorriu. "Cara, até que seria divertido."

"Um peixe desses não é divertido", disse o capitão.

"Qual a distância de Amity daqui?"

"Meio longe."

"Bom, se ele estiver por aqui em algum lugar, a gente vai esbarrar nele um dia desses."

"A gente vai se encontrar, tudo bem. Mas não hoje."

TUBARÃO
PETER BENCHLEY

05

A quinta de manhã estava com nevoeiro — um nevoeiro úmido e rasteiro tão espesso que tinha sabor: ácido e salgado. As pessoas dirigiam dentro do limite de velocidade, com os faróis acesos. Por volta de meio-dia, o nevoeiro subiu e nuvens volumosas passeavam pelo céu abaixo de um lençol mais alto formado por outras nuvens. Em torno de cinco da tarde a sombra da nuvem começou a se desintegrar, como peças que caíam de um quebra-cabeças. A luz do sol vazava pelos espaços formando uma renda azul na superfície cinza-esverdeada do mar.

Brody sentou-se na praia pública, os cotovelos apoiados nos joelhos para firmar o binóculo nas mãos. Quando baixou as lentes, mal podia ver o barco — uma mancha branca que desaparecia e reaparecia nas ondas do oceano. As lentes poderosas permitiam uma boa visualização, mesmo balançando um pouco. Brody ficou sentado lá por quase uma hora. Tentou forçar a vista para ter maior nitidez do contorno do que via. Falou um palavrão e soltou o binóculo, que ficou pendurado pela alça no pescoço.

"Ei, chefe", disse Hendricks, indo em direção a Brody.

"Ei, Leonard. O que você está fazendo aqui?"

"Estava só passando e vi seu carro. O que o senhor está fazendo?"

"Tentando entender que porra que o Ben Gardner está fazendo."

"Pescando, não acha?"

"É o que ele está sendo pago pra fazer, mas é a pescaria mais estranha que eu já vi. Já estou aqui há uma hora e ainda não vi nenhum movimento no barco."

"Posso dar uma olhada?" Brody entregou o binóculo a ele. Hendricks o posicionou e olhou para o mar. "É, o senhor tá certo. Há quanto tempo ele está lá?"

"Acho que o dia inteiro. Falei com ele ontem à noite e ele disse que estaria partindo hoje às seis da manhã."

"Ele foi sozinho?"

"Não sei. Disse que ia tentar achar o parceiro dele — Danny alguma coisa — mas ele tinha alguma coisa tipo consulta no dentista. Eu *realmente* espero que ele não tenha ido sozinho."

"Quer ir checar? Ainda temos pelo menos duas horas de luz do sol."

"Como você planeja chegar lá?"

"Pego emprestada a lancha do Chickering. Ele tem uma AquaSport com motor Evinrude de oitenta cavalos. Consegue levar a gente lá."

Brody sentiu um tremor de medo subir pela espinha. Nadava muito mal, e a possibilidade de estar acima — ou até dentro — d'água fazia-o sentir o que sua mãe chamava de tremeliques: suor nas palmas das mãos, uma necessidade constante de engolir e uma dor no estômago — essencialmente a sensação que algumas pessoas têm quando andam de avião. Nos sonhos de Brody, o fundo do mar era habitado por coisas pegajosas, selvagens, que se erguiam de baixo e dilaceravam sua carne, por demônios que cacarejavam e gemiam. "Ok", disse. "Não creio que a gente tenha muita opção. Talvez pela hora que a gente chegue ao cais ele já tenha começado a voltar. Vá aprontar a lancha. Vou dar uma parada na delegacia e ligar pra mulher dele... saber se ele entrou em contato com ela por rádio."

O cais de Amity era pequeno, com apenas vinte docas, um cais de combustível e uma barraca de madeira onde cachorros-quentes e mariscos fritos eram vendidos em embalagens de papelão. As docas ficavam numa pequena enseada protegida do mar aberto por um píer de pedra que atravessava metade da entrada da enseada. Hendricks estava de pé na AquaSport, o motor ligado, e conversava com um homem numa lancha cruzeiro de vinte e cinco pés amarrada na doca vizinha. Brody caminhou ao longo do ancoradouro de madeira e desceu a pequena escada para entrar no barco.

"O que ela disse?", perguntou Hendricks.

"Nem uma palavra. Ela tem tentado falar com ele já faz meia hora, mas acha que ele deve ter desligado o rádio."

"Ele está sozinho?"

"Até onde ela sabe. O parceiro dele tinha um dente siso que ia ser arrancado hoje."

O homem na cabine da lancha cruzeiro disse: "Se vocês não se importam que eu me meta, isso é bem estranho".

"O quê?", disse Brody.

"Desligar o rádio quando se está sozinho. Ninguém faz isso."

"Não sei não. Ben sempre reclama da conversa fiada que rola entre os barcos enquanto ele pesca. Talvez tenha se entediado e então desligou."

"Talvez."

"Vamos, Leonard", disse Brody. "Você sabe como se dirige isso?"

Hendricks desfez o nó da corda da proa, caminhou até a popa, desamarrou a corda e jogou-a no convés. Foi até o painel de controle e empurrou uma alavanca. O barco deu um pulo para a frente, movendo-se em meio a um barulho de descarga. Hendricks empurrou a alavanca mais para a frente e o motor funcionou com mais regularidade. A popa abaixou, a proa subiu. Quando eles deram a volta em torno do píer, Hendricks empurrou a alavanca toda para a frente e a proa se abaixou.

"Planando", disse Hendricks.

Brody agarrou-se a uma maçaneta de aço na lateral do painel.

"Aqui tem coletes salva-vidas?", perguntou.

"Só almofadas de ar", disse Hendricks. "Elas o mantêm bem na superfície se você for um menino de 8 anos."

"Obrigado."

O que havia de brisa tinha acabado e o mar estava um pouco encrespado. Havia pequenas ondas, e a lancha as pegava com vigor, batendo a proa em cada uma delas, tremendo para se aprumar, o que irritava Brody. "Essa coisa vai se partir ao meio se você não for mais devagar", disse.

Hendricks sorriu, saboreando seu momento de comando. "Não se preocupe, chefe. Se eu diminuir a velocidade nós vamos afundar. A gente vai demorar uma semana pra chegar lá e seu estômago vai ficar bem mal."

O barco de Gardner estava a cerca de mil e duzentos metros da costa. À medida que eles se aproximavam, Brody podia vê-lo balançando devagar sobre as ondas. Podia até mesmo distinguir as letras pretas na popa: FLICKA.

"Ele está ancorado", disse Hendricks. "Rapaz, é muita água pra se ancorar um barco. Deve ter mais de trinta metros de profundidade aqui."

"Ótimo", disse Brody. "Justamente o que eu queria ouvir."

Quando eles estavam a cerca de cinquenta metros do *Flicka*, Hendricks desacelerou e a lancha se aproximou lentamente até ficar ao lado do barco. Brody foi para a frente da lancha e subiu numa plataforma na proa. Não viu sinais de vida. Não havia nenhum molinete nos suportes. "Ben!", chamou. Nenhuma resposta.

"Talvez ele esteja lá embaixo", disse Hendricks.

Brody chamou de novo: "Ben!" A proa da AquaSport estava a apenas alguns centímetros do *Flicka*. Hendricks empurrou a alavanca para ponto morto, depois a empurrou para trás rapidamente. A AquaSport parou e, com a onda seguinte, acomodou-se à amurada do *Flicka*. Brody agarrou a amurada. "Ben!"

Hendricks pegou uma corda no compartimento abaixo do convés e prendeu-a num gancho na proa da AquaSport. Passou a corda por cima da amurada do outro barco e deu um nó grosseiro. "Quer ir a bordo?", disse.

"Quero." Brody subiu a bordo do *Flicka*. Hendricks foi atrás, e os dois ficaram de pé na cabine. Hendricks enfiou a cabeça pela escotilha de proa. "Você taí, Ben?" Olhou em volta, retirou a cabeça e disse: "Aqui não está".

"Ele não está a bordo", disse Brody. "Não há outro lugar onde ele possa estar."

"O que é aquilo?", disse Hendricks, apontando para um balde no canto da popa.

Brody foi até o balde e abaixou-se. Um fedor de peixe e óleo preencheu suas narinas. O balde estava cheio de vísceras e sangue. "Deve ser isca", disse. "Entranhas de peixe e outras merdas. Você espalha na água e supõe que isso atrai os tubarões. Ele não usou muito. O balde está quase cheio."

De repente um barulho fez Brody dar um pulo. "Uísque, zebra, eco, dois, cinco, nove", disse uma voz estourada no rádio. "Aqui é o *Pretty Belle.* Você taí, Jake?"

"Bom, agora nós sabemos", disse Brody. "Ele não tinha desligado o rádio."

"Não entendo, chefe. Não tem nenhum molinete no barco. Ele não carrega um bote, então não poderia ter remado para longe. Ele nadava como um peixe, então se tivesse caído do barco poderia simplesmente subir de volta."

"Você está vendo algum arpão no barco?"

"Isso parece com o quê?"

"Não sei. Parece com um arpão. E barris. Supostamente, você usa essas coisas como boias."

"Não estou vendo nada parecido."

Brody ficou de pé na amurada a estibordo, os olhos no mar. O barco se moveu um pouco, e ele se equilibrou na amurada com a mão direita. Sentiu algo estranho e olhou para baixo. Viu quatro buracos de parafuso onde antes havia um gancho. Os parafusos obviamente não haviam sido removidos por uma chave de fenda, a madeira em torno dos furos estava dilacerada. "Olha pra isso, Leonard."

Hendricks passou as mãos pelos buracos. Olhou para bombordo, onde um gancho de aço de vinte e cinco centímetros ainda estava preso firmemente à madeira. "Dá pra imaginar que o que estava aqui era do mesmo tamanho deste, né? Meu Deus, que força seria essa pra arrancar isso do lugar?", disse.

"Olha aqui, Leonard." Brody passou o dedo indicador sobre a beirada de fora da amurada. Havia uma fenda de cerca de vinte centímetros de comprimento, onde a tinta havia sido raspada e a madeira arrancada. "Parece que alguém passou uma lima nessa madeira."

"Ou então uma corda muito pesada roçou bastante por ela."

Brody caminhou a bombordo da cabine e foi passando a mão pelo lado de fora do casco. "Esse aqui é o único lugar", disse. Quando chegou à popa, abaixou-se na amurada e olhou para a água.

Por um momento, ficou olhando em silêncio para o casco, absorto. Depois um desenho começou a se formar à sua frente, um desenho de buracos, entalhes profundos no casco de madeira, formando uma espécie de semicírculo de cerca de um metro de diâmetro. Ao lado dele havia outro desenho parecido. E na parte de baixo do casco, bem na linha d'água, três pequenas manchas de sangue. "Deus, por favor", pensou Brody, "mais um não".

"Vem aqui, Leonard", disse.

Hendricks foi até a popa e olhou para ele. "O quê?"

"Se eu segurar as suas pernas, você acha que pode se debruçar, dar uma olhada naqueles buracos ali e tentar descobrir o que causou eles?"

"O que o senhor acha que causou eles?"

"Não sei. Mas *algo* causou. Quero descobrir o quê. Venha. Se você não conseguir entender em um minuto ou dois, vamos deixar pra lá e ir pra casa. Ok?"

"Acho que sim." Hendricks subiu no alto da amurada. "Me segura firme, chefe... por favor."

Brody inclinou-se e agarrou os pés de Hendricks. "Não se preocupe", disse.

Segurou as pernas de Hendricks com os braços e o levantou. Hendricks elevou-se, depois inclinou-se de cabeça para baixo do lado de fora do casco. "Ok?", disse Brody.

"Um pouco mais. Não muito! Jesus, o senhor enfiou minha cabeça dentro d'água."

"Desculpe. E agora?"

"Ok, assim está bom." Hendricks começou a examinar os buracos. "E se um tubarão aparecesse agora?", ele resmungou. "Ele poderia me arrancar das suas mãos."

"Não pense nisso. Apenas olhe."

"Estou olhando." Em poucos momentos disse: "Filho da puta. Olha isso. Ei, me puxa. Preciso do meu canivete."

"O que é?" Brody perguntou quando Hendricks estava de volta a bordo.

Hendricks abriu a lâmina do canivete. "Não sei", replicou. "Algum tipo de lasca branca ou algo assim, presa num dos buracos." Canivete na mão, deixou que Brody o baixasse novamente para fora do barco. Trabalhou rápido, seu corpo se contorcendo por causa do esforço. Então disse: "Ok. Consegui. Pode puxar."

Brody deu um passo atrás, içando Hendricks por cima da amurada, então baixou os pés dele no tombadilho. "Deixa eu ver", disse, esticando a mão. Hendricks deixou cair um dente muito branco em forma de triângulo na palma da mão de Brody. Tinha quase cinco centímetros de comprimento. As laterais eram serras minúsculas. Brody esfregou o dente contra a amurada, e ele cortou a madeira. Olhou para a água e sacudiu a cabeça. "Meu Deus", disse.

"É um dente, não é?", disse Hendricks. "Deus Todo-Poderoso. Acha que o tubarão pegou Ben?"

"Não consigo pensar em nada diferente", disse Brody. Olhou de novo para o dente, depois o colocou no bolso. "Vamos embora. Não há mais nada a fazer aqui."

"O que vai fazer com o barco do Ben?"

"Vamos deixar aqui até amanhã. Aí arrumamos alguém pra pegar."

"Eu posso levar de volta se o senhor quiser."

"E deixar o outro pra eu dirigir? Esqueça."

"A gente podia trazer um rebocado no outro."

"Não. Está escurecendo e eu não quero perder tempo tentando atracar dois barcos no escuro. Esse barco pode ficar aqui essa noite. Só dê uma checada na âncora na frente e certifique-se de que está firme. Depois vamos embora. Ninguém vai precisar desse barco até amanhã... em especial Ben Gardner."

Chegaram ao cais no fim da tarde. Harry Meadows e outro homem, que Brody não conhecia, esperavam por eles. "Você com certeza tem um bom radar, Harry", Brody disse enquanto subia a escada do cais.

Meadows sorriu, vaidoso. "É o meu negócio, Martin." Fez um gesto em direção ao homem ao seu lado. "Este é Matt Hooper, chefe Brody."

Os dois homens apertaram as mãos. "Você é o homem de Woods Hole", disse Brody, tentando enxergá-lo em meio à pouca luz. Era jovem — "nos seus 20 e poucos anos", pensou Brody — e bem apessoado: bronzeado, cabelo clareado pelo sol. Tinha a mesma altura de Brody, em torno de 1,82 metro, mas mais magro: Brody imaginou por volta de 80 quilos, comparado ao seu peso de 100. Em seu pensamento, Brody imaginou Hooper como uma possível ameaça. Porém, num ímpeto que ele mesmo reconheceu como orgulho juvenil, concluiu que, caso os dois chegassem a um confronto, ganharia de Hooper. A experiência faria toda a diferença.

"Isso", disse Hooper.

"Harry tem estado em conexão mental com você a distância", disse Brody. "Como você chegou aqui?"

"Eu chamei ele", disse Meadows. "Achei que ele seria capaz de descobrir o que está acontecendo."

"Porra, Harry, tudo o que você tinha que fazer era me perguntar", disse Brody. "Eu te diria. Veja, tem esse peixe lá, e..."

"Você sabe do que estou falando."

Brody percebeu sua própria mágoa com a intromissão, o embaraço que os conhecimentos técnicos de Hooper estariam prestes a acrescentar, a implícita divisão de autoridade que a chegada dele havia criado. E percebeu que esse ressentimento era estúpido. "Claro, Harry", disse. "Sem problema. Foi só um longo dia."

"O que você encontrou lá?", perguntou Meadows.

Brody começou a procurar o dente dentro do bolso, mas parou. Não queria passar por tudo aquilo de novo, em pé, num cais, já escurecendo. "Não tenho certeza", disse. "Vamos pra delegacia que eu te informo sobre tudo."

"O Ben vai ficar lá no mar a noite toda?"

"Parece que sim, Harry." Brody virou-se para Hendricks, que tinha acabado de amarrar o barco. "Está indo pra casa, Leonard?"

"Sim. Quero tomar banho antes de ir trabalhar."

Brody chegou à delegacia antes de Meadows e Hooper. Era quase oito da noite. Tinha que dar dois telefonemas — para Ellen, para saber se as sobras do jantar podiam ser esquentadas ou se ele deveria trazer algo da rua quando fosse para casa, e o telefonema que temia fazer, para Sally Gardner. Ligou primeiro para Ellen: era carne assada. Podia ser esquentada. Iria ficar com gosto de sola de sapato, mas estaria quente. Desligou, procurou na lista telefônica o número dos Gardner, e discou.

"Sally? Aqui é o Martin Brody." De repente ele lamentou ter ligado sem saber o que iria falar. O que ele deveria dizer a ela? Não muito, decidiu, pelo menos até que tivesse a chance de checar com Hooper se sua teoria era plausível ou absurda.

"Onde está o Ben, Martin?" A voz estava calma, mas tinha um tom mais agudo do que o normal.

"Não sei, Sally."

"Como assim, não sabe? Você foi lá, não foi?"

"Fui. Ele não estava no barco."

"Mas o barco estava lá."

"Estava."

"Você entrou dentro dele? Procurou em todo lugar? Até embaixo?"

"Sim." Então surgiu uma pequenina esperança. "Ben levava algum bote?"

"Não. Como ele podia não estar lá?" Sua voz agora estava mais aguda.

"Eu..."

"Onde ele *está*?"

Brody captou o tom de histeria incipiente. Gostaria de ter ido à casa dela pessoalmente. "Você está sozinha, Sally?"

"Não. As crianças estão aqui."

Pareceu mais calma, mas Brody estava certo de que sua calma era uma breve calmaria antes da explosão de dor que viria quando descobrisse que os medos com os quais conviveu cada dia pelos últimos dezesseis anos em que Ben pescava profissionalmente — temores escondidos no fundo da mente e jamais externados porque pareceriam ridículos — tornaram-se realidade.

Brody tentou se lembrar das idades das crianças dos Gardner. Doze anos, talvez; o outro, 9; e o mais novo, em torno de 6. Que tipo de menino era o de 12 anos? Ele não sabia. Quem era o vizinho mais próximo? Merda. Por que ele não pensou nisso antes? Os Finley. "Só um segundo, Sally." Chamou o guarda no balcão de entrada. "Clements, ligue para Grace Finley e diga a ela pra ir até a casa de Sally Gardner agora."

"E se ela perguntar por quê?"

"Só diz a ela que eu mandei ela ir. Diga que explico depois." Voltou ao telefone. "Desculpe, Sally. Tudo o que posso lhe dizer com certeza é que fomos até onde o barco do Ben está ancorado. Entramos nele e Ben não estava lá. Olhamos tudo, na parte de baixo e tudo mais."

Meadows e Hooper entraram na sala de Brody. Ele indicou a eles as cadeiras para se sentarem.

"Mas onde ele poderia estar?", disse Sally Gardner. "Você simplesmente não sai de um barco no meio do oceano."

"Não."

"E ele não podia ter caído. Quer dizer, poderia, mas subiria de volta novamente."

"Sim."

"Talvez alguém tenha chegado e levado ele em outro barco. Talvez o motor não funcionasse e ele tivesse de pegar carona com alguém. Você checou o motor?"

"Não", Brody falou, sem jeito.

"Então provavelmente foi isso." A voz estava sutilmente mais suave, quase juvenil, coberta com um verniz de esperança que, quando quebrasse, espatifaria como um cristal de gelo. "E se a bateria tivesse acabado, explicaria o por quê dele não poder chamar no rádio."

"O rádio estava funcionando, Sally."

"Só um minuto. Quem é? Ah, é você." Houve uma pausa. Brody ouviu Sally falando com Grace Finley. Depois Sally voltou para o telefone. "Grace está dizendo que você mandou ela vir aqui. Por quê?"

"Eu achei que..."

"Você acha que ele está morto, não acha? Acha que ele se afogou." O verniz se partiu e ela começou a soluçar.

"Temo que sim, Sally. É tudo o que a gente pode pensar no momento. Deixa eu falar com a Grace um minuto, por favor?"

Segundos depois a voz de Grace Finley dizia "Sim, Martin?"

"Desculpe fazer isso com você, mas não consegui pensar em nada mais. Você pode ficar com ela por um tempo?"

"Posso. A noite toda. Vou ficar."

"Seria uma boa ideia. Vou tentar passar aí mais tarde. Obrigado."

"O que aconteceu, Martin?"

"Não sabemos com certeza."

"É aquela... *coisa* de novo?"

"Talvez. É o que estamos tentando descobrir. Mas me faz um favor, Grace. Não fala nada sobre tubarão com a Sally. Já está ruim como está."

"Está certo, Martin. Espera. Espera um minuto." Ela cobriu o bocal do telefone com a mão, e Brody ouviu uma conversa abafada. Então Sally Gardner veio ao telefone.

"Por que você fez isso, Martin?"

"Fiz o quê?"

Aparentemente, Grace Finley tentou tirar o fone da mão dela, pois Brody ouviu Sally dizer "Me deixa falar, porra!" Então ela falou para ele: "Por que você mandou ele? Por que Ben?" Sua voz não estava particularmente alta, mas falou com uma intensidade que bateu tão forte em Brody como se ela estivesse gritando. "Sally, você..."

"Isso não tinha que ter acontecido!", ela disse. "Você podia ter impedido."

Brody quis desligar. Não queria uma repetição da cena com a mãe do menino Kintner. Mas ele tinha que se defender. Ela tinha de saber que não era sua culpa. Como ela poderia culpá-lo? Ele disse: "Merda! Ben era um pescador, dos bons. Conhecia os riscos."

"Se você não tivesse..."

"Para com isso, Sally!" Brody a interrompeu. "Tenta descansar um pouco." Ele desligou. Estava furioso, mas sua fúria era confusa. Estava com raiva de Sally Gardner por tê-lo acusado, e com raiva de si mesmo por estar com raiva dela. "Se", ela tinha dito. Se o quê? Se ele não tivesse enviado Ben. Claro. E se porcos tivessem asas seriam águias. Se ele mesmo tivesse ido. Mas esta não era sua função. Ele havia mandado o especialista. Olhou para Meadows. "Você ouviu."

"Não tudo. Mas o suficiente para concluir que Ben Gardner tornou-se a vítima número quatro."

Brody fez que sim com a cabeça. "Acho que sim." Falou com Meadows e Hooper sobre sua incursão com Hendricks. Uma vez ou outra, Meadows interrompeu com uma pergunta. Hooper ouvia, seu rosto angular sereno e seus olhos — azul-claros — fixos em Brody. Ao fim de sua narrativa, Brody enfiou a mão no bolso da calça. "Encontramos isso", disse. "Leonard arrancou da madeira." Ele jogou o dente para Hooper, que o pegou na mão.

"O que acha, Matt?", disse Meadows.

"É um branco."

"Qual o tamanho?"

"Não tenho certeza, mas grande. Cinco, seis metros. É um peixe fantástico." Olhou para Meadows. "Obrigado por me chamar", disse. "Eu poderia passar a vida inteira entre tubarões e nunca ver um peixe como este."

Brody perguntou: "Quanto pesaria um peixe como este?"

"De duas a quase três toneladas."

Brody assoviou. "Três toneladas."

"Você tem alguma ideia do que aconteceu?", perguntou Meadows.

"Pelo que diz o chefe, parece que o peixe matou o sr. Gardner."

"Como?", disse Brody.

"De várias formas. Gardner pode ter caído. Mais provável que tenha sido puxado. A perna pode ter ficado enrolada numa linha de arpão. Ele pode até ter sido pego enquanto estava debruçado sobre a popa."

"Como você explica os dentes na popa?"

"O peixe atacou o barco."

"E por que diabos?"

"Tubarões não são muito espertos, chefe. Eles vivem por instinto e impulso. O impulso de se alimentar é poderoso."

"Mas um barco de trinta pés..."

"Um tubarão não pensa. Pra ele não era um barco. Era só alguma coisa grande."

"E não comestível."

"Não até ele ter provado. Você tem de entender. Não há nada nesse mar de que esse peixe tenha medo. Outros peixes fogem de coisas grandes, é o instinto deles. Mas esse peixe não foge de nada. Ele não sabe o que é medo. Pode ser cauteloso — digamos, perto de um tubarão-branco maior que ele. Mas medo — de jeito nenhum."

"O que mais eles atacam?"

"Tudo."

"Tudo, tudo?"

"Basicamente, sim."

"Você tem ideia do por quê dele permanecer por aqui por tanto tempo?", disse Brody. "Não sei o quanto você sabe da água aqui, mas..."

"Eu cresci aqui."

"Aqui? Em Amity?"

"Não, Southampton. Passei todos os verões aqui, do ensino fundamental até a faculdade."

"Todos os *verões.* Então na verdade você não cresceu aqui." Brody buscava algo com o qual pudesse reestabelecer sua igualdade, se não superioridade àquele jovem, e o que conseguiu foi um esnobismo às avessas, uma atitude não muito difícil de encontrar nos habitantes fixos das comunidades de veraneio. Isso lhes dava uma blindagem contra o desprezo que sentiam vir dos ricos do verão. Era um comportamento ao estilo "não tô nem aí", um *machismo* social que igualava riqueza com impotência, simplicidade com bondade, e pobreza (até um certo ponto) com honestidade. E era uma atitude que, em geral, Brody achava tanto repugnante quanto idiota. Mas ele tinha se sentido ameaçado pelo jovem — não tinha muita certeza por quê — e a sensação era tão estranha que ele buscou a carapaça mais conveniente, a que Hooper lhe deu.

"E que importância tem isso?", Hooper disse, irritado. "Ok, eu não nasci aqui. Mas passei bastante tempo nessas águas, e escrevi um artigo sobre este litoral. De qualquer forma, eu sei onde você quer chegar, e você tem razão. Este litoral não é um ambiente que suportaria normalmente uma longa permanência de um tubarão."

"Então por que esse está ficando aqui?"

"Impossível dizer. É definitivamente atípico, mas tubarões fazem coisas tão atípicas que o incomum passa a ser o normal. Qualquer um que arriscasse dinheiro — isso sem dizer a própria vida — fazendo previsões sobre o que um tubarão desse tamanho irá fazer numa dada situação seria um idiota. Esse tubarão pode estar doente. Os padrões de sua vida são tão além do seu controle que um dano a um pequeno mecanismo em seu corpo poderia fazê-lo ficar desorientado e ele então passaria a se comportar de maneira estranha."

"Se é assim que ele age quando está doente", disse Brody, "vou odiar ver o que ele faz quando está se sentindo bem."

"Não. Pessoalmente, não acho que ele esteja doente. Há outras coisas que poderiam fazê-lo ficar por aqui — muitas delas nós nunca entenderíamos, fatores naturais, caprichos."

"Tais como?"

"Mudanças na temperatura da água, correntes marítimas ou hábitos alimentares. À medida que os suprimentos de comida mudam de lugar, assim fazem os predadores. Há alguns verões atrás, por exemplo, aconteceu um fenômeno completamente inexplicável nos litorais de Connecticut e Rhode Island. Toda a costa foi repentinamente inundada por savelhas.[1] Cardumes imensos. Milhões de peixes. Cobriram a água como uma mancha de óleo. Havia tantos que você podia jogar na água um anzol sem

---

[1] Peixe migrador, que utiliza os rios para a reprodução, cresce nos estuários e passa no mar as fases restantes do ciclo de vida.

isca e puxar de volta. Frequentemente vinha uma savelha nele. Anchova e robalo se alimentam de savelha, então de repente havia massas de anchovas se alimentando em cardumes bem perto das praias. Em Watch Hill, Rhode Island, caminhava-se pela arrebentação e anchovas eram capturadas com ancinhos. Ancinhos de jardim! Era só puxar os peixes da água. Então vieram os grandes predadores — atuns grandes, de duzentos, duzentos e cinquenta, trezentos quilos. Barcos de pesca oceânica pescavam atum-azul a noventa metros da costa. Às vezes em portos. Então de repente acabou. As savelhas foram embora, os outros peixes também. Fiquei três semanas lá tentando entender o que estava acontecendo. Ainda não sei. É tudo parte do equilíbrio ecológico. Quando algo se inclina muito pra um lado ou pro outro, coisas estranhas acontecem."

"Mas isso aqui é muito mais esquisito", disse Brody. "Esse peixe ficou num lugar, num trecho de água de apenas um quilômetro e meio ou três quilômetros quadrados, por mais de uma semana. Não se moveu pra cima ou pra baixo da praia. Não tocou em ninguém em East Hampton ou Southampton. Por que Amity?"

"Não sei. Duvido que alguém lhe dê uma boa resposta."

Meadows disse: "Minnie Eldridge tem a resposta".

"Bobagem", disse Brody.

"Quem é Minnie Eldridge?", perguntou Hooper.

"A agente dos Correios", disse Brody. "Ela diz que é vontade de Deus, ou algo assim. Estamos sendo punidos pelos nossos pecados."

Hooper sorriu. "De qualquer forma, no momento, é uma resposta tão boa quanto a minha."

"É encorajador", disse Brody. "Planeja fazer algo para *obter* uma resposta?"

"Existem algumas coisas. Vou coletar amostras de água aqui e em East Hampton. Vou tentar descobrir como os outros peixes estão se comportando — se há algo extraordinário por aqui, ou se algo que deveria estar aqui não está. E vou tentar encontrar esse tubarão. Isso me faz lembrar de uma coisa: tem algum barco disponível por aqui?"

"Sim, sinto dizer", disse Brody. "O do Ben Gardner. Vamos levá-lo até ele amanhã, e você poderá usá-lo pelo menos até a gente resolver com a mulher dele o que será feito do barco. Você realmente acha que pode pegar esse peixe depois do que aconteceu com o Ben?"

"Eu não disse que ia tentar pegá-lo. Não acho que gostaria de tentar. Não sozinho, pelo menos."

"Então que diabos você vai fazer?"

"Não sei. Vou deixar as coisas acontecerem."

Brody olhou Hooper nos olhos e disse: "Eu quero esse peixe morto. Se você não pode fazer, vamos encontrar alguém que possa". Hooper riu. "Você parece um mafioso. 'Eu quero esse peixe morto.' Então contrata alguém que mate ele. Quem você vai conseguir pro serviço?"

"Não sei. O que você me diz, Harry? Supostamente você sabe tudo que acontece por aqui. Não tem nenhum pescador nessa maldita ilha aparelhado para pegar tubarões grandes?"

Meadows pensou por um momento antes de falar. "Pode ter um. Não sei muito sobre ele, mas acho que o nome dele é Quint, acho que ele trabalha em um cais particular na região da Terra Prometida. Posso descobrir um pouco mais sobre ele se você quiser."

"Por que não?", disse Brody. "Parece uma possibilidade."

Hooper disse: "Escuta, chefe, o senhor não pode agir precipitadamente buscando vingança contra um peixe. Esse tubarão não é o mal. Não é um assassino. Só está obedecendo seus próprios instintos. Tentar se vingar de um peixe é loucura."

"Escute você..." Brody estava começando a se irritar — um ódio nascido da frustração e da humilhação. Ele sabia que Hooper estava certo, mas sentiu que certo e errado eram irrelevantes para a situação. O peixe era um inimigo. Chegou à comunidade e matou dois homens, uma mulher e uma criança. O povo de Amity exigia a morte do peixe. Precisava vê-lo morto antes de se sentir seguro o suficiente para seguir com sua vida normal. Mais que tudo, Brody precisava dele morto, pois a morte do peixe seria uma catarse para ele. Hooper havia cutucado aquele nervo, e aquilo havia enfurecido Brody mais ainda. Mas ele engoliu sua raiva e disse: "Esqueça".

O telefone tocou. "É para o senhor, chefe", disse Clements. "Sr. Vaughan."

"Ótimo. Tudo o que eu precisava." Bateu com força no botão que piscava e pegou o fone. "Sim, Larry."

"Olá, Martin. Como vai?" A voz de Vaughan estava amistosa, quase alegre. Brody pensou: "Provavelmente andou bebendo".

"Tão bem quanto se esperava, Larry."

"Tá trabalhando até tarde, hein. Tentei te achar em casa."

"Pois é, quando você é o chefe de polícia e seus eleitores estão sendo mortos a cada vinte minutos, isso meio que te mantém ocupado."

"Soube do Ben Gardner."

"O que você ouviu?"

"Que ele está desaparecido."

"As notícias correm bem rápido."

"Tem certeza que foi o tubarão novamente?"

"Certeza? Sim, acho que sim. Nada mais parece fazer qualquer sentido."

"Martin, o que você vai *fazer*?" Havia uma urgência patética na voz de Vaughan.

"É uma boa pergunta, Larry. Neste momento estamos fazendo tudo que podemos. Conseguimos fechar as praias. Conseguimos..."

"Estou sabendo disso, para dizer o mínimo."

"O que isso quer dizer?"

"Já tentou vender a pessoas saudáveis imóveis numa colônia de leprosos?"

"Não, Larry", Brody disse, cansado.

"Estou recebendo cancelamentos todos os dias. As pessoas desfazendo os contratos de aluguel. Não tive um novo cliente aqui desde domingo."

"E o que você quer que *eu* faça?"

"Bom, pensei... quer dizer, o que imagino é que talvez a gente esteja reagindo de forma exagerada a essa coisa toda."

"Você está brincando. Me diz que está brincando."

"Longe disso, Martin. Agora se acalme. Vamos discutir isso racionalmente."

"Estou sendo racional. Não tenho certeza quanto a você."

Houve um momento de silêncio, então Vaughan disse: "Que tal liberar as praias somente pro fim de semana do Quatro de Julho?"

"Sem chance. De maneira alguma."

"Mas, escuta..."

"Não, escuta você, Larry. A última vez que eu escutei você, tivemos duas pessoas mortas. Se a gente pegar esse peixe, se a gente matar esse filho da puta, aí a gente libera as praias. Até lá, esqueça."

"E redes?"

"O que tem elas?"

"Por que a gente não instala redes de aço para proteger as praias? Alguém me disse que é isso o que eles fazem na Austrália."

"Ele *deve* estar bêbado", pensou Brody.

"Larry, esse é um litoral em linha reta. Você vai instalar redes ao longo de quatro quilômetros de praias? Tudo bem. Consiga o dinheiro. Eu diria cerca de um milhão de dólares, pra começar."

"E as patrulhas? Poderíamos contratar pessoas para patrulharem em barcos as praias de alto a baixo."

"Não é o suficiente, Larry. Por um acaso, o que tá acontecendo com você? Seus sócios estão na sua cola de novo?

"Não é da sua conta, Martin. Cara, pelo amor de Deus, essa cidade está morrendo!"

"Eu sei, Larry", Brody disse calmamente. "E até onde eu sei, não há nada que a gente possa fazer a esse respeito. Boa noite." Desligou.

Meadows e Hooper se levantaram para sair. Brody levou-os até a porta da delegacia. Quando estavam saindo, Brody disse a Meadows: "Ei, Harry, você esqueceu seu isqueiro lá dentro". Meadows começou a falar algo, mas Brody o interrompeu.

"Volta lá dentro que eu te dou. Se deixar por aqui, no meio da noite é bem provável que desapareça." Acenou para Hooper. "Até mais."

Quando estavam de volta à sala de Brody, Meadows tirou seu isqueiro de dentro do bolso e disse: "Imagino que você tinha algo a me dizer".

Brody fechou a porta da sala. "Você acha que pode descobrir algo sobre os sócios do Larry?"

"Acho que sim. Por quê?"

"Desde que tudo isso começou, Larry tem estado no meu pé pra manter as praias abertas. E agora, depois de tudo o que acabou de acontecer, ele diz que quer elas abertas pro feriado de Quatro de Julho. Outro dia ele disse que estava sob pressão dos sócios a esse respeito."

"E?"

"Acho que a gente deveria saber quem é esse cara que tem influência suficiente pra deixar o Larry nesse desespero. Eu não daria a mínima se Larry não fosse o prefeito dessa cidade. Mas se tem gente dizendo a ele o que ele tem de fazer, acho que a gente tem de saber quem são essas pessoas." Meadows suspirou. "Ok, Martin. Vou fazer o que eu puder. Mas futucar os negócios do Larry Vaughan não é exatamente minha ideia de diversão."

"Não há muita coisa divertida por esses dias, há?"

Brody levou Meadows até a porta, voltou à sua mesa e sentou-se. "Vaughan estava certo sobre uma coisa", pensou. Amity estava mostrando todos os sinais de morte iminente. Não era apenas o mercado de imóveis, embora sua doença fosse tão contagiosa quanto varíola. Evelyn Bixby, a mulher de um dos policiais de Brody, havia perdido o emprego como corretora de imóveis e estava trabalhando como garçonete num pé-sujo na Route 27.

Duas novas butiques que iriam abrir no dia seguinte adiaram suas inaugurações para 3 de julho, e os donos de ambas fizeram questão de dizer a Brody que se as praias não estivessem abertas até lá eles não abririam suas portas. Um deles já estava procurando outro ponto em East Hampton. A loja de artigos esportivos tinha posto cartazes anunciando uma liquidação — uma liquidação que normalmente acontecia depois do fim de semana do Dia do Trabalho. A única coisa boa sobre a economia de Amity, até onde dizia respeito a Brody, era que a Saxon estava indo tão mal que tinha demitido Henry Kimble. Agora que ele não tinha mais seu emprego de garçom, dormia durante o dia e podia sobreviver a um turno de trabalho na polícia sem tirar uma soneca.

Na segunda de manhã — o primeiro dia em que as praias foram interditadas —Brody colocou dois guardas de prontidão nelas. Juntos, eles tiveram dezessete enfrentamentos com pessoas que insistiam em nadar. Um foi com um homem chamado Robert Dexter, que exigiu seu direito constitucional de nadar em sua própria praia e ainda permitiu que seu cão aterrorizasse o policial em serviço, até que o guarda sacou a arma e ameaçou atirar no cachorro. Outra briga aconteceu na praia pública, quando um advogado de Nova York começou a ler a Constituição dos Estados Unidos para um policial e para uma multidão de jovens animados.

Mesmo assim Brody estava convencido de que — pelo menos até agora — ninguém tinha ido nadar.

Na quarta-feira, dois garotos alugaram um bote e remaram cerca de trezentos metros para fora da costa, onde ficaram uma hora jogando ao mar sangue, vísceras de frango e cabeças de pato. Um barco pesqueiro que passava os viu e chamou Brody através do rádio da marinha. Brody chamou Hooper, eles foram juntos no *Flicka* e rebocaram os rapazes para a costa. No bote os rapazes tinham um arpão amarrado a duzentos metros de linha de varal de roupas, seguro à proa por um nó. Eles disseram que planejavam arpoar o tubarão com o arpão e "passear de esqui aquático ao estilo Nantucket".[2] Brody disse a eles que se tentassem a proeza novamente, ele os prenderia por tentativa de suicídio.

Houve quatro notícias de visualização de tubarão: uma delas era apenas um pedaço de madeira que boiava; duas, de acordo com o pescador que acompanhou os relatos, eram cardumes de peixes pequenos; e uma, até onde se sabia, não era absolutamente nada.

Na noite de terça, bem no fim de tarde, Brody tinha recebido um telefonema dizendo que um homem estava jogando iscas de tubarão na praia pública. Acabou que não era um homem, mas uma mulher vestida com uma capa de chuva de homem — Jessie Parker, uma das balconistas da papelaria Walden. Primeiro ela negou ter jogado qualquer coisa na água, mas depois admitiu que jogou um saco de papel na arrebentação. No saco havia três garrafas vazias de vermute.

"Por que você não jogou no lixo?", perguntou Brody.

"Eu não queria que o lixeiro pensasse que eu era uma beberrona."

"Então por que não jogou no lixo de outra pessoa?"

"Não seria simpático", ela disse. "Lixo é... algo meio privado, não acha?"

Brody disse a ela que dali em diante ela teria que pegar suas garrafas vazias, pôr numa sacola plástica, pôr a sacola dentro de um saco de papel e quebrar as garrafas com um martelo até virarem pó. Ninguém nunca saberia que elas haviam sido garrafas.

---

2   Ilha de veraneio que fica no estado de Massachusetts.

Brody olhou o relógio. Já passava das nove, muito tarde para visitar Sally Gardner. Tinha esperança de que ela estivesse dormindo. Talvez Grace Finley tivesse dado a ela um comprimido ou uma dose de uísque para ajudá-la a descansar. Antes de deixar o escritório, ligou para a Guarda-Costeira em Montauk e falou ao policial em serviço sobre Ben Gardner. O policial disse que enviaria um barco-patrulha ao amanhecer para fazer buscas ao corpo.

"Obrigado", disse Brody. "Espero que encontre o corpo antes que a maré o leve." Brody ficou de repente horrorizado consigo mesmo. "O corpo" era Ben Gardner, um amigo. O que Sally diria se ouvisse Brody se referir ao seu marido como "o corpo"? Quinze anos de amizade apagados, esquecidos. Não havia mais Ben Gardner. Havia apenas um "corpo" que deveria ser achado antes de se tornar um incômodo sangrento.

"Vamos tentar", disse o policial. "Puxa vida, sinto por vocês. Devem estar tendo um verão infernal."

"Só espero que não seja nosso último", disse Brody. E desligou, apagou a luz do escritório e caminhou até o carro.

Quando virou na entrada da garagem, Brody viu a luz azul-acinzentada tão familiar brilhando das janelas da sala de estar. Os meninos estavam assistindo à TV. Entrou pela porta da frente, desligou a luz de fora e enfiou a cabeça na sala às escuras.

O mais velho, Billy, estava deitado no sofá apoiado num dos cotovelos. Martin, o do meio, 12 anos, recostava-se numa poltrona, os pés descalços sobre a mesinha de centro. Sean, de 8 anos, estava sentado no chão, as costas encostadas no sofá, fazia carinho num gato que estava no seu colo. "E aí?", disse Brody.

"Tudo bem, pai", disse Billy, sem tirar os olhos da TV.

"Onde está sua mãe?"

"Lá em cima. Ela mandou dizer que seu jantar está na cozinha."

"Ok. Não fica até muito tarde, Sean, hein? Já são quase nove e meia da noite."

"Ok, pai", disse Sean.

Brody foi à cozinha, abriu a geladeira e pegou uma cerveja. Os restos da carne assada estavam na mesa da cozinha numa assadeira, cercado por um molho gelatinoso. A carne estava cinza-amarronzada e dura. "Jantar?", disse Brody para si mesmo. Procurou na geladeira ingredientes para preparar um sanduíche.

Havia alguns hambúrgueres, um saco de coxas de frango, uma dúzia de ovos, um pote de picles e doze latas de refrigerante. Encontrou um pedaço de queijo, já ressecado de tão velho, dobrou-o e enfiou na boca. Pensou em esquentar a carne assada, então falou alto "Que se dane". Encontrou duas fatias de pão, espalhou mostarda nelas, pegou uma faca de cortar carne no porta-facas da parede e cortou uma fatia grossa do assado. Jogou a carne numa das fatias do pão, espalhou alguns picles por cima, cobriu com a outra fatia e achatou o sanduíche com a palma da mão. Pôs num prato, pegou a cerveja e subiu para o quarto.

Ellen estava sentada na cama lendo a *Cosmopolitan*.[3] "Olá", ela disse. "Dia duro? Você não falou nada no telefone."

"Dia duro. É tudo o que a gente tem tido esses dias. Soube do Ben Gardner? Eu não fui bem claro quando falei com você." Ele pôs o prato e a cerveja na cômoda e se sentou na beira da cama para tirar os sapatos.

"Soube. Grace Finley me ligou perguntando se eu sabia onde o dr. Craig estava. No consultório não quiseram dizer, e Grace queria dar um calmante à Sally."

"Encontrou ele?"

"Não. Mas mandei um dos meninos levar uns Seconals pra ela."

"O que é Seconal?"

"Pílulas para dormir."

"Não sabia que você estava tomando pílulas para dormir."

"Não tomo com frequência. Só de vez em quando."

"Onde você conseguiu?"

"Com o dr. Craig, quando me consultei com ele por causa dos meus nervos. Falei pra você."

"Ah." Brody atirou os sapatos num canto, levantou-se e tirou as calças, dobrando-as com zelo sobre o encosto de uma cadeira. Tirou a camisa, pôs num cabide e pendurou no armário. Sentou-se na cama de camiseta e cueca e começou a comer seu sanduíche. A carne estava seca e escamosa. Só conseguia sentir o gosto da mostarda.

"Não encontrou o assado?", perguntou Ellen.

A boca de Brody estava cheia, então fez que sim com a cabeça.

3 Revista feminina. No Brasil é a revista *Nova*.

"Então o que você está comendo?"

Ele engoliu. "O assado."

"Você esquentou?"

"Não. Não ligo de comer assim."

Ellen fez uma cara de nojo e disse "Eca!"

Brody comeu em silêncio enquanto Ellen folheava as páginas da revista aleatoriamente. Após um instante fechou a revista, pôs no colo e disse: "Oh, céus".

"O que houve?"

"Estava pensando em Ben Gardner. Tão horrível. O que você acha que a Sally vai fazer?"

"Não sei", disse Brody. "Fico preocupado com ela. Vocês já conversaram sobre dinheiro alguma vez?"

"Nunca. Mas não deve haver muito. Não creio que as crianças tenham ganhado roupas novas há menos de um ano, e ela sempre diz que daria tudo para poder ter carne mais de uma vez por semana, ao invés de ter de comer o peixe que o Ben pesca. Será que ela receberá pensão do governo?"

"Acho que sim, mas não vai ser muita coisa. Tem a assistência social."

"Ah, ela não suportaria", disse Ellen.

"Espera um pouco pra ver. Orgulho é uma coisa que ela não vai poder ter, agora que nem peixe vai ter mais."

"Tem algo que a gente possa fazer?"

"Pessoalmente? Por ora não. A gente também não está com a vida tão confortável. Mas talvez tenha algo que a cidade possa fazer. Vou falar com o Vaughan sobre isso."

"Fez algum progresso?"

"Você diz, sobre pegar aquela maldita coisa? Não. Meadows chamou um amigo oceanógrafo de Woods Hole, e ele está aqui. Não que eu veja o que ele pode fazer de bom."

"Como é ele?"

"Acho que normal. É jovem, boa aparência. Um pouco sabe-tudo, mas não é surpresa. Parece conhecer bem a área."

"Ah, é? Como?"

"Disse que passou verões em Southampton quando era criança. Passou todos os verões lá."

"Trabalhando?"

"Não sei, provavelmente morando com os pais. Parece bem esse tipo de gente."

"Que tipo?"

"Rico. De boa família. O tipo de veranista de Southampton. Você deve conhecer o tipo, ora bolas."

"Não se irrite. Tava só perguntando."

"Não estou irritado. Só disse que você deve conhecer o tipo, só isso. Quer dizer, você mesma é esse tipo."

Ellen sorriu. "Eu fui. Agora sou só uma senhorinha."

"Bobagem", disse Brody. "Nove de cada dez dessas peruas da praia não seguram um maiô como você." Ele ficava feliz ao vê-la procurando elogios, e ficava feliz por fazê-lo. Era um dos prelúdios dos rituais sexuais dos dois, e a visão de Ellen na cama fez Brody ansiar por sexo. Seus cabelos estavam caídos nos ombros. Sua camisola tinha um decote tão profundo que dava para ver os seios, com exceção dos mamilos, e era tão transparente que Brody tinha certeza de que podia realmente ver a pele escura dos seus mamilos. "Vou escovar os dentes", disse. "Já volto."

Quando voltou do banheiro, estava rijo. Foi até a cômoda para desligar a luz.

"Sabe", Ellen disse, "acho que os meninos deveriam frequentar aulas de tênis."

"Pra quê? Eles disseram que querem praticar tênis?"

"Não. Não claramente. Mas é um bom esporte pra eles praticarem. Vai ser útil quando estiverem crescidos. É uma boa porta de entrada."

"Pra quê?"

"Pras pessoas que eles têm que conhecer. Se você jogar tênis bem, pode frequentar clubes de vários lugares e conhecer pessoas. Agora é a hora que eles deveriam estar aprendendo."

"Onde eles vão aprender?"

"Pensei no Clube de Campo."

"Até onde eu sei a gente não é sócio do Clube de Campo."

"Acho que poderíamos ficar. Ainda conheço algumas pessoas que são sócias. Se eu pedir, aposto que eles nos indicam para sócios."

"Esqueça."

"Por quê?"

"Primeiro, não temos condições. Aposto que custa uns mil dólares pra entrar e depois pelo menos mais umas centenas por ano. Não temos essa quantidade de dinheiro"

"Temos a poupança."

"Não pra aulas de tênis, pelo amor de Deus! Ora, esqueça isso!" Procurou o abajur.

"Seria bom pros meninos."

Brody levou a mão até a cômoda. "Olha só, não somos pessoas do tênis. A gente não iria se sentir bem lá. *Eu* não iria me sentir bem lá. Eles não querem a gente lá."

"Como você sabe? Nunca tentou."

"Esqueça isso." Ele apagou a luz, se dirigiu até a cama, puxou as cobertas e deitou-se ao lado de Ellen. "Além disso", disse, aninhando-se em seu pescoço, "sou melhor noutro esporte."

"Os meninos estão acordados."

"Estão vendo tv. Eles não notariam se uma bomba explodisse aqui." Ele beijou seu pescoço e começou a alisar sua barriga, subindo a mão cada vez mais.

Ellen bocejou. "Tô com tanto sono", ela disse. "Tomei um comprimido antes de você chegar."

Brody parou com os carinhos. "Pra quê, porra?"

"Não dormi bem ontem e não queria acordar se você chegasse tarde. Então tomei um comprimido."

"Vou jogar esses malditos comprimidos fora." Ele beijou sua bochecha, então tentou beijar sua boca, mas ela estava no meio de um bocejo.

"Desculpe", ela disse. "Acho que não vai funcionar."

"Vai sim. Você só tem de ajudar um pouquinho."

"Tô muito cansada. Mas vá em frente se quiser. Vou tentar ficar acordada."

"Merda", disse Brody. Ele virou-se para o seu lado da cama. "Não sou muito bom em transar com cadáveres."

"Bem indelicado isso."

Brody não respondeu. Ficou de costas, olhando para o teto e sentindo sua ereção diminuir. Mas a pressão interna ainda estava lá, uma dor cansada em sua virilha.

Momentos depois Ellen disse: "Qual o nome do amigo do Harry Meadows?"

"Hooper."

"Não é David Hooper, é?"

"Não, acho que o nome dele é Matt."

"Ah. Eu saí com um David Hooper há muito tempo atrás. Me lembro..." Antes que pudesse terminar a frase, fechou os olhos e logo caiu num sono profundo.

A algumas quadras dali, numa pequena casa de ripas, um homem negro estava sentado aos pés da cama do filho. "Qual estória você quer ler?", disse.

"Não quero ler uma estória", disse o menino, de 7 anos. "Quero *contar* uma estória."

"Tudo bem. Que estória vamos contar?"

"De um tubarão. Vamos contar uma estória de tubarão."

O homem franziu a testa. "Não. Vamos contar uma sobre... um urso, o que acha?"

"Não, um tubarão. Quero saber sobre tubarões."

"Uma estória do tipo era-uma-vez?"

"Claro. Tipo, assim, era uma vez um tubarão que comia todas as pessoas."

"Não é uma boa estória."

"Por que os tubarões comem as pessoas?"

"Acho que porque eles ficam com fome. Não sei."

"A gente sangra se o tubarão comer a gente?"

"Sim", disse o homem. "Vamos lá. Vamos contar uma estória sobre um outro tipo de bicho. Você vai ter pesadelos se a gente contar sobre tubarão."

"Não, não vou. Se um tubarão tentar me comer, eu dou um soco no nariz dele."

"Nenhum tubarão vai tentar comer você."

"Por que não? Se eu for nadar aposto que um vai. Os tubarões não comem os negros?"

"Para com isso! Não quero mais ouvir história alguma sobre tubarões." O homem pegou uma pilha de livros do criado-mudo. "Aqui. Vamos ler *Peter Pan*."

PARTE II

TUBARÃO

PETER BENCHLEY

06

No seu caminho de casa no início da tarde de sexta-feira, após uma manhã de trabalho voluntário no Hospital Southampton, Ellen parou nos Correios para comprar selos e pegar a correspondência. Não havia entrega a domicílio em Amity. Em tese, apenas entregas especiais eram feitas em casa — qualquer casa num raio de um quilômetro e meio do posto dos Correios; de fato, mesmo entregas especiais dos Correios (exceto aquelas com o carimbo do Governo Federal) ficavam guardadas no posto até que alguém fosse buscar.

O posto era um prédio pequeno, quadrado, na Teal Street, bem perto da Main Street. Tinha quinhentas caixas de correio, trezentos e quarenta das quais eram alugadas aos moradores fixos de Amity. As outras cento e sessenta eram alugadas aos veranistas, de acordo com os caprichos da agente dos Correios, Minnie Eldridge. Às pessoas de que ela gostava era permitido alugar caixas para o verão. As que ela não gostava tinham de esperar na fila do balcão. Uma vez que ela se recusasse a alugar qualquer caixa a qualquer veranista por um período de um ano, eles nunca saberiam, até o próximo, se teriam ou não uma caixa de correio quando chegassem em junho. Todos sabiam que Minnie Eldridge havia entrado na casa dos 70 anos, e que ela de alguma forma havia convencido as autoridades em Washington de que estava bem abaixo da idade de se aposentar. Era pequena e de aparência frágil, mas era bastante forte, capaz de pegar pacotes e caixas quase tão rapidamente quanto os dois rapazes que trabalhavam com ela.

Ela nunca falava sobre seu passado ou sua vida privada. A única coisa que todos sabiam sobre ela era que tinha nascido em Nantucket Island e que saiu de lá logo depois da Primeira Grande Guerra. Estava em Amity por tanto tempo quanto alguém pudesse se lembrar, e se considerava não apenas uma nativa, mas também a moradora especialista na história da cidade. Não precisava de nenhuma provocação para engatar um discurso sobre a epônima de Amity, uma mulher do século XVII chamada Amity Hopewell que foi condenada por bruxaria, e se deleitava em enumerar a lista dos eventos mais marcantes do passado da cidade: a chegada de algumas tropas britânicas durante a Revolução numa tentativa frustrada de cercar uma força colonial (os ingleses se perderam e vagaram a esmo por Long Island); o incêndio em 1823, que destruiu todos os prédios, exceto a única igreja da cidade; o naufrágio de um navio carregado de rum em 1921 (o navio por fim foi reerguido do fundo do mar, mas toda sua carga teve de ser retirada, para torná-lo mais leve, e simplesmente desapareceu); o furacão de 1938, e a fartamente noticiada (apesar de nunca completamente confirmada) chegada de três espiões alemães na praia de Scotch Road em 1942.

Ellen e Minnie se irritavam mutuamente. Ellen sentia que Minnie não gostava dela, e estava certa. Minnie se sentia desconfortável com Ellen porque não conseguia decifrá-la. Ellen não era nem veranista nem moradora local. Não ganhou sua caixa de correio anual, casou-se com ela.

Minnie estava sozinha nos Correios separando a correspondência, quando Ellen chegou.

"Bom dia, Minnie", disse Ellen.

Minnie olhou para o relógio sobre o balcão e disse: "Boa tarde".

"Me dá um rolo de 8 dólares, por favor?"

Ellen pôs uma nota de cinco e mais três dólares sobre o balcão.

Minnie inseriu mais algumas cartas nas caixas e foi até o balcão. Deu a Ellen um rolo de selos e jogou as notas numa gaveta.

"O que o Martin acha que vai fazer sobre o tubarão?", perguntou.

"Não sei. Acho que vão tentar pegá-lo."

"Poderás tirar com um anzol o Leviatã?"

"Como?"

"Livro de Jó", disse Minnie. "Nenhum mortal pegará aquele peixe."

"Por que você diz isso?"

"Não é pra gente pegar, por isso. Estamos sendo preparados."

"Pra quê?"

"Saberemos quando chegar a hora."

"Entendi." Ellen pôs os selos na bolsa. "Bom, talvez você esteja certa. Obrigada, Minnie." Virou-se e caminhou até a porta.

"Não haverá engano", Minnie respondeu às costas de Ellen.

Ellen caminhou até a Main Street e virou à direita, passando por uma butique e um antiquário. Parou na loja de ferragens de Amity e entrou. Não houve resposta imediata ao barulho do sino que soou ao abrir da porta. Esperou por alguns segundos, então chamou: "Albert?"

Foi até o fundo da loja onde havia uma porta aberta que dava para o porão. Ouviu dois homens conversando lá embaixo.

"Já vou subir", disse a voz de Albert Morris.

"Aqui tem uma caixa cheia deles", Morris disse ao outro homem.

"Dá uma olhada e vê se encontra o que quer."

Morris foi até o fim da escada e começou a subir — devagar, um degrau de cada vez, segurando no corrimão. Tinha 60 e poucos anos, e havia tido um ataque cardíaco dois anos antes.

"Ganchos", disse, quando alcançou o último degrau de cima.

"O quê?", disse Ellen.

"Ganchos. O sujeito quer ganchos para um barco. Pelo tamanho que ele está procurando, deve ser o capitão de um navio de guerra. Bom, mas em que posso ajudar?"

"O bocal de borracha na pia da cozinha está todo partido. Sabe aquele, do tipo com o esguicho para borrifar. Preciso de um novo."

"Sem problemas. Estão aqui." Morris levou Ellen até um armário no meio da loja. "É o que tinha em mente?" Ele mostrou um bocal de borracha.

"Exatamente."

"Oitenta centavos. Cartão ou dinheiro?"

"Te pago em dinheiro. Não vou obrigar você a fazer um boleto por apenas oitenta centavos."

"Já fiz por valores menores", disse Morris. "Poderia te contar histórias que iam te deixar de boca aberta."

Atravessaram a loja estreita até a caixa registradora, e enquanto ele registrava a venda no caixa, Morris disse: "Muita gente está chateada com essa coisa do tubarão".

"Eu sei. E têm razão."

"Eles acham que as praias têm de ser reabertas."

"Bom, eu..."

"Se você me perguntar, acho que eles estão cheios de — desculpe o termo — merda na cabeça. Acho que o Martin está fazendo o certo."

"Que bom ouvir isso, Albert."

"Talvez esse novo rapaz possa nos ajudar."

"Quem é ele?"

"Esse especialista em peixes de Massachusetts."

"Ah, sim. Soube que está na cidade."

"Tá bem aqui."

Ellen olhou ao redor e não viu ninguém. "O que você quer dizer?"

"Lá embaixo. É o cara que quer os ganchos."

Em seguida, Ellen ouviu passos subindo as escadas. Virou-se e viu Hooper se aproximando, e de repente ela sentiu uma explosão de nervosismo de menina, como se estivesse vendo um namorado que não via há anos. O homem era um estranho, mas ao mesmo tempo havia algo de familiar nele.

"Encontrei", disse Hooper, segurando dois enormes ganchos de aço inoxidável. Foi até o balcão, sorriu educadamente para Ellen e disse a Morris: "Vão servir". Pôs os ganchos no balcão e entregou uma nota de 20 dólares a Morris.

Ellen olhou para Hooper tentando definir de onde se lembrava dele. Esperava que Albert Morris fosse apresentá-los, mas parecia que ele não tinha a menor intenção de fazê-lo.

"Me desculpe", ela disse a Hooper, "mas tenho que lhe perguntar algo."

Hooper olhou para ela e sorriu novamente — um sorriso agradável, amistoso, que aliviava suas feições duras e fez com que seus olhos azul-claros brilhassem. "Claro", disse. "Pergunte."

"Por acaso você é parente de David Hooper?"

"É meu irmão mais velho. Você conhece David?"

"Sim", disse Ellen. "Ou melhor, conhecia. Namorei ele há muito tempo atrás. Sou Ellen Brody. Ellen Shepherd na época. Lá atrás, quer dizer."

"Ah, claro. Eu me lembro de você."

"Não, não lembra."

"Lembro. Sem brincadeira. E vou provar. Deixe ver... Você tinha o cabelo mais curto, meio pajem. Sempre usava um bracelete com pingente. Me lembro disso porque era um pingente enorme que lembrava a Torre Eiffel. E você sempre cantava aquela música — qual o nome? — 'Sh-Boom', ou algo assim. Certo?"

Ellen gargalhou. "Deus do Céu, que memória. Tinha me esquecido dessa música."

"É muito louco as coisas que impressionam as crianças. Você namorou David por quanto tempo — dois anos?"

"Dois verões", Ellen disse. "Foram divertidos. Não tinha pensado muito neles nos últimos anos."

"Você se lembra de mim?"

"Vagamente. Não tenho muita certeza. Lembro que David tinha um irmão mais novo. Você devia ter uns 9, 10 anos."

"Mais ou menos; David é dez anos mais velho que eu. Outra coisa de que eu me lembro: todo mundo me chamava de Matt. Era como se eu fosse adulto. Mas você me chamava de Matthew. Você fazia parecer nobre. Provavelmente eu tava apaixonado por você."

"Ah?" Ellen ficou vermelha, e Albert Morris gargalhou.

"Uma vez ou outra", disse Hooper, "eu me apaixonava por todas as garotas que David namorava."

"Ah."

Morris deu o troco a Hooper, que disse a Ellen: "Estou indo pro cais. Quer que eu deixe você em algum lugar?"

"Obrigada. Estou de carro." Ela agradeceu a Morris, e, com Hooper atrás dela, saiu da loja. "Então você é um cientista", ela disse quando estavam do lado de fora.

"Meio que por acidente. Comecei com a graduação em Inglês. Mas aí fiz um curso de biologia marinha para cumprir minhas exigências científicas e — bingo! — me apaixonei."

"Pelo quê? Pelo oceano?"

"Não. Quer dizer, sim e não. Fiquei louco pelo oceano. Quando tinha 12 ou 13 anos, minha ideia de diversão era levar um saco de dormir pra praia e passar a noite deitado na areia ouvindo as ondas, imaginando de onde elas vinham e as coisas fantásticas por onde elas passaram no caminho. Pelo que eu me apaixonei na faculdade foram os peixes, ou, mais especificamente, os tubarões."

Ellen gargalhou. "Que coisa desagradável pra se apaixonar. É como se apaixonar por ratos."

"É o que a maioria das pessoas pensa", disse Hooper. "Mas estão erradas. Os tubarões têm tudo que um cientista sonha. São bonitos — Deus, como são bonitos! São como uma máquina perfeita. São elegantes como qualquer pássaro. São tão misteriosos quanto qualquer animal na Terra. Ninguém sabe ao certo quanto tempo vivem ou a quais impulsos — exceto a fome — respondem. Existem mais de duzentas e cinquenta espécies de tubarões, e cada uma é diferente da outra. Cientistas passam suas vidas tentando encontrar respostas sobre os tubarões, e assim que encontram uma boa teoria, algo a derruba. As pessoas têm tentado encontrar um repelente eficiente contra tubarões por mais de dois mil anos. Nunca encontraram algum que realmente funcionasse." Ele parou, olhou para Ellen e sorriu. "Desculpe. Não queria fazer uma palestra. Como pode ver, sou viciado."

"E como *você* pode ver", disse Ellen, "eu não sei do que estou falando. Imagino que você tenha ido para Yale."

"Claro. Onde mais? Por quatro gerações o único homem em nossa família que não foi para Yale foi um tio meu que foi expulso de Andover e acabou na Miami de Ohio. Depois de Yale fui fazer pós-graduação na Universidade da Flórida. E depois disso passei uns dois anos caçando tubarões pelo mundo."

"Deve ter sido interessante."

"Pra mim foi o paraíso. Era como dar as chaves de uma destilaria a um alcoólatra. Cataloguei tubarões no Mar Vermelho e mergulhei com eles até na Austrália. Quanto mais aprendia sobre eles, mais sabia que não sabia."

"Você mergulhou com eles?"

Hooper fez que sim com a cabeça. "Numa gaiola, na maioria das vezes, mas às vezes não. Sei o que você deve estar pensando. Todo mundo acha que eu devo ter um desejo de morte — minha mãe em particular. Mas se você souber o que está fazendo pode reduzir o perigo a quase zero."

"Você deve ser o maior especialista vivo em tubarões."

"Imagina", Hooper disse com uma gargalhada. "Mas tô tentando. A viagem que eu perdi e lamento, a que eu daria tudo para ir, foi a do Peter Gimbel. Virou um filme. Eu sonho com aquela viagem. Eles estavam na água com dois grandes tubarões-brancos, o mesmo tipo que está aqui agora."

"Estou muito feliz que você não tenha ido naquela viagem", disse Ellen. "Você provavelmente teria tentado saber qual seria a vista pelo lado de dentro de algum dos tubarões. Mas me fala do David. Como ele está?"

"Ele está bem, no geral. É corretor em São Francisco."

"O que você quer dizer com 'no geral'?"

"Bem, ele está na segunda esposa. A primeira mulher dele era — talvez você conheça — Patty Fremont."

"Claro. Eu costumava jogar tênis com ela. Ela meio que herdou o David de mim. Digamos que seja uma forma elegante de dizer."

"Durou três anos, até que ela grudou num cara com um negócio de família e uma casa em Antibes. Então David caiu fora e conseguiu uma garota cujo pai era o acionista majoritário de uma companhia de petróleo. Ela é bem legal, mas tem o QI de uma ameba. Se o David tivesse tido algum juízo teria valorizado o que tinha e ficado com você."

Ellen ficou vermelha e falou com delicadeza: "É muita gentileza sua dizer isso".

"É sério. É o que eu teria feito se fosse ele."

"O que você fez? Qual a sortuda que finalmente te fisgou?"

"Nenhuma, até agora. Acho que tem garotas por aí que simplesmente não sabem o quanto seriam sortudas." Hooper riu. "Me fale de você. Não, deixa eu adivinhar. Três filhos. Certo?"

"Certo. Não imaginei que fosse tão evidente."

"Não, não. Não foi o que eu quis dizer. Não é nada evidente. De jeito algum. Seu marido é — vamos ver — advogado. Vocês têm um apartamento na cidade e uma casa de praia em Amity. Não poderia ser mais feliz. E é exatamente o que eu desejo a você."

Ellen sacudiu a cabeça, sorrindo. "Nem tanto. Não no que se refere à parte da felicidade, mas ao resto. Meu marido é o chefe de polícia de Amity."

Os olhos de Hooper demonstraram surpresa apenas por um instante. Depois deu um tapa na testa e disse: "Que pateta que eu sou! Claro. Brody. Nunca juntei as coisas. Maravilhoso. Conheci seu marido ontem à noite. Parece gente boa."

Ellen achou que havia detectado uma ponta de ironia na voz de Hooper, mas pensou com seus botões: "Não seja estúpida — você está inventando coisas".

"Quanto tempo você vai ficar aqui?", perguntou.

"Não sei. Depende do que acontecer com o peixe. Assim que ele partir, eu parto."

"Você mora em Woods Hole?"

"Não, mas não é longe de lá. Em Hyannisport. Tenho uma casinha na água. Tenho uma coisa com estar perto da água. Se ficar mais do que dezesseis quilômetros no interior começo a me sentir claustrofóbico."

"E você mora sozinho?"

"Completamente. Sou só eu e cerca de cem milhões em equipamentos de som e um milhão de livros. Ei, você ainda dança?"

"Se eu danço?"

"Sim. Acabei de lembrar. Uma das coisas que o David costumava dizer era que você era a melhor dançarina que ele namorou. Você ganhou um concurso, não ganhou?"

O passado — como um pássaro preso numa gaiola há muito tempo e solto de repente — voava sobre ela, circulando por sua cabeça, inundando-a com saudades de um tempo bom. "Um concurso de samba", ela disse. "No Clube da Praia. Tinha esquecido. Não, não danço mais. Martin não dança, e, mesmo se dançasse, não acho que alguém toque mais esse tipo de música."

"Que pena. David disse que você estava incrível."

"Foi uma noite maravilhosa", Ellen disse, deixando sua mente flutuar no passado, pinçando as pequenas lembranças. "Era uma banda de Lester Lanin.[1] O Clube da Praia estava coberto de papel crepom e balões. David vestiu seu blazer predileto — seda vermelha."

"Agora é meu", disse Hooper. "Herdei *aquilo dele*."

---

1   Lester Lanin (1907-2004) foi líder de bandas de
jazz e música pop, famosas nos anos 1950 e 1960.

"Tocaram aquelas músicas maravilhosas. 'Mountain Greenery' era uma delas. Ele dançava o *pasodoble* tão bem. Eu quase não conseguia acompanhar. A única coisa que ele não conseguia dançar era valsa. Dizia que a valsa deixava ele tonto. Todo mundo estava tão bronzeado. Não creio que tivesse chovido o verão inteiro. Lembro que escolhi um vestido amarelo para aquela noite porque realçava meu bronzeado. Houve dois concursos, um de charleston, que Susie Kendall e Chip Fogarty ganharam. E o de samba. Tocaram 'Brazil' na final, e a gente dançou como se as nossas vidas dependessem daquilo. Dobrando os corpos pros lados e pra trás como loucos. Pensei que fosse desmaiar quando acabou. Sabe o que a gente ganhou de primeiro prêmio? Um frango enlatado. Guardei no meu quarto até que ficou tão velho que a lata começou a estufar e papai mandou eu jogar fora." Ellen sorriu. "Bons tempos. Tento não pensar muito neles."

"Por quê?"

"O passado sempre parece melhor quando você se lembra dele, mais do que ele realmente foi na época. E o presente nunca parece tão bom quanto parecerá no futuro. É deprimente ficar muito tempo revivendo as velhas alegrias. Você acha que nunca terá algo tão bom novamente."

"É fácil pra mim manter a mente longe do passado."

"É mesmo? Por quê?"

"Porque não foi lá essas coisas. David foi o filho mais velho. Eu fui uma espécie de segunda opção. Acho que meu objetivo na vida foi manter o casamento dos meus pais intacto. E falhei. E isso é bastante medíocre. É uma tremenda decepção quando você falha na primeira coisa em que esperam que você seja bem-sucedido. David tinha 20 anos quando nossos pais se divorciaram. Eu não tinha nem 11. E o divórcio não foi exatamente amigável. Os poucos anos anteriores também não foram tão amistosos. É a velha história — nada especial —, mas não foi muito divertida. Provavelmente eu dou muita importância. De qualquer maneira, eu olho sempre pra frente. Não costumo olhar pra trás."

"Acho que é mais saudável mesmo."

"Não sei. Talvez se eu tivesse tido um passado incrível passaria o tempo todo vivendo nele. Mas... chega disso. Tenho de ir pro cais. Não quer que eu te deixe em algum lugar?"

"Não precisa, obrigada. Meu carro está do outro lado da rua."

"Está bem. Bom, então tchau..." Hooper esticou a mão. "Foi muito bom ver você novamente, e espero te ver de novo antes de ir embora."

"Seria ótimo", disse Ellen, apertando sua mão. "A gente podia jogar uma partida de tênis numa tarde dessas." Ellen riu. "Meu Deus. Nem lembro mais quando foi a última vez que peguei numa raquete de tênis. Mas obrigada pelo convite."

"Tá certo. Bom, até breve." Hooper virou-se e andou uns metros até onde estava seu carro, um Ford 70 verde.

Ellen ficou parada olhando Hooper dar partida no carro, tirá--lo da vaga e seguir pela rua. Quando passou por ela, Ellen levantou a mão até o ombro e acenou timidamente. Hooper pôs a mão esquerda para fora do carro e também acenou. Então virou a esquina e se foi.

Uma tristeza extrema, dolorosa, apoderou-se de Ellen. Mais do que nunca, sentiu que sua vida — pelo menos a melhor parte dela, a parte que era leve e divertida — tinha ficado para trás. Reconhecer esta sensação a fez se sentir culpada, pois viu nisso a prova de que era uma mãe medíocre, uma esposa insatisfeita. Odiou sua vida e se odiou por odiá-la. Pensou num trecho de uma canção que Billy tocava no aparelho de som: "Eu trocaria todos os meus amanhãs por um único ontem". Ela faria uma troca dessas? Ficou a imaginar. Mas o que traria de bom imaginar? O passado se foi, girando cada vez mais para longe num poço sem fundo. Ela nunca mais poderia ter de volta aquela riqueza ou aqueles prazeres.

Uma visão do rosto de Hooper cruzou rapidamente sua mente. Esqueça, falou para si. É tolice. Pior ainda. É contraproducente.

Atravessou a rua e foi até o carro. Quando alcançou o tráfego, viu Larry Vaughan de pé na esquina. "Meu Deus", pensou, "ele parece tão triste quanto eu estou me sentindo."

O fim de semana foi tão quieto quanto os fins de semana no fim do outono. Com as praias fechadas e a polícia as patrulhando durante o dia, Amity estava praticamente deserta. Hooper cruzava a costa de alto a baixo no barco de Ben Gardner, mas os únicos sinais de vida que viu na água foram alguns cardumes de peixes miúdos e um pequeno cardume de anchovas. Na noite de domingo, após passar o dia em East Hampton — as praias de lá estavam cheias, e ele achou que haveria uma chance de o tubarão aparecer onde as pessoas estivessem nadando —, ele disse a Brody que estava pronto para deduzir que o peixe tinha voltado para as profundezas.

"O que faz você pensar isso?", perguntou Brody.

"Não há sinal dele", disse Hooper. "E tem outros peixes por aqui. Se houvesse um grande tubarão-branco nas redondezas, os outros peixes teriam desaparecido. É uma das coisas que os mergulhadores dizem sobre os tubarões-brancos. Quando estão por perto, há uma quietude terrível na água."

"Não acredito", disse Brody. "Pelo menos não o suficiente para abrir as praias. Ainda não." Ele sabia que após um fim de semana sem ocorrências haveria pressão — de Vaughan, de outros corretores de imóveis, de comerciantes — para liberar as praias. Ele quase desejou que Hooper tivesse visto o peixe. Teria sido uma certeza. Agora não havia nada além de evidência negativa, e para sua mente de policial isso não era o suficiente.

Na segunda-feira à tarde, Brody estava na sua sala quando Bixby anunciou um telefonema de Ellen. "Desculpe te incomodar", ela disse, "mas queria perguntar uma coisa a você. O que acha de darmos um jantar?"

"Pra quê?"

"Pra oferecer um, ora. Não fazemos isso há anos. Não consigo nem me lembrar de quando foi a última vez."

"É", disse Brody. "Nem eu." Mas era mentira. Ele se lembrava muito bem do último jantar que deram: há três anos, quando Ellen estava em meio à sua cruzada para restabelecer seus laços com a comunidade de veranistas. Convidou três casais. Eram pessoas bem simpáticas, Brody lembrava, mas as conversas eram engessadas, forçadas, desconfortáveis. Brody e seus convidados procuravam por interesses ou experiências comuns, e falharam. Então, depois de um tempo, os convidados voltavam a falar entre si, conscientemente educados ao incluírem Ellen nessas conversas toda vez que ela falava algo como "Ah, me lembro dele!" Ela esteve nervosa e avoada, e depois que os convidados foram embora, após ter lavado a louça e dito duas vezes a Brody *"Não foi* uma noite agradável?", se trancou no banheiro e chorou.

"Bom, o que você acha?", disse Ellen.

"Não sei. Acho que tudo bem, se você quiser. Quem você vai convidar?"

"Primeiro, acho que deveríamos chamar Matt Hooper."

"Pra quê? Ele come no Abelard, não come? Está tudo incluído no preço do quarto."

"Não é isso, Martin. Você sabe disso. Ele está sozinho na cidade, e, além disso, é muito simpático."

"Como você sabe? Não sabia que você conhecia ele."

"Não te falei? Encontrei ele na loja do Albert Morris na sexta-feira. Tenho *certeza* que falei disso com você."

"Não falou, mas tudo bem. Não faz diferença."

"Acontece que ele é irmão do Hooper que eu conhecia. Ele se lembrava muito mais de mim do que eu dele. Mas ele *é* muito mais novo."

"Ahã. Pra quando você planeja dar essa festa?"

"Pensei em amanhã à noite. E não vai ser nenhuma festa. Só pensei que poderíamos ter uma reuniãozinha agradável com alguns casais. Umas seis ou oito pessoas no total."

"Você acha que consegue fazer as pessoas virem tão em cima da hora?"

"Ah, claro. Ninguém faz nada durante a semana. Tem alguns encontros de bridge, mas é só isso."

"Ah", disse Brody. "Você quer dizer os veranistas."

"É o que eu tinha em mente. Matt iria com certeza se sentir à vontade com eles. O que você acha dos Baxter? Seriam interessantes?"

"Não sei se conheço eles."

"Claro que você conhece, seu bobo. Clem e Cici Baxter. Ela era Cici Davenport. Eles vivem na Scotch Road. Ele está de férias agora. Sei porque vi ele na rua hoje de manhã."

"Ok. Chama eles se quiser."

"Quem mais?"

"Alguém com quem eu possa conversar. O que você acha dos Meadows?"

"Mas ele já conhece o Harry."

"Ele não conhece a Dorothy. Ela é bem tagarela."

"Tudo bem", disse Ellen. "Acho que um pouco de cor local não atrapalha. E o Harry sabe de tudo o que acontece por aqui."

"Não estava pensando em cor local", Brody disse incisivo. "São nossos amigos."

"Eu sei. Não disse por mal."

"Se você quer cor local, tudo o que tem de fazer é olhar pro outro lado da nossa cama."

"Eu *sei*. Já pedi desculpas."

"E o que acha de uma garota?", disse Brody. "Acho que você deveria tentar encontrar alguma menina bacana pro Hooper."

Houve uma pausa até Ellen dizer: "Se você acha".

"Não tô nem aí. Só acho que ele aproveitaria mais se tivesse alguém da idade dele para conversar."

"Ele não é *tão* jovem, Martin. E nós não somos *tão* velhos. Mas tudo bem. Vou pensar em alguém divertido pra ele."

"Te vejo mais tarde", Brody disse, e desligou. Ficou deprimido, pois viu algo ameaçador nesse jantar. Não tinha certeza, mas acreditava — e quanto mais pensava nisso, mais forte ficava a crença — que Ellen estava lançando outra campanha para entrar de novo no mundo do qual ele a havia tirado, e dessa vez ela tinha uma alavanca para ajudá-la a penetrar nele: Hooper.

Na noite seguinte, Brody chegou em casa um pouco depois das cinco. Ellen estava arrumando a mesa na sala de jantar. Brody a beijou no rosto e disse: "Rapaz, faz tempo que não vejo essa baixela". Era a baixela do casamento deles, um presente dos pais de Ellen.

"Eu sei. Levei horas polindo."

"E olha isso aqui?" Brody pegou uma taça de vinho. "Onde você conseguiu isso?"

"Comprei no Lure."

"Quanto foi?" Brody colocou a taça na mesa.

"Não muito", ela disse, dobrando um guardanapo cuidadosamente e colocando-o debaixo de um garfo de carne e de um de salada.

"Quanto?"

"Vinte dólares. Mas foi por uma dúzia inteira."

"Você não brinca quando dá uma festa."

"A gente não tinha taças de vinho decentes", ela disse, na defensiva. "A última das nossas antigas quebrou há meses, quando Sean lascou na lateral."

Brody contou os lugares à mesa. "Só seis?" disse. "O que houve?"

"Os Baxter não vão poder vir. Cici ligou. Clem teve de ir à cidade fazer alguma coisa e ela achou que devia ir com ele. Vão passar a noite lá." Havia uma leve elevação em sua voz, uma falsa despreocupação.

"Ah", disse Brody. "Que pena." Ele não ousou demonstrar que ficou feliz.

"Quem você chamou para Hooper, alguma garota legal?"

"Daisy Wicker. Trabalha pro Gibby na Bibelot. É uma menina agradável."

"A que horas as pessoas vão chegar?"

"Os Meadow e Daisy às sete e meia. Pedi a Matthew pra chegar às sete."

"Achei que o nome dele era Matt."

"Ah, é só uma piada antiga que ele lembrou. Aparentemente, eu costumava chamar ele de Matthew quando ele era criança. Pedi pra ele chegar mais cedo pros meninos poderem conhecê-lo. Acho que vão ficar fascinados."

Brody olhou o relógio. "Se as pessoas não chegarem até sete e meia, significa que não iremos comer até oito e meia ou nove.

Provavelmente vou morrer de fome antes deles. Acho que vou comer um sanduíche." Ele foi para a cozinha.

"Não vá se entupir de comida", disse Ellen. "Tem um jantar delicioso a caminho."

Brody sentiu os aromas da cozinha, viu o amontoado de panelas e pacotes e disse: "O que você tá cozinhando?"

"Carneiro", ela disse. "Espero não fazer nada errado e acabar estragando ele."

"Está cheirando bem", disse Brody. "O que é essa coisa na pia? Devo jogar fora e lavar a panela?"

Da sala Ellen disse: "Que coisa?"

"Isso na panela."

"O quê... ah, Deus!", ela disse, e correu para a cozinha. "Não se atreva a jogar isso fora." Ela viu o sorriso no rosto de Brody. "Ah, seu crápula." Deu um tapa na bunda dele. "Isso é gaspacho. Sopa."

"Tem certeza que isso está bom?", provocou. "Parece gosmento."

"É assim que tem de ser, seu estúpido."

Brody sacudiu a cabeça. "O velho Hooper vai desejar ter comido no Abelard."

"Você é um animal", ela disse. "Espere até provar. Você vai mudar de opinião."

"Pode ser. Se eu viver pra contar." Ele gargalhou e foi até a geladeira. Ficou procurando e encontrou um pouco de mortadela e queijo para um sanduíche. Abriu uma cerveja e foi para a sala. "Acho que vou ver as notícias um pouco, depois tomar uma chuveirada e me trocar", disse.

"Pus roupas limpas pra você na cama. Tem de se barbear também. Essa sua barba por fazer está horrível."

"Meu Deus, quem vem jantar — príncipe Philip e Jackie Onassis?"

"Quero que você esteja apresentável, só isso."

Às sete e cinco da noite a campainha tocou e Brody atendeu. Vestia uma camisa xadrez azul, calça azul-marinho e sapatos sociais pretos. Sentia-se fresco e limpo. Elegante, Ellen havia dito. Mas quando ele abriu a porta para Hooper, sentiu-se, se não amarfanhado, ao menos antiquado. Hooper vestia jeans boca de sino, mocassins sem meias e uma camisa Lacoste vermelha, com um jacaré no peito. Era o uniforme dos jovens e ricos em Amity.

"Oi", disse Brody. "Entre."

"Oi", disse Hooper. Estendeu a mão, Brody a apertou.

Ellen veio da cozinha. Vestia uma saia longa com estampa em *batik*, sapatilhas e uma blusa azul de seda. Usava um colar de pérolas cultivadas que Brody tinha dado a ela como presente de casamento.

"Matthew", ela disse, "que bom que você veio."

"Que bom que você me convidou", disse Hooper, apertando a mão de Ellen. "Desculpe eu não parecer muito formal, mas eu não trouxe nada comigo que não fosse roupa de trabalho. A única coisa que posso afirmar é que estão limpas."

"Não seja bobo", disse Ellen. "Você está ótimo. O vermelho combina muito bem com seu bronzeado e seu cabelo."

Hooper riu. Virou-se e disse a Brody: "Você se importa se eu der uma coisa a Ellen?"

"Como assim?", disse Brody. Pensou com seus botões: "Dar a ela o quê? Um beijo? Uma caixa de bombons? Um soco no nariz?"

"Um presente. Na verdade não é nada. Só algo que escolhi."

"Não, não me importo", disse Brody, ainda perplexo que a pergunta tenha sido feita.

Hooper enfiou a mão no bolso da calça jeans e tirou um pequeno embrulho de tecido. Deu a Ellen.

"Para a anfitriã", disse ele, "pra compensar minhas roupas completamente desalinhadas."

Ellen riu e cuidadosamente desembrulhou o papel. Dentro havia o que parecia um amuleto, ou talvez um pingente de uns dois centímetros ou mais de largura. "É lindo", disse. "O que é isso?"

"É um dente de tubarão", disse Hooper. "Um dente de tubarão-tigre, pra ser mais específico. O engaste é de prata."

"Onde você conseguiu?"

"Em Macau. Passei por lá uns anos atrás durante um projeto. Havia uma lojinha pequena de um chinês menor ainda, que passou a vida inteira polindo dentes de tubarão e moldando os engastes de prata onde eles eram presos."

"Macau", disse Ellen. "Não conseguiria situar Macau no mapa mesmo se tentasse. Deve ter sido fascinante."

"É perto de Hong Kong", disse Brody.

"Correto", disse Hooper. "Bom, supõe-se que haja uma superstição sobre esses pingentes de que se você guardá-los com você, estará livre de mordida de tubarão. Nas circunstâncias atuais, achei que seria apropriado."

"Certamente", disse Ellen. "Você tem um desses?"

"Tenho", disse Hooper, "mas não sei como usá-lo. Não gosto de pendurar coisas no pescoço, e se você andar com um dente de tubarão no bolso da calça acho que corre dois riscos reais: um é de ser esfaqueado na perna, o outro é que acabará com um talho nas calças. É como andar com um canivete aberto no bolso. Portanto, no meu caso, o senso prático supera a superstição, pelo menos enquanto eu estiver em terra firme."

Ellen riu e disse a Brody: "Martin, posso te pedir um imenso favor? Você pode ir correndo lá em cima pegar aquela corrente de prata fininha no meu porta-joias? Vou colocar o dente de tubarão do Matthew agora". Ela virou-se para Hooper e disse: "Você nunca sabe quando vai encontrar um tubarão no jantar".

Brody subiu as escadas e Ellen disse: "Aproveita e manda os meninos descerem".

Quando virou a curva no alto da escada Brody ouviu Ellen dizer "*Que bom* ver você novamente".

Brody foi até o quarto e sentou-se na beira da cama. Respirou fundo, fechou e abriu o punho direito. Lutava contra a raiva e a confusão, e estava perdendo. Sentiu-se ameaçado, como se um intruso tivesse chegado à sua casa carregando armas sutis e intangíveis que ele não podia combater: boa aparência, juventude e sofisticação e, acima de tudo, uma comunhão com Ellen nascida num tempo em que, Brody sabia, ela desejava que nunca tivesse acabado. Onde antes ele achava que Ellen estava tentando usar Hooper para impressionar outros veranistas, agora ele achava que ela estava tentando impressionar o próprio Hooper. Ele não sabia por quê. Talvez ele estivesse errado. Afinal, eles se conheceram tempos atrás. Talvez estivesse superestimando o fato de dois amigos simplesmente estarem tentando se reaproximar. "Amigos? Como assim? Hooper devia ser dez anos mais novo que Ellen, ou quase isso. Que tipo de amigos eles devem ter sido? Conhecidos, no máximo. Então por que aquela sofisticação toda? Isso a depreciava", pensou Brody; e depreciava a ele também, pois, com essa falsa postura de elegância, negava a vida que viviam juntos.

"Foda-se", ele disse alto. Levantou-se, abriu uma gaveta da penteadeira e vasculhou até encontrar o porta-joias de Ellen. Pegou a corrente de prata, fechou a gaveta e foi até o corredor. Enfiou a cabeça nos quartos dos meninos e disse: "Vamos, turma", e desceu.

Ellen e Hooper estavam sentados nas duas pontas do sofá, e quando Brody caminhou até a sala ouviu Ellen dizer: "Você prefere que eu não te chame de Matthew?"

Hooper sorriu e disse: "Não ligo. Me traz certas lembranças, mas apesar do que eu disse no outro dia, não há nada de errado com elas".

"No outro dia?", pensou Brody. "Na loja de materiais de construção? Deve ter sido uma conversa e tanto."

"Aqui", ele disse a Ellen, entregando a corrente a ela.

"Obrigada", ela disse. Ela tirou o colar de pérolas e o jogou na mesinha de centro. "Agora, Matthew, me mostra como deve ficar."

Brody pegou o colar de pérolas da mesa e o colocou no bolso.

Os meninos desceram em fila, todos elegantes, de camisas esporte e calças compridas. Ellen prendeu a corrente de prata no pescoço, sorriu para Hooper e disse: "Venham aqui, meninos. Venham conhecer o sr. Hooper. Esse é Billy Brody. Billy tem 14 anos."

Billy apertou a mão de Hooper. "Este é Martin Júnior. Tem 12 anos. E este é Sean. Tem 9... quase 9. O sr. Hooper é um oceanógrafo."

"Um ictiologista, na verdade", disse Hooper.

"O que é isso?", disse Martin Júnior.

"Um zóologo que se especializa na vida dos peixes."

"O que é um zóologo?", perguntou Sean.

"Isso eu sei", disse Billy. "É quem estuda os animais."

"Certo", disse Hooper. "Muito bem."

"Você vai pegar o tubarão?", perguntou Martin.

"Vou tentar encontrar ele", disse Hooper. "Mas não sei. Ele pode já ter ido embora."

"Você já pegou um tubarão?"

"Já, mas não tão grande quanto esse."

Sean perguntou: "Os tubarões botam ovos?"

"Essa, meu rapaz", disse Hooper, "é uma boa pergunta, e bem complicada. Não põem como as galinhas, se é o que você quer dizer. Mas sim, alguns tubarões botam ovos."

Ellen disse: "Deem um tempo pro sr. Hooper, meninos". Virou-se para Brody. "Martin, você pode nos preparar um drinque?"

"Claro", disse Brody. "O que você quer?"

"Um gim-tônica está bom pra mim", disse Hooper.

"E você, Ellen?"

"Deixe ver. O que seria bom? Acho que vou tomar só um vermute com gelo."

"Ei, mãe", disse Billy, "o que é isso no seu pescoço?"

"Um dente de tubarão, querido. O sr. Hooper me deu."

"Ei, que legal. Posso ver?"

Brody foi para a cozinha. As bebidas eram guardadas num armário sobre a pia. A porta estava emperrada. Ele puxou a alça de metal e ela soltou na sua mão. Sem pensar, ele a atirou na lata do lixo. Pegou uma chave de fenda numa gaveta e forçou a porta do armário até que abrisse. Vermute. Qual era a porra da cor da garrafa? Ninguém nunca bebia vermute com gelo. O drinque da Ellen quando ela bebia, e era raro, era uísque de centeio e ginger ale. Verde. Lá estava, bem no fundo. Brody agarrou a garrafa, abriu a tampa e cheirou. Tinha cheiro daqueles vinhos baratos vendidos a 69 centavos a caneca.

Brody fez os dois drinques, depois preparou um uísque de centeio com ginger ale para si. Por força do hábito, começou a medir o uísque com um dosador, mas depois mudou de ideia e derramou até que o copo ficasse um terço cheio. Completou com ginger ale, jogou alguns cubos de gelo dentro e procurou os outros dois copos. A única maneira conveniente de levá-los em uma única mão era agarrar um com o polegar e os três últimos dedos da mão e apoiar o outro contra o primeiro enfiando o dedo indicador dentro do copo. Bebeu um gole do seu próprio drinque e voltou para a sala de estar.

Billy e Martin tinham se metido no sofá junto a Ellen e Hooper. Sean estava sentado no chão. Brody ouviu Hooper dizer algo sobre um porco e Martin disse "Uau!".

"Aqui", disse Brody, entregando o copo da frente — o que tinha seu dedo nele — para Ellen.

"Nenhuma gorjeta pra você, meu caro", ela disse. "Que bom que você não tentou fazer carreira como garçom."

Brody olhou para ela, pensou numa série de impropérios e acabou dizendo "Perdão, duquesa". Entregou o outro copo para Hooper e disse: "Acho que é o que você queria".

"Está ótimo. Obrigado."

"Matt estava contando pra gente sobre um tubarão que ele pegou", disse Ellen. "Tinha quase um porco inteiro dentro dele."

"Não brinca", disse Brody, sentando-se numa cadeira em frente ao sofá.

"E isso não é tudo, pai", disse Martin. "Tinha um rolo de papel de alcatrão[1] também."

"E um osso humano", disse Sean.

"Eu disse que parecia um osso humano", disse Hooper. "Não tinha como me certificar na época. Poderia ser uma costela de boi."

Brody disse: "Pensei que vocês cientistas soubessem o que fosse de cara".

"Nem sempre", disse Hooper. "Especialmente quando é apenas um pedaço de osso, como uma costela."

Brody deu um grande gole em seu drinque e disse "Ah".

"Ei, pai", disse Billy. "Sabe como um golfinho mata um tubarão?"

"Com uma arma?"

"Não, cara. Ele dá bundadas nele até matar. É o que o sr. Hooper diz."

"Maravilha", disse Brody, e secou o copo. "Vou tomar outro drinque. Alguém mais quer?"

"Num dia de semana?", disse Ellen. "Puxa."

"Por que não? Não é toda noite que damos um jantar desses."

Brody saiu para a cozinha, mas parou ao ouvir a campainha. Ele abriu a porta e viu Dorothy Meadows, pequena e frágil, usando, como sempre, um vestido azul-escuro e um colar de pérolas. Atrás dela estava uma jovem que Brody imaginou ser Daisy Wicker — uma garota alta, magra, de cabelos longos e lisos. Usava calça comprida, sandálias e nenhuma maquiagem. Atrás dela vinha o volume inconfundível de Harry Meadows.

"Olá, pessoal", disse Brody. "Vamos entrando."

"Boa noite, Martin", disse Dorothy Meadows. "Encontramos a senhorita Wicker quando chegamos aqui na rua."

---

[1] Usado como impermeabilizante na construção civil.

"Até vim caminhando", disse Daisy Wicker. "Está uma noite bastante agradável."

"Que bom. Vamos entrando. Eu sou Martin Brody."

"Eu sei. Vi você dirigindo seu carro. Você deve ter um trabalho bem interessante."

Brody riu. "Eu poderia falar sobre ele, mas você acabaria pegando no sono."

Brody levou todos à sala de estar e deixou Ellen fazer as apresentações para Hooper. Pegou os pedidos dos drinques — uísque com gelo para Harry, club soda com uma lasca de limão para Dorothy e um gim-tônica para Daisy Wicker. Mas antes de preparar os drinques fez um novo para si e foi bebendo enquanto preparava os outros. Quando estava pronto para voltar à sala já tinha acabado com cerca de metade do drinque, então despejou no copo mais uma generosa dose de uísque de centeio e um pouco mais de ginger ale.

Levou primeiro os drinques de Dorothy e Daisy e voltou à cozinha para pegar o de Meadows e o seu. Estava dando um último gole antes de juntar-se ao grupo quando Ellen entrou na cozinha.

"Não acha que é melhor ir devagar?", ela disse.

"Estou bem", ele disse. "Não se preocupe comigo."

"Você não está sendo exatamente agradável."

"Não? Achava que eu estava sendo encantador."

"Longe disso."

Ele sorriu para ela e disse "Que se dane", e à medida em que falava, compreendia que ela estava certa: era melhor ir mais devagar. Ele foi para a sala.

As crianças tinham subido. Dorothy Meadows sentou-se no sofá ao lado de Hooper e conversava com ele sobre seu trabalho em Woods Hole. Meadows, na cadeira em frente ao sofá, ouvia quieto. Daisy Wicker estava em pé, sozinha, no outro lado da sala, perto da lareira, o olhar fixo e um pequeno sorriso no rosto. Brody entregou a Meadows seu drinque e foi até ela.

"Você está sorrindo", ele disse.

"Estou? Não percebi."

"Pensando em algo engraçado?"

"Não. Acho que só fiquei interessada. Nunca estive na casa de um policial antes."

"O que você esperava? Grades nas janelas? Um guarda na porta?"

"Não, nada. Só estava curiosa."

"E qual é a conclusão? Parece uma casa de pessoas normais, não?"

"Acho que sim. Mais ou menos."

"O que isso quer dizer?"

"Nada."

"Ah."

Ela deu um gole em seu drinque e disse: "Você gosta de ser policial?"

Brody não sabia dizer se havia hostilidade na pergunta.

"Sim", ele disse. "É um bom trabalho, e com um propósito."

"Qual o propósito?"

"O que você acha?", ele disse, levemente irritado. "Para manter a lei."

"Você não se acha alienado?"

"Por que diabos eu deveria me sentir alienado? Alienado do quê?"

"Das pessoas. Digo, a única coisa que justifica a sua existência é dizer às pessoas o que não fazer. Isso não o faz se sentir estranho?"

Por um instante Brody pensou que estava sendo testado, mas a garota não esboçou nenhum sorriso nem tirou os olhos dos dele.

"Não, não me sinto estranho", ele disse. "Não vejo por que deveria me sentir mais estranho que você, que trabalha numa loja de badulaques."

"O Bibelot."

"É. Afinal, o que você vende lá?"

"Vendemos o passado das pessoas. Dá alento a elas."

"O que você quer dizer com o passado delas?"

"Antiguidades. São compradas por pessoas que odeiam seu presente e precisam da segurança do seu passado. Ou, se não do delas, do de alguém. Uma vez comprado, torna-se delas. Aposto que é importante pra você também."

"O que, o passado?"

"Não, segurança. Não é uma das coisas mais importantes sobre ser um policial?"

Brody deu uma olhada pela sala e notou que o copo de Meadows estava vazio. "Com licença", disse. "Tenho que atender os outros convidados."

"Claro. Gostei da conversa."

Brody levou o copo de Meadows e o dele para a cozinha. Ellen estava enchendo uma vasilha com tortilhas.

"Onde diabos você encontrou aquela garota?", ele disse. "Debaixo de uma pedra?"

"Quem? Daisy? Eu te disse, ela trabalha na Bibelot."

"Você já conversou com ela?"

"Um pouco. Parece simpática e inteligente."

"Ela é uma assombração. Parece aqueles moleques que a gente põe em cana e começam a debochar da gente na delegacia."

Ele preparou um drinque para Meadows e fez um para ele. Olhou para a frente e viu Ellen encarando-o.

"Qual o seu problema?", ela disse.

"Acho que não gosto de gente esquisita vindo à minha casa pra me ofender."

"Sinceramente, Martin. Tenho certeza de que não houve intenção de ofender. Provavelmente ela estava só sendo franca. E franqueza está na moda hoje em dia, você sabe."

"Bom, se ela ficar mais franca comigo ela vai embora, só te digo isso." Ele pegou os dois drinques e foi até a porta.

Ellen disse: "Martin...", e ele parou. "Por mim... por favor."

"Não se preocupe com nada. Vai ficar tudo bem. Como dizem nos comerciais, *fica fria.*"

Ele encheu o drinque de Hooper e de Daisy Wicker sem encher o seu. Então se sentou e ficou tomando conta de seu drinque enquanto Meadows contava uma longa história a Daisy. Brody se sentiu bem — de fato, muito bem — e sabia que se não bebesse mais nada antes do jantar estaria ótimo.

Às oito e meia Ellen trouxe os pratos de sopa da cozinha e os distribuiu sobre a mesa. "Martin", ela disse, "você pode abrir o vinho pra mim enquanto eu acomodo todos à mesa?"

"Vinho?"

"Tem três garrafas na cozinha. Um branco no congelador e dois tintos no balcão. Pode abrir todos também. Os tintos vão precisar de tempo pra respirar."

"Claro que vão", Brody disse ao se levantar. "Quem não precisa?"

"Ah, e o *tire-bouchin* está no balcão ao lado do tinto."

"O o quê?"

Daisy Wicker disse: "É *tire-bouchon*. O saca-rolhas".

Brody se sentiu vingado ao ver Ellen ficar vermelha, pois o aliviou de seu próprio constrangimento. Ele encontrou o saca-rolhas e começou a abrir as duas garrafas de vinho tinto. Puxou uma rolha com perfeição, mas a outra se desfez quando ele a estava puxando e farelos caíram dentro da garrafa. Tirou a garrafa do vinho branco de dentro da geladeira, e à medida que ia puxando a rolha ia torcendo a língua tentando pronunciar o nome do vinho: Montrachet. Chegou até o que lhe pareceu uma pronúncia aceitável, enxugou a garrafa com um pano de prato e levou-a até a sala de jantar.

Ellen estava sentada na ponta da mesa que ficava mais próxima da cozinha. Hooper à sua esquerda, Meadows à direita. Ao lado de Meadows, Daisy Wicker, depois um lugar vazio para Brody no outro lado da mesa e, em frente a Daisy, Dorothy Meadows.

Brody pôs a mão esquerda atrás das costas e, em pé, por trás do ombro direito de Ellen, serviu a ela uma taça de vinho. "Uma taça de Mount Ratchet", ele disse. "Muito bom ano, 1970. Lembro-me dele muito bem."

"Já chega", disse Ellen, batendo no gargalo com a ponta do dedo. "Não encha a taça até o fim."

"Desculpe", disse Brody, e encheu a taça de Meadows em seguida.

Quando terminou de servir o vinho, Brody se sentou. Olhou para a sopa à sua frente. Então deu uma olhada ao redor da mesa e viu que os outros já a estavam tomando: não era brincadeira. Então encheu uma colher e tomou. Estava fria, e não tinha nenhum gosto de sopa, mas não estava ruim.

"Amo gaspacho", disse Daisy, "mas é tão chato fazer que não tomo com frequência."

"Hummm", disse Brody, enchendo e tomando outra colher.

"Você toma com frequência?"

"Não", ele disse. "Não tanto."

"Já provou um M e G?"

"Não posso dizer que já."

"Deveria experimentar. Claro, você pode não gostar, já que é fora da lei."

"Você diz que tomar isso é contra a lei? Como? Como assim?"

"Maconha e gaspacho. Ao invés de temperos, você salpica um pouco de maconha por cima da sopa. Depois fuma um pouco, toma um pouco, fuma um pouco, toma um pouco. É realmente uma loucura."

Passou-se um instante antes de Brody processar o que ela estava dizendo, e mesmo quando ele entendeu não respondeu de imediato. Puxou a tigela de sopa para perto, tomou o que restava da sopa, secou a taça de vinho num único gole e limpou a boca com o guardanapo. Olhou para Daisy, que sorria candidamente para ele, e para Ellen, que sorria para algo que Hooper estava dizendo.

"É, sim", disse Daisy.

Brody decidiu não piorar a situação e resolveu ficar calmo — apesar de extremamente incomodado, para não aborrecer Ellen.

"Você sabe", ele disse, "eu não acho..."

"Aposto que Matt já experimentou."

"Talvez. Não vejo o que isso..."

Daisy levantou a voz e disse: "Matt, com licença". A conversa do outro lado da mesa parou. "Só estou curiosa. Você já experimentou um M e G? Aliás, sra. Brody, esse gaspacho está incrível."

"Obrigada", disse Ellen. "Mas o que é um M e G?"

"Experimentei uma vez", disse Hooper. "Mas nunca foi muito a minha praia."

"Você tem de me dizer", Ellen falou. "O que é?"

"Matt vai lhe dizer", disse Daisy, e quando Brody virou-se para lhe dizer algo, ela se virou para Meadows e disse: "Me fale mais sobre os lençois d'água".

Brody levantou-se e começou a retirar as tigelas de sopa da mesa. Ao caminhar até a cozinha, sentiu uma leve náusea e um pouco de tonteira, sua testa suava. Mas ao colocar as tigelas na pia a sensação passou.

Ellen o seguiu até a cozinha e amarrou um avental à cintura. "Vou precisar de ajuda para cortar a carne", ela disse.

"Pode deixar", disse Brody, e procurou por uma faca e um garfo grande na gaveta. "O que você achou daquilo?"

"Do quê?"

"Da história do M e G. Hooper falou pra você do que se trata?"

"Sim. Foi bem engraçado, não? Devo dizer que parece saboroso."

"Como você pode saber?"

"Você nunca sabe o que as mulheres fazem quando se juntam no hospital. Corta aqui."

Com um garfo de duas pontas ela levou o carneiro até a tábua de cortar carne. "Fatias de mais ou menos dois centímetros, se puder, como se fatia um filé."

"Aquela vaca da Wicker estava certa sobre uma coisa", pensou Brody, enquanto fatiava a carne, "agora com certeza eu me sinto alienado."

A primeira fatia foi cortada, e Brody disse: "Ei, pensei que você tinha dito que isso aqui era carneiro".

"E é."

"Não está nem cozido. Olha isso aqui." Segurou o pedaço que tinha fatiado. Estava rosado e, no centro, quase vermelho.

"É assim que tem de ficar."

"Não se for carneiro. Carneiro tem de ser bem-cozido, bem-passado."

"Martin, confia em mim. Está tudo bem ele ficar desse jeito, a receita está certa. Prometo."

Brody levantou a voz. "Não vou comer carneiro cru!"

"Ssshhh! Pelo amor de Deus. Não pode falar baixo?"

Brody cochichou, meio rouco: "Então põe essa droga de volta até ficar pronta".

"Está pronto!", disse Ellen. "Se não quiser comer não coma, mas é assim que eu vou servir."

"Então corte você."

Brody pôs a faca e o garfo sobre a tábua de cortar, pegou as duas garrafas de vinho tinto e saiu da cozinha.

"Haverá um leve atraso", disse, ao se aproximar da mesa, "até a cozinheira matar nosso jantar. Ela tentou servi-lo do jeito que estava, mas ele acabou mordendo ela na perna." Levou uma garrafa de vinho até uma das taças limpas e disse: "Me pergunto por que não se pode servir vinho tinto na mesma taça em que havia vinho branco".

"Os sabores", disse Meadows, "não se complementam."

"O que você quer dizer é que te darão gases." Brody encheu as seis taças e sentou-se. Deu um gole no vinho, disse "Bom", depois deu um gole e mais outro. Encheu sua taça novamente.

Ellen veio da cozinha trazendo a tábua com a carne. Colocou-a no apoiador ao lado de uma pilha de pratos. Retornou à cozinha e voltou trazendo duas travessas de legumes. "Espero que esteja bom", disse. "Nunca experimentei esse prato antes."

"O que é?", perguntou Dorothy Meadows. "Está com um cheiro delicioso."

"Uma receita de carneiro. Marinado."

"É mesmo? O que tem no marinado?"

"Gengibre, molho shoyu, uma porção de coisas." Ela colocou em cada prato uma fatia grossa de carneiro, alguns aspargos e abobrinha, passou os pratos para Meadows, que os distribuiu pela mesa.

Quando todos foram servidos e Ellen se sentou, Hooper levantou sua taça e disse: "Um brinde à chef".

Os outros levantaram suas taças, e Brody disse: "Boa sorte".

Meadows pegou um pedaço da carne, mastigou, saboreou, e disse: "Fantástica. É como o mais macio dos lombos, só que melhor. Que sabor esplêndido".

"Vindo de você, Harry", disse Ellen, "é um elogio especial."

"Está delicioso", disse Dorothy. "Promete que me dá a receita? Harry nunca vai me perdoar se eu não fizer pra ele pelo menos uma vez na semana."

"É melhor ele roubar um banco", disse Brody.

"Mas está delicioso, Martin, não acha?"

Brody não respondeu. Tinha começado a mastigar um pedaço de carne quando uma outra onda de náusea o atingiu. Mais uma vez o suor brotou em sua testa. Sentiu-se deslocado, como se seu corpo fosse controlado por outra pessoa. Sentiu pânico com a perda do controle motor. Seu garfo parecia pesado, e por um momento temeu que escapasse dos dedos e despencasse na mesa. Fechou o punho e o segurou firme. Estava certo de que sua língua não se comportaria bem se tentasse falar. Era o vinho. Tinha de ser o vinho. Com precisão muito exagerada inclinou-se para a frente para empurrar sua taça de vinho para longe de si. Deslizou os dedos pela toalha para minimizar as chances de derrubar a taça. Sentou-se de novo e respirou fundo. Sua visão turvou-se. Tentou focar numa pintura sobre a cabeça de Ellen mas se distraiu com a imagem dela conversando com Hooper. "Toda vez que ela falava tocava o braço de Hooper de leve, mas", pensou Brody, "com intimidade, como se estivessem trocando segredos." Ele não ouvia o que estavam dizendo. A última coisa que se lembrou de ter ouvido foi "não acha?" Aquilo foi há quanto tempo? Quem tinha dito isso? Ele não sabia. Olhou para Meadows, que conversava com Daisy. Então olhou pra Dorothy e disse, com voz pastosa: "Sim".

"O que você falou, Martin?" Ela olhou para ele. "Você disse algo?" Ele não conseguia falar. Queria ficar de pé e caminhar até a cozinha, mas não confiava em suas pernas. Nunca conseguiria se não segurasse em algo. Apenas fique sentado quieto, falou para si. Vai passar.

E passou. Sua mente começou a clarear. Ellen estava tocando Hooper de novo. Falando e tocando, falando e tocando. "Cara, está quente", ele disse. Levantou-se e caminhou, com cuidado mas firme, até uma janela e a abriu. Debruçou no parapeito e pressionou o rosto contra a tela.

"Noite linda", disse.

Esticou-se.

"Acho que vou pegar um copo d'água."

Foi até a cozinha e sacudiu a cabeça. Abriu a torneira de água fria e esfregou um pouco d'água na testa. Encheu um copo e bebeu, depois encheu de novo e secou o copo mais uma vez. Respirou fundo algumas vezes, voltou à sala de jantar e sentou-se. Olhou para a comida em seu prato. Então conteve um calafrio e sorriu para Dorothy.

"Alguém quer mais?", disse Ellen. "Tem bastante aqui."

"É mesmo", disse Meadows. "Mas é melhor servir os outros primeiro. Se deixar por minha conta como tudo."

"E sabe o que vai dizer amanhã?", disse Brody.

"O quê?"

Brody baixou a voz e disse sério: "Não acredito que comi *tudo*".

Meadows e Dorothy gargalharam, e Hooper disse, num gemido fino: "Não, Ralph, *eu* comi tudo". Então até Ellen gargalhou. Ia ficar tudo bem.

Quando a sobremesa foi servida — sorvete de café sobre calda de creme de cacau — Brody estava se sentindo bem. Tomou duas bolas de sorvete e conversava amigavelmente com Dorothy. Ele sorriu quando Daisy contou para ele uma história sobre preparar o recheio do peru do último Dia de Ação de Graças com maconha.

"Minha única preocupação", disse Daisy, "foi que minha tia solteirona ligou na manhã do dia de Ação de Graças perguntando se podia vir para o jantar. O peru já estava pronto e recheado."

"E o que aconteceu?", disse Brody.

"Tentei dar a ela um pouco de peru sem o recheio, mas ela insistiu em comer um pouco, então eu disse 'Que se dane', e dei a ela uma colher cheia."

"E?"

"No final do jantar ela ria como uma garotinha. Queria até dançar. Até *Hair*."[2]

"Que bom que eu não estava lá", disse Brody. "Teria prendido você por corrupção da moral de uma solteirona."

Tomaram café na sala de estar, Brody ofereceu drinques, mas apenas Meadows aceitou.

"Um pouco de conhaque, se tiver", disse.

Brody olhou para Ellen, como que perguntando "A gente tem?"

"Acho que na despensa", ela disse.

Brody serviu o drinque a Meadows e pensou brevemente em servir um também para si. Mas resistiu, falando para si mesmo: "Não abuse da sorte".

Um pouco depois das dez, Meadows bocejou e disse: "Dorothy, acho melhor a gente ir. Acho difícil atender as expectativas do público se ficar acordado até tarde".

"Também tenho de ir", disse Daisy. "Tenho de estar no trabalho às oito. Não que a gente esteja vendendo muito nos últimos dias."

"Não está sozinha nessa, querida", disse Meadows.

"Eu sei. Mas quando você trabalha por comissão, aí você realmente sente."

"Bom, vamos esperar que o pior tenha passado. Pelo que eu entendi do nosso especialista aqui, há uma grande probabilidade do monstro dos mares ter ido embora." Meadows se levantou.

"Uma probabilidade", disse Hooper. "Espero." Levantou-se para sair. "Tenho de ir também."

"Ah, não vai não!" Ellen disse a Hooper. As palavras vieram com mais força do que ela queria. Ao invés de um pedido agradável, pareceram uma súplica aguda, penetrante. Ela ficou envergonhada e acrescentou rápido: "Digo, a noite é uma criança. São só dez horas".

---

2 Musical símbolo da contracultura hippie do final dos anos 1960 cuja particularidade era uma cena com os atores dançando nus.

"Eu sei", disse Hooper, "mas se o tempo estiver bom amanhã, quero levantar cedo e ir pra água. Além disso, estou de carro e posso deixar Daisy no caminho."

Daisy disse: "Seria legal". Sua voz, como sempre, não tinha cor nem tom, não sugerindo nada.

"Os Meadows podem deixá-la", disse Ellen.

"É verdade", disse Hooper, "mas eu realmente tenho de ir pra levantar cedo. Mas obrigado pela consideração."

Despediram-se na porta — cumprimentos superficiais, agradecimentos redundantes. Hooper foi o último a sair, e quando estendeu a mão para Ellen, ela a segurou com ambas as mãos e disse: "*Muito* obrigada pelo dente de tubarão".

"De nada. Que bom que você gostou."

"E muito obrigada por ser tão amável com as crianças. Elas ficaram fascinadas em conhecer você."

"Eu também. Mas foi meio esquisito. Eu devia ter a idade do Sean quando conheci você. Você não mudou nada."

"Bom, *você* com certeza mudou."

"Espero. Odiaria ter 9 anos a vida toda."

"Veremos você antes de você partir?"

"Pode ter certeza."

"Maravilha." Ela soltou a mão dele. Ele deu um rápido boa-noite a Brody e foi até o carro.

Ellen esperou na porta até o último carro sair da rua, depois apagou a luz de fora. Em silêncio, começou a pegar os copos, xícaras de café e bandejas da sala de estar.

Brody levou uma pilha de vasilhas de sobremesa para a cozinha, pôs na pia e disse: "Bom, foi tudo bem". Não quis dizer nada com aquilo, e não esperava nada mais do que ela concordasse de forma protocolar.

"Apesar de você", disse Ellen.

"Como?"

"Você foi terrível."

"Fui?" Brody ficou verdadeiramente surpreso com a ferocidade do ataque dela. "Eu sei que fui um pouco chato por um minuto, mas não achei..."

"A noite inteira, do início ao fim, você foi terrível."

"Para de falar besteira!"

"Vai acordar as crianças."

"Tô pouco ligando. Não vou deixar você jogar suas frustrações em cima de mim me dizendo que eu sou um merda."

Ellen sorriu, amarga. "Tá vendo? Lá vai você de novo."

"*Aonde* que eu vou de novo? Do que você está falando?"

"Não quero falar disso."

"Sempre assim. Você não quer falar disso. Olha... ok, eu estava errado sobre a maldita da carne. Eu não devia ter agido como agi. Me desculpa. Agora..."

"Já disse que não quero falar disso!"

Brody estava pronto para uma briga mas recuou, sóbrio o suficiente para perceber que suas únicas armas eram a crueldade e insinuações, e que Ellen estava prestes a chorar. E lágrimas, fossem derramadas num orgasmo ou por raiva, o desconcertavam. Então ele disse apenas "Bom, desculpe por aquilo". Ele saiu da cozinha e subiu as escadas.

No quarto, enquanto se despia, o pensamento que lhe ocorreu foi que a causa de todo o desprazer, a origem de toda a confusão, era um peixe: uma besta irracional que ele nunca viu. O pensamento era tão ridículo que o fez sorrir.

Ele se deitou e, quase simultaneamente, com o toque de sua cabeça no travesseiro, caiu num sono sem sonhos.

Um rapaz e a namorada sentados bebendo cerveja na beira do balcão de mogno no Randy Bear. O rapaz tinha 18 anos, filho do farmacêutico da Farmácia Amity.

"Uma hora você vai ter de falar pra ele", disse a jovem.

"Eu sei. E quando eu falar, ele vai querer me comer vivo."

"Não foi culpa sua."

"Sabe o que ele vai falar? Que deve ter sido minha culpa. Eu devo ter feito algo, ou teriam ficado comigo e mandado outra pessoa embora."

"Mas eles despediram muitos garotos."

"E ficaram com muitos também."

"Como eles decidiram quem iria ficar?"

"Eles não disseram. Só disseram que não estavam tendo hóspedes suficientes pra justificar uma equipe numerosa, então estavam mandando a gente embora. Cara, meu velho vai subir pelas paredes."

"Ele não pode falar com eles? Ele deve conhecer alguém lá. Quer dizer, se ele disser que você realmente precisa do dinheiro pra universidade..."

"Ele não faria isso. Seria mendigar." O rapaz terminou a cerveja. "Só tem uma coisa que eu posso fazer. Traficar."

"Ah, Michael, Não faz isso. É muito perigoso. Você pode acabar sendo preso."

"Uma senhora escolha, não é?", disse o rapaz com acidez. "Faculdade ou cadeia."

"O que você diria ao seu pai?"

"Não sei. Talvez diga a ele que estou vendendo cintos."

Brody acordou num sobressalto, sacudido por uma sensação que dizia a ele que algo estava errado. Esticou o braço na cama para tocar Ellen. Ela não estava lá. Sentou-se e viu-a sentada na cadeira em frente à janela. A chuva batia contra as vidraças, e podia-se ouvir o vento atravessando as árvores.

"Que droga de dia, hein?", ele disse. Ela não respondeu, continuando a olhar fixamente as gotas de chuva escorrendo pelo vidro. "Por que levantou tão cedo?"

"Não consegui dormir."

Brody bocejou. "Já eu não tive problema algum."

"Não me surpreende."

"Puxa vida. Vamos começar de novo?"

Ellen sacudiu a cabeça. "Não. Desculpe. Esquece." Ela parecia calada, triste.

"Qual o problema?"

"Nenhum."

"Se você está dizendo..." Brody saiu da cama e foi para o banheiro.

Barbeado e vestido, desceu para a cozinha. Os meninos estavam terminando o café da manhã e Ellen fritava um ovo para ele.

"O que vocês vão fazer nesse dia miserável?", ele disse.

"Limpar os cortadores de grama", disse Billy, que trabalhava durante o verão para um jardineiro local. "Cara, odeio dias de chuva."

"E vocês dois?", Brody perguntou a Martin e Sean.

"Martin vai ao Clube dos Meninos", disse Ellen, "e Sean vai passar o dia na casa dos Santos."

"E você?"

"Tenho um dia cheio no hospital. Aliás: não vou estar em casa para o almoço. Você pode comer algo na cidade?"

"Claro. Não sabia que você trabalhava o dia inteiro às quartas-feiras."

"Normalmente não. Mas uma das meninas está doente e eu disse que iria ficar no lugar dela."

"Ah."

"Vou estar de volta pela hora do jantar."

"Ótimo."

"Acha que poderia dar uma carona pro Sean e pro Martin no caminho? Quero fazer umas compras no caminho do hospital."

"Sem problema."

"Pego eles quando voltar pra casa."

Brody e os dois menores saíram primeiro. Depois Billy, protegido da chuva da cabeça aos pés com uma capa, foi de bicicleta para o trabalho.

Ellen olhou o relógio na parede da cozinha. Era pouco antes de oito horas. Muito cedo? Talvez. Mas é melhor agarrá-lo agora, antes de ele ir para algum lugar e ela perder a chance. Manteve sua mão direita em frente ao rosto e tentou deixar os dedos firmes, mas eles tremiam muito. Ela sorriu de seu nervosismo e cochichou para si: "Que tremenda moderninha você daria". Ela subiu para o quarto, sentou-se na cama e pegou o catálogo telefônico verde. Encontrou o número da Abelard Arms Inn, pôs a mão no telefone, hesitou por um momento e então pegou o fone e discou.

"Abelard Arms."

"O quarto do sr. Hooper, por favor. Matt Hooper."

"Um minuto, por favor. Hooper. Aqui está. Quatro-zero-cinco. Vou chamar para a senhora."

Ellen ouviu o telefone tocar uma vez, depois de novo. Podia ouvir as batidas de seu coração, e viu o latejar de seu punho direito. Desliga, disse para si mesma. Desliga. Ainda dá tempo.

"Alô?", disse a voz de Hooper.

"Ah." Ela pensou: "Meu Deus, imagina se ele estiver com Daisy Wicker no quarto com ele".

"Alô?"

Ellen engoliu em seco e disse: "Oi. Sou eu... Digo, é Ellen".

"Ah, oi."

"Espero não ter te acordado."

"Não. Estava me aprontando pra descer e tomar café da manhã."

"Que bom. O dia não está bonito, não é?"

"Não, mas eu nem ligo. É um luxo pra mim dormir até essa hora."

"Você pode... você vai poder trabalhar hoje?"

"Não sei. Tava tentando descobrir. Com certeza não posso sair de barco e esperar fazer algo."

"Ah." Ela deu um tempo, lutando com uma tonteira que estava começando a tomar conta dela. Vai em frente, disse para si. Faça a pergunta. "Eu tava pensando..." Não, cuidado; vai com calma. "Eu queria te agradecer pelo lindo pingente."

"De nada. Que bom que você gostou. Mas eu que devia te agradecer. Me diverti muito ontem."

"Eu também... nós também. Que bom que você veio."

"Sim."

"Foi como nos velhos tempos."

"É."

"Agora", ela disse para si. "Diga." As palavras escorreram de sua boca. "Eu estava pensando, se você não for trabalhar hoje, digo, se você não puder sair de barco ou algo assim, pensei se... se você por um acaso gostaria de... se você está livre pra almoçar."

"Almoçar?"

"Sim. Quer dizer, se você não tiver nada mais pra fazer, acho que a gente poderia almoçar juntos."

"Nós? Você quer dizer você, o chefe e eu?"

"Não, só você e eu. Martin normalmente almoça na sala dele. Eu não quero interferir nos seus planos. Quer dizer, se você estiver muito ocupado..."

"Não, não. Tá tudo certo. Ora, por que não? Claro. O que você tem em mente?"

"Tem um lugar maravilhoso em Sag Harbor. Banner's. Você conhece?" Ela torcia para que ele não conhecesse. Ela também não conhecia, o que significava que ninguém lá saberia quem ela era. Mas tinha ouvido falar que era bom, calmo e discreto.

"Não, nunca fui lá", disse Hooper. "Mas Sag Harbor... É bem longe pra ir almoçar."

"Não é tanto, mesmo, só cerca de quinze, vinte minutos. Posso me encontrar com você lá quando quiser."

"Qualquer hora tá bom pra mim."

"Por volta de meio-dia e meia, então?"

"Combinado. Meio-dia e meia. Te vejo lá."

Ellen desligou o telefone. Suas mãos ainda tremiam, mas ela se sentia eufórica, excitada. Seus sentidos pareciam vivos e incrivelmente aguçados. A cada respiração, deleitava-se com os cheiros ao redor. Seus ouvidos vibravam com uma sinfonia de pequenos sons domésticos — rangidos, chacoalhadas e batidas. Se sentia mais intensamente feminina do que em anos — um sentimento quente, úmido, ao mesmo tempo delicioso e desconfortável.

Foi para o banheiro e tomou um banho. Depilou as pernas e as axilas. Queria ter comprado um daqueles desodorantes íntimos que vira nos anúncios, mas, na falta deles, usou talco e espalhou colônia atrás das orelhas, nas dobras dos cotovelos, atrás dos joelhos, nos mamilos e no sexo.

Havia um espelho de corpo inteiro no quarto, e ela ficou em frente a ele, examinando-se. O material estava bom o suficiente? A oferta seria aceita? Se mantinha em forma a duras penas para preservar a suavidade e as curvas da juventude. Não suportaria a hipótese de uma rejeição.

O material estava bom. As linhas no pescoço eram poucas e quase imperceptíveis. Seu rosto estava liso e sem cicatrizes. Nada estava caído, murcho ou flácido. Endireitou-se e admirou os contornos de seus seios. Sua cintura estava fina; a barriga, reta — a recompensa por infinitas horas de exercícios após o nascimento de cada filho. O único problema, ao avaliar seu corpo criticamente, era os quadris. Nem com muita imaginação poderia se pensar que eram de uma jovem. Sinalizavam maternidade. Eram, como Brody uma vez falou, quadris de parideira. A lembrança trouxe um rápido remorso, mas a excitação logo o pôs de lado. Suas pernas eram longas e — logo abaixo do traseiro — esguias. Seus tornozelos eram delicados, e seus pés — com as unhas cuidadosamente aparadas — estavam perfeitos o suficiente para satisfazer qualquer podólatra.

Vestiu-se com as roupas do hospital. Do fundo do armário, retirou uma sacola plástica na qual colocou uma calcinha, um sutiã, um vestido de verão cor de lavanda cuidadosamente dobrado, um par de sapatos baixos, uma lata de desodorante aerossol, uma embalagem plástica de talco, uma escova de dentes e um tubo de creme dental. Levou a sacola até a garagem, jogou-a no banco de trás do seu fusca, deu ré e dirigiu até o Hospital de Southampton.

O trajeto monótono aumentou a fadiga que ela vinha sentindo há horas. Não dormira a noite toda. Primeiro, deitara-se na cama; depois, sentara-se à janela, enfrentando tudo que a ela se apresentava: emoção e consciência, desejo e arrependimento, anseio e recriminação. Não sabia exatamente quando tinha decidido este plano manifestamente imprudente e perigoso. Vinha pensando nele — e tentando não pensar nele — desde o dia em que encontrou Hooper pela primeira vez. Pesou os riscos e, de alguma forma, calculou que valia a pena, apesar de não estar inteiramente certa sobre o que ganharia desta aventura. Sabia que queria uma mudança, qualquer mudança que fosse. Queria se certificar de que era desejável — não somente por seu marido, pois o desejo dele já há muito não a satisfazia, mas para pessoas que via como seus pares reais, pessoas do grupo de que ela achava fazer parte. Sentia que, sem este remédio, a parte de si de que mais gostava morreria. Talvez o passado nunca fosse revivido. Mas talvez pudesse ser relembrado tanto fisicamente quanto mentalmente. Queria uma injeção, uma transfusão da essência do passado, e viu Matt Hooper como o único possível doador. A ideia de amor nunca passara por sua cabeça. Nem ela queria ou antecipava um relacionamento profundo ou duradouro. Buscava apenas ser atendida, revigorada.

Ficou grata por o trabalho destinado a ela, quando chegou no hospital, exigir concentração e conversa, pois evitava que ela fosse tomada por seus pensamentos. Ela e outra voluntária trocaram as roupas de cama dos pacientes mais velhos, para quem o hospital funcionava como um lar substituto — e, em alguns casos, final. Ela tinha de se lembrar dos nomes de crianças em cidades distantes, arrumar novas desculpas por não lhes terem escrito. Tinha que fingir se lembrar dos enredos dos programas de TV e especular do porquê de tal e tal personagem ter deixado a mulher por outra que era evidentemente uma aventureira.

Às onze e quarenta e cinco Ellen disse à supervisora das voluntárias que não estava se sentindo bem. Sua tireoide estava aprontando novamente, disse, e ela também estava ficando menstruada. Pensava em ir se deitar por um instante na sala de descanso dos funcionários. Se uma cochilada não funcionasse, disse, provavelmente iria para casa. De fato, se ela não estivesse de volta ao trabalho por volta de uma e meia da tarde, a supervisora poderia entender que ela tinha ido para casa. Foi uma explicação que, esperava, fosse vaga o suficiente para desanimar qualquer um a procurar efetivamente por ela.

Foi para a sala, contou até vinte e abriu uma nesga de porta para ver se o corredor estava vazio. Estava; a maioria dos funcionários estava na lanchonete do outro lado do prédio ou a caminho dela. Foi até o corredor, fechou a porta com cuidado, virou correndo e saiu por uma porta lateral que dava no estacionamento dos funcionários.

Dirigiu até quase chegar a Sag Harbor, então parou num posto de gasolina. Quando o tanque estava cheio e o combustível pago, pediu para usar o banheiro feminino. O funcionário entregou-lhe a chave, ela dirigiu o carro até a lateral do posto, ao lado da porta do banheiro feminino. Abriu a porta, mas antes de entrar no banheiro devolveu a chave ao funcionário. Foi até o carro, pegou a sacola plástica no banco de trás, entrou no banheiro e trancou a porta.

Despiu-se, e, descalça sobre o chão frio, olhando seu reflexo no espelho sobre a pia, arrepiou-se de emoção pelo risco. Espirrou desodorante debaixo dos braços e nos pés. Tirou a calcinha limpa de dentro do saco e a vestiu. Espalhou um pouco de talco em cada um dos bojos do sutiã e o vestiu. Pegou o vestido que estava no saco, desdobrou-o, checou se estava amassado e o vestiu pela cabeça. Espalhou talco dentro de cada um dos sapatos, limpou as solas dos pés com papel-toalha e calçou os sapatos. Escovou os dentes e penteou os cabelos, enfiou as roupas do hospital no saco e abriu a porta. Olhou para os dois lados, viu que não havia ninguém a observando e saiu do banheiro, jogou o saco no carro e entrou nele.

À medida que saía do posto, encolheu-se toda no banco para que o funcionário, se a tivesse notado, não visse que ela havia trocado de roupa.

Era meio-dia e vinte quando chegou ao Banner's, um pequeno restaurante de carnes e frutos do mar que ficava sobre a água em Sag Harbor. O estacionamento ficava na parte de trás, e ela sentiu-se grata por isso. Na hipótese remota de alguém que ela conhecesse passar de carro pela rua em Sag Harbor, não queria ter seu carro à vista.

Uma razão por ter escolhido o Banner's era por ele ser conhecido como um restaurante noturno que era o preferido entre donos de iates e veranistas, o que significava que provavelmente tinha pouco movimento na hora do almoço. E era caro, o que fazia com que fosse quase certo que nenhum dos moradores fixos, nenhum comerciante local, iria lá para almoçar. Ellen checou sua carteira. Tinha quase 50 dólares — todo o dinheiro em espécie que ela e Brody tinham em casa guardado. Fez uma anotação mental das notas: uma de vinte, duas de dez, uma de cinco e três de um. Queria repor exatamente o que foi tirado da lata de café no armário da cozinha.

Havia dois outros carros no estacionamento, um Chevrolet Vega e um carro maior, num tom de marrom. Lembrou-se de que o carro de Hooper era verde e que tinha o nome de um certo animal. Saiu do carro e foi até o restaurante, as mãos sobre a cabeça protegendo os cabelos de uma chuva fina.

O restaurante estava escuro, mas como o dia estava nublado seus olhos não demoraram muito para se acostumarem. Havia apenas um salão, com um bar do lado direito à sua entrada e cerca de umas vinte mesas no centro. A parede da esquerda tinha uma fileira de oito mesas coladas à parede entre dois bancos estofados de costas altas. As paredes eram de madeira escura, decoradas com cartazes de touradas e de filmes.

Um casal — de uns 20 e tantos anos, Ellen imaginou — tomava drinques numa mesa ao lado da janela. O barman, um jovem com uma barba ao estilo de pintor renascentista e camisa social, estava sentado ao lado da caixa registradora lendo o *Daily News* de Nova York. Eram as únicas pessoas no salão. Ellen olhou seu relógio. Quase meio-dia e meia.

O barman levantou os olhos para ela e disse "Olá. Posso ajudá-la?" Ellen foi até o bar. "Sim... sim. Num minuto. Mas primeiro eu gostaria... pode me dizer onde fica o banheiro feminino?"

"No fim do bar, vire à direita. Primeira porta à sua esquerda."

"Obrigada." Ellen caminhou rapidamente ao longo do balcão do bar, virou à direita e entrou no banheiro feminino.

Ficou de pé em frente ao espelho e levantou sua mão direita. A mão tremia, ela fechou o punho. "Calma", disse para si. "Você tem de se acalmar ou tudo isso é inútil. Vai pôr tudo a perder." Sentiu que suava, mas quando pôs a mão sob o vestido e sentiu sua axila, estava seca. Penteou o cabelo e deu uma checada nos dentes. Lembrou-se de algo que um rapaz com quem tinha saído uma vez lhe disse: nada embrulha meu estômago mais rápido do que ver uma garota com alguma sujeira entre os dentes. Olhou para o relógio: meio-dia e trinta e cinco.

Voltou ao restaurante e olhou ao redor. Apenas as mesmas pessoas, o barman e uma garçonete de pé no bar dobrando guardanapos.

A garçonete viu Ellen dobrar a curva do balcão e disse: "Olá. Posso ajudá-la?"

"Sim. Uma mesa, por favor. Para almoçar."

"Para um?"

"Não. Dois."

"Pois não", disse a garçonete, que pôs um dos guardanapos sobre o balcão, pegou um bloco e levou Ellen a uma mesa no meio do salão. "Esta está boa?"

"Não. Quer dizer, sim. Está boa. Mas prefiro aquela mesa da fileira do canto, se você não se importa."

"Claro", disse a garçonete. "A que a senhora desejar. Não estamos exatamente lotados." Levou Ellen até a mesa, que deslizou por um dos bancos, sentando-se de costas para a porta. Hooper poderia encontrá-la. Se viesse. "Posso lhe servir um drinque?"

"Sim. Um gim-tônica, por favor." Quando a garçonete deixou a mesa, Ellen sorriu. Era a primeira vez desde seu casamento que tomava um drinque durante o dia.

A garçonete trouxe o drinque, Ellen bebeu metade imediatamente, louca para sentir o calor relaxante do álcool. A cada poucos segundos ela verificava a porta e olhava seu relógio. "Ele não vai vir", pensou. Era quase meio-dia e quarenta e cinco. "Ele mudou de ideia. Tem medo do Martin. Talvez tenha medo de mim. O que eu faço se ele não vier? Acho que vou almoçar e voltar ao trabalho. Ele tem de vir! Não pode fazer isso comigo."

"Olá."

A palavra assustou Ellen. Ela deu um pulo no banco e disse "Oh!" Hooper deslizou no banco em frente a ela e disse: "Não quis te assustar. E desculpe pelo atraso. Tive de parar pra abastecer e o posto estava cheio. O trânsito estava terrível. E chega de desculpas. Devia ter saído mais cedo. *Me* desculpe". Ele olhou nos olhos dela e sorriu.

Ela olhou para seu copo. "Você não tem de se desculpar. Eu também me atrasei."

A garçonete chegou à mesa. "Posso lhe servir um drinque?", perguntou a Hooper.

Ele notou o copo de Ellen e disse: "Ah, claro, acho que sim. Se você está bebendo. Vou querer um gim-tônica".

"Quero mais um", disse Ellen. "Este está quase no fim."

A garçonete saiu e Hooper disse: "Normalmente eu não bebo no almoço".

"Nem eu."

"Depois de três drinques eu falo bobagens. Nunca controlei muito bem minha bebida."

Ellen fez que sim com a cabeça. "Conheço a sensação. Eu tendo a ficar meio..."

"Ousada? Eu também."

"É mesmo? Não consigo imaginar você ficando ousado. Achava que cientistas nunca fossem ousados."

Hooper sorriu e disse, debochado: "Parece, madame, que a gente se casa com nossos tubos de ensaio. Mas por baixo destes exteriores gelados batem os corações das pessoas mais atrevidas, descaradas e safadas do mundo inteiro".

Ellen riu. A garçonete trouxe as bebidas e deixou dois cardápios na beira da mesa. Eles conversaram — tagarelaram, na verdade — sobre os velhos tempos, sobre pessoas que conheciam e o que elas estavam fazendo agora, sobre as ambições de Hooper na área da Ictiologia. Nunca mencionaram o tubarão, nem Brody ou os filhos de Ellen. Era uma conversa leve, sinuosa, que agradava a Ellen. Seu segundo drinque a deixou solta, ela se sentia feliz e dona de si.

Quis que Hooper tomasse outro drinque, e sabia que não era do feitio dele tomar a iniciativa e pedir outro. Ela pegou um dos cardápios na esperança de que a garçonete notaria seu movimento e disse: "Deixe-me ver. O que parece bom aqui?"

Hooper pegou o outro cardápio e começou a ler, e depois de um minuto ou dois a garçonete foi até a mesa. "Prontos pra fazer os pedidos?"

"Ainda não", disse Ellen. "Tudo parece gostoso. Você está pronto, Matthew?"

"Ainda não", disse Hooper.

"Por que não tomamos mais um drinque enquanto decidimos?"

"Os dois?", disse a garçonete.

Hooper pareceu ponderar por um momento. Depois concordou com a cabeça e disse: "Claro. Uma ocasião especial".

Ficaram em silêncio lendo os menus. Ellen tentou entender como estava se sentindo. Três drinques estariam além da conta para ela aguentar, queria se garantir para não ficar tonta ou começar a enrolar a língua. "Qual era aquele ditado sobre o álcool aumentar o desejo mas diminuir o desempenho? Mas era só para os homens", pensou. "Fico feliz de não ter de me preocupar com *isso*. Mas e ele? Suponha que ele não consiga... Há algo que eu possa fazer? Mas que bobagem. Não dois drinques. Tem que tomar uns cinco, seis ou sete. O homem fica exaurido. Mas não se estiver assustado. Ele parece assustado?" Ela levantou os olhos por cima do menu e olhou para Hooper. Ele não parecia nervoso. No máximo, um pouco perplexo.

"Qual o problema?", ela disse.

Ele olhou para ela. "O que você quer dizer?"

"Suas sobrancelhas estavam totalmente franzidas. Você pareceu confuso."

"Ah, nada. Estava apenas vendo as vieiras, ou o que eles chamam de vieiras. Há uma grande possibilidade de que sejam filés de linguado cortados nesse formato com um modelador de biscoitos."

A garçonete trouxe as bebidas e disse: "Prontos?"

"Sim", disse Ellen. "Vou pedir o coquetel de camarão e o frango."

"Que tipo de molho na salada? Temos french, roquefort, thousand island e azeite com vinagre."

"Roquefort, por favor."

Hooper disse: "São realmente vieiras?"

"Acho que sim", disse a garçonete. "Se é o que está escrito."

"Certo. Vou pedir as vieiras, e molho french na salada."

"Algo como aperitivo?"

"Não", disse Hooper, levantando o copo. "Esse aqui está bom."

Em poucos minutos a garçonete trouxe o coquetel de camarão de Ellen. Quando ela saiu, Ellen disse: "Sabe o que eu adoraria? Um pouco de vinho".

"Uma ideia bem interessante", disse Hooper, olhando para ela. "Mas lembre-se do que eu disse sobre ousadia. Posso ficar irresponsável."

"Não estou com medo." À medida que Ellen falava, sentia um calor subir em suas bochechas.

"Ok, mas é melhor primeiro eu checar as finanças." Ele procurou a carteira no bolso de trás da calça.

"Ah, não. É por minha conta."

"Não seja boba."

"Não, de verdade. Eu te convidei pra almoçar." Ela começou a entrar em pânico. Nunca lhe ocorrera que ele insistiria em pagar. Não queria aborrecê-lo garfando nele uma conta alta. Por outro lado, não queria parecer arrogante, ofender sua virilidade.

"Eu sei", ele disse. "Mas eu queria levar *você* para almoçar."

Seria uma iniciativa? Ela não saberia dizer. Se fosse, ela não queria recusar, mas se ele estivesse sendo apenas cortês... "Você é um amor", ela disse, "mas..."

"Estou falando sério. Por favor."

Ela olhou para baixo e brincou com o último camarão que ficara no prato. "Bom..."

"Eu sei que você só está sendo amável", disse Hooper, "mas não seja. O David nunca falou pra você do nosso avô?"

"Não que eu me lembre. O que tem ele?"

"O velho Matt era conhecido — e não muito admirado — como o Bandido. Se ele estivesse vivo hoje, eu estaria à frente do bando pedindo o seu escalpo. Mas ele não está, então a única coisa com que eu tinha que me preocupar era se eu devia guardar o bolo de dinheiro que ele me deixou ou gastar tudo. Não foi um dilema moral muito difícil. Acho que posso gastar ele tão bem quanto qualquer um pra quem eu o desse."

"David também tem muito dinheiro?"

"Sim. Essa é uma das coisas sobre ele que sempre me deixaram perplexo. Ele tem o suficiente pra se manter e manter quantas esposas quiser pelo resto da vida. Então por que ele escolheu uma mulher tão vazia como segunda esposa? Porque ela tem mais dinheiro do que ele. Não sei. Talvez o dinheiro não se sinta à vontade a não ser que se case com dinheiro."

"O que seu avô fazia?"

"Estradas de ferro e mineração. Tecnicamente era isso. Basicamente, ele era um capitalista selvagem. Teve uma época em que ele era dono da maior parte de Denver. Era o dono de toda a zona de prostituição."

"Deveria ser muito lucrativo."

"Nem tanto quanto você imagina", Hooper disse com uma gargalhada. "Pelo que eu sei, ele gostava de receber os aluguéis em serviços."

"*Isso* deveria ser uma iniciativa", pensou Ellen. O que ela deveria falar? "Isso deveria ser a fantasia de toda colegial", ela se aventurou, de brincadeira.

"O quê?"

"Ser uma... você sabe, uma prostituta. Se deitar com uma porção de homens diferentes."

"Era a sua?"

Ellen gargalhou, na esperança de acobertar seu rubor. "Não me lembro se era exatamente essa", ela disse. "Mas acho que todo mundo tem fantasias de um tipo ou de outro."

Hooper sorriu e se recostou no banco. Chamou a garçonete e disse: "Você traz uma garrafa de chablis gelado, por favor?"

"Algo aconteceu", pensou Ellen. Ela imaginou se ele pôde sentir — farejar, como um animal? — o convite que ela havia lhe feito. Fosse o que fosse, ele tomou a ofensiva. Tudo o que ela tinha de fazer era evitar desencorajá-lo.

A comida chegou, e momentos depois, o vinho. As vieiras de Hooper eram do tamanho de marshmallows. "Linguado", ele disse, depois que a garçonete foi embora. "Eu devia imaginar."

"Como você sabe?", perguntou Ellen. Imediatamente ela quis não ter dito nada. Ela não queria deixar que a conversa perdesse o rumo.

"Por um lado, muito grandes. E as pontas estão muito perfeitas. Foram obviamente cortados."

"Acho que você pode devolver." Ela torcia para que ele não o fizesse; uma discussão com a garçonete poderia estragar o clima.

"Eu deveria", disse Hooper, e sorriu para Ellen. "Em outras circunstâncias." Serviu uma taça de vinho a Ellen, então encheu a sua e a ergueu para um brinde. "Às fantasias", disse. "Me conte as suas." Seus olhos brilhavam, seus lábios abertos num meio-sorriso.

Ellen riu. "Ah, as minhas não são muito interessantes. Imagino que sejam só coisas meio comuns de todas as mulheres."

"Isso não existe", disse Hooper. "Me conta." Ele pedia, não exigia, mas Ellen sentiu que o jogo que ela começara demandava uma resposta de sua parte.

"Ah, você sabe", ela disse. Sentiu um calor no estômago, e a parte de trás do pescoço estava quente. "Coisas normais. Estupro, eu acho, é uma."

"Como ele acontece?"

Ela tentou pensar, lembrou-se das vezes quando, sozinha, deixava sua mente vagar e evocava as imagens carnais. Geralmente estava na cama, sempre com seu marido dormindo ao seu lado. Às vezes ela se pegava, sem perceber, esfregando sua mão na vagina, acariciando-se.

"De várias formas", ela disse.

"Diga uma."

"Às vezes eu estou na cozinha de manhã, depois de todo mundo sair, e um operário de uma das casas ao lado chega até minha porta dos fundos. Ele quer usar o telefone ou pede um copo d'água." Ela para.

"E aí?"

"Eu deixo ele entrar e ele ameaça me matar se eu não fizer o que ele quer."

"Ele te machuca?"

"Ah, não. Quer dizer, ele não me esfaqueia ou nada desse tipo."

"Ele bate em você?"

"Não. Ele só... me estupra."

"É divertido?"

"Não no início. É assustador. Mas depois de um tempo, quando do ele..."

"Quando ele te deixa... pronta."

Os olhos de Ellen moveram-se até os dele, decifrando a observação como humor, ironia ou crueldade. Ela não viu nada.

Hooper passou sua língua pelos lábios e se debruçou para a frente até que seu rosto ficou a apenas a alguns centímetros do dela.

Ellen pensou: "A porta agora está aberta; tudo o que você tem de fazer é atravessá-la". Ela disse: "Sim".

"Então é divertido."

"Sim." Ela se mexeu no banco, pois a lembrança estava ficando física.

"Você sempre chega ao orgasmo?"

"Às vezes", ela disse. "Nem sempre."

"Ele é grande?"

"Alto? Não..."

Eles estavam falando suavemente, e agora Hooper baixou a voz num sussurro. "Não quis dizer alto. Ele é... você sabe... grande?"

"Geralmente", disse Ellen, e deu uma risada. "Gigantesco."

"Ele é negro?"

"Não. Ouvi falar que algumas mulheres têm fantasias de serem estupradas por negros, mas eu nunca tive."

"Me fala outra."

"Ah, não", disse, rindo. "Agora é sua vez."

Eles ouviram passos e se viraram para ver a garçonete se aproximar da mesa. "Está tudo certo?", ela disse.

"Ótimo", Hooper disse, sucinto. "Tudo ótimo." A garçonete foi embora.

Ellen cochichou: "Acha que ela ouviu?"

Hooper se esticou para a frente. "Sem chance. Agora me conta outra."

"Vai acontecer", pensou Ellen, e de repente sentiu-se nervosa. Ela queria contar para ele por que estava se comportando desse jeito, queria explicar que não fazia isso sempre. Ele provavelmente acha que eu sou uma puta. Esqueça. Não seja idiota ou vai estragar tudo. "Não", ela disse com um sorriso. "Agora é sua vez."

"As minhas geralmente são orgias", ele disse. "Ou pelo menos ménage."

"Ménage?"

"Três pessoas. Eu e duas garotas."

"Guloso. O que você faz?"

"Varia. Tudo o que for imaginável."

"Você é... grande?", ela disse.

"Maior a cada minuto. E você?"

"Não sei. Comparada a quê?"

"A outras mulheres. Algumas mulheres são bem apertadas."

Ellen riu. "Você parece um comprador comparando produtos."

"Só um consumidor consciente."

"Não sei como eu sou", ela disse. "Não tenho nada para poder comparar." Ela olhou para seu frango pela metade e gargalhou.

"O que é engraçado?", ele perguntou.

"Tava só imaginando", ela disse, e sua gargalhada aumentou. "Tava só imaginando se — ai, meu Deus, tá até me doendo aqui do lado — se as galinhas têm..."

"Claro!" disse Hooper. "Mas aí nós estamos falando de uma super apertadinha!"

Eles riram juntos, e quando o riso acabou, Ellen disse num impulso: "Vamos criar uma fantasia".

"Certo. Como você quer começar?"

"O que você faria comigo se nós fôssemos... você sabe."

"É uma pergunta bastante interessante", ele disse com seriedade fingida. "Mas antes de considerar 'o quê' temos que considerar 'onde'. Suponho que sempre tenhamos o meu quarto."

"Muito perigoso. Todo mundo me conhece no Abelard. Qualquer lugar em Amity seria muito perigoso."

"E na sua casa?"

"Meu Deus, não. Imagina se um dos meus filhos viesse pra casa. Além disso..."

"Eu sei. Nada de profanar os lençóis conjugais. Certo, onde mais?"

"Deve haver motéis entre aqui e Montauk. Ou melhor, entre aqui e Orient Point."

"Tem razão. Mesmo se não houver, sempre tem o carro."

"Em plena luz do dia? Você *tem* fantasias selvagens."

"Nas fantasias, tudo é possível."

"Certo. Feito. Então o que você faria?"

"Acho que a gente devia seguir cronologicamente. Primeiramente, sairíamos daqui em um dos carros. Provavelmente no meu, que é o menos conhecido. E voltaríamos mais tarde pra pegar o seu."

"Ok."

"Então no caminho... não, antes disso, antes de sair daqui, mandaria você ir ao banheiro feminino para tirar sua calcinha."

"Por quê?"

"Pra eu poder... conhecer você enquanto estivermos na estrada. Só pra ir esquentando os motores."

"Entendi", ela disse, tentando parecer casual. Ela se sentiu quente, ruborizada, e percebeu que sua mente flutuava em algum lugar fora de seu corpo. Ela era uma terceira pessoa ouvindo a conversa. Tinha de lutar para não ficar se mexendo no banco de couro. Queria se contorcer de um lado para o outro, mover as coxas para cima e para baixo. Mas teve medo de deixar uma mancha no assento.

"Então", disse Hooper, "enquanto dirigíssemos, você se sentaria sobre a minha mão direita e eu faria uma massagem em você. Talvez minha braguilha estivesse aberta. Talvez não, pois você podia ter ideias que sem dúvida me fariam perder a direção — *isso* provavelmente provocaria um grave acidente que mataria nós dois."

Ellen começou a dar risada novamente, visualizando a imagem de Hooper deitado na estrada, rígido como um mastro, e ela deitada ao seu lado, seu vestido levantado até a cintura e sua vagina escancarada, brilhando de tão molhada, para o mundo ver.

"Tentaríamos encontrar um motel", disse Hooper, "onde houvesse chalés ou pelo menos os quartos não fossem colados, parede contra parede."

"Por quê?"

"Barulho. As paredes são normalmente feitas de lenço de papel e cuspe, e nós não iríamos querer ser intimidados pelo pensamento de um vendedor de sapatos excitado ouvindo a gente do outro lado."

"Suponha que você não encontre um motel assim."

"A gente encontraria", disse Hooper. "Como eu disse, numa fantasia tudo é possível."

"Por que ele continua dizendo isso?", pensou Ellen. Ele não pode apenas estar fazendo um jogo de palavras, criando uma fantasia que não tenha nenhuma intenção de realizar. A mente dela procurou por uma pergunta para manter a conversa viva. "Com que nome você nos registraria?"

"Ah, sim. Me esqueci. Hoje em dia não consigo imaginar alguém incomodado com algo assim, mas você tem razão: teríamos um nome, caso a gente encontrasse um dono de estalagem antiquado. Que tal sr. e sra. Al Kinsey? Poderíamos dizer que estamos numa pesquisa de campo."

"E diríamos a ele que mandaríamos uma cópia autografada de nossa pesquisa."

"Dedicaríamos a pesquisa a ele!"

Os dois gargalharam, e Ellen disse: "E depois de a gente se registrar?"

"Bom, iríamos de carro até onde fosse o quarto, daríamos uma geral pra ver se teria alguém nos quartos próximos — a não ser que a gente tivesse um chalé só para nós — e então entraríamos."

"E depois?"

"Aí é quando nossas opções se ampliam. Provavelmente eu estaria tão excitado que eu te agarraria e faria ali mesmo — talvez na cama, talvez não. Essa seria minha vez. A sua viria depois."

"O que você quer dizer?"

"A primeira vez seria fora de controle — no calor da coisa. Depois, eu estaria mais controlado pra na segunda vez poder te deixar no ponto."

"E como você faria isso?"

"Com delicadeza e tato."

A garçonete se aproximou da mesa, então eles se recostaram e pararam de conversar.

"Mais alguma coisa?"

"Não", disse Hooper. "Só a conta."

Ellen entendeu que a garçonete voltaria ao bar para fechar a conta, mas ela permaneceu em frente à mesa, escrevendo e calculando. Ellen deslizou para a ponta do banco e disse, ao levantar: "Com licença. Quero me retocar antes de irmos".

"Eu sei", disse Hooper, sorrindo.

"Sabe?", disse a garçonete enquanto Ellen passava por ela. "Puxa, é isso que o casamento faz com você. Espero que ninguém me conheça tão bem assim."

Ellen chegou em casa um pouco antes das quatro e meia. Subiu, foi até o banheiro e abriu a torneira da banheira. Tirou todas as roupas e as enfiou no cesto de roupas sujas, misturando-as às outras que já estavam lá. Olhou-se no espelho e checou o rosto e pescoço. Nenhuma marca.

Depois do banho, passou talco pelo corpo, escovou os dentes e fez um gargarejo com antisséptico bucal. Foi para o quarto, pôs uma calcinha limpa e uma camisola, puxou a colcha e o lençol da cama e se deitou. Fechou os olhos, na esperança de que cairia no sono.

Mas o sono não superaria uma memória que continuava embrenhando-se por sua mente. Era uma visão de Hooper, os olhos abertos e fixos — mas que não viam — na parede, à medida que ele se aproximava do clímax. Os olhos foram se avolumando, até que, pouco antes do gozo, Ellen temeu que fossem pular para fora das pálpebras. Os dentes de Hooper estavam trincados, e ele os trincava da mesma forma que as pessoas fazem durante o sono. Sua voz emitiu um gemido cujo tom se elevou mais e mais a cada vez que ele a penetrava freneticamente. Mesmo após seu orgasmo óbvio, violento, o semblante de Hooper não mudou. Seus dentes ainda estavam trincados, os olhos ainda fixos na parede, e ele continuava a penetrá-la loucamente. Tinha se esquecido daquele ser sob ele. E quando, talvez um minuto inteiro após gozar, Hooper ainda não havia relaxado, Ellen ficou com medo — do que não sabia, mas a ferocidade e intensidade de sua investida pareciam-lhe uma busca na qual ela era apenas um veículo. Depois de um tempo, Ellen bateu de leve em suas costas e disse suavemente "Ei, também estou aqui", e num momento os olhos dele se fecharam e sua cabeça tombou sobre o ombro dela. Mais tarde, durante a segunda transa, Hooper foi mais gentil, mais controlado, menos desconectado. Mas a fúria desse primeiro embate ainda demorava-se, perturbadora, na mente de Ellen.

Finalmente sua mente entregou-se à fadiga, e ela caiu no sono.

Quase instantaneamente, pareceu, foi despertada por uma voz que disse: "Ei, você está bem?" Abriu os olhos e viu Brody sentado na beira da cama.

Ela bocejou. "Que horas são?"

"Quase seis."

"Ah, não! Tenho de pegar o Sean. Phyllis Santos deve estar tendo um ataque."

"Já peguei", disse Brody. "Achei que era melhor, já que eu não conseguia te encontrar."

"Você tentou me encontrar?"

"Algumas vezes. Tentei no hospital por volta das duas. Eles disseram que achavam que você tinha vindo pra casa."

"Isso mesmo. Eu vim. Me senti mal. Minhas pílulas para tireoide não estão fazendo o trabalho delas. Então vim pra casa."

"Depois tentei te encontrar aqui."

"Nossa, deve ter sido importante."

"Não, nada importante. Se você quer saber, liguei pra pedir desculpas por qualquer coisa que eu tenha feito que tenha te aborrecido ontem à noite."

Uma pontada de vergonha golpeou Ellen, mas passou, e ela disse: "Você é um amor, mas não se preocupe. Já esqueci tudo".

"Ah", disse Brody. Ele esperou por um momento para ver se ela iria falar algo mais, e quando ficou claro que não iria, ele disse: "Então, onde você estava?"

"Já te disse, aqui!" As palavras saíram mais duras do que ela queria. "Cheguei em casa e vim pra cama, e foi onde você me encontrou."

"E você não ouviu o telefone tocar? Está bem aqui." Brody apontou para o criado-mudo do outro lado da cama.

"Não, eu..." Ela começou a dizer que tinha desligado o telefone, mas lembrou-se de que esse, em particular, não podia ser desligado. "Tomei um comprimido. O barulho desse maldito não me acorda depois que eu tomo uma dessas pílulas."

Brody sacudiu a cabeça. "Eu vou acabar jogando essas malditas pílulas pela privada abaixo. Você está virando uma viciada." Ele se levantou e foi ao banheiro.

Ellen ouviu-o levantar a tampa do vaso e começar a urinar — um jato alto, vigoroso, constante que não parava mais. Ela sorriu. Até hoje, ela supunha que Brody era um tipo de louco da urina: podia passar quase um dia inteiro sem urinar. Aí, quando mijava, parecia mijar para sempre. Há muito tempo ela havia concluído que a bexiga dele era do tamanho de uma melancia. Agora ela sabia que aquela imensa capacidade da bexiga era apenas uma peculiaridade masculina. Agora, dizia para si, sou uma mulher do mundo.

"Você sabe do Hooper?" Brody perguntou durante o barulho do fluxo sem fim.

Ellen pensou por um momento sobre sua resposta, então disse: "Ele ligou hoje de manhã, só pra agradecer. Por quê?"

"Tentei falar com ele hoje também. Por volta do meio-dia e algumas vezes à tarde. O hotel disse que eles não sabiam onde ele estava. A que horas ele ligou?"

"Logo depois de você sair pro trabalho."

"Ele disse o que estava indo fazer?"

"Ele disse... ele disse que iria tentar trabalhar de barco, acho. Não me lembro direito."

"Ah. Engraçado."

"O quê?"

"Dei uma parada no cais no caminho pra casa. O capitão do porto disse que não tinha visto o Hooper o dia inteiro."

"Vai ver mudou de ideia."

"Ou, na verdade, ele devia estar transando com a Daisy Wicker em algum quarto de hotel."

Ellen ouviu o fluxo diminuir, depois sumir em pingos. Depois ouviu a descarga.

09

Na quinta de manhã, Brody recebeu um telefonema convocando-o ao escritório de Vaughan para uma reunião do Conselho Municipal ao meio-dia. Ele sabia qual seria o assunto da reunião: a abertura das praias para o fim de semana do Quatro de Julho, que começaria dali a dois dias. Quando deixou seu escritório para ir até a prefeitura, já tinha se preparado e examinado todos os argumentos que poderia utilizar.

Ele sabia que seus argumentos eram subjetivos, negativos, baseados em intuição, cautela e uma culpa persistente e que o consumia por dentro. Mas Brody estava convencido de que liberar as praias não seria uma solução ou uma conclusão. Seria uma aposta que Amity — e Brody — poderia nunca realmente ganhar. Eles nunca saberiam com certeza se o tubarão tinha ido embora. Viveriam todos os dias apostando, na esperança de que a sorte estivesse do lado deles. E um dia, Brody tinha certeza, eles perderiam.

A prefeitura ficava no fim da Main Street, onde a rua era atravessada pela Water Street. O prédio era como se fosse uma coroa no alto do T formado por essas duas ruas. Era um prédio imponente, ao estilo georgiano — tijolos vermelhos com acabamento branco e duas colunas brancas emoldurando a entrada. Um canhão da Segunda Guerra Mundial ocupava o gramado em frente à prefeitura como um memorial aos cidadãos de Amity que combateram na guerra.

O prédio havia sido doado à cidade no final dos anos 1920 por um banqueiro de investimentos que de alguma forma se convenceu de que Amity seria um dia o centro do comércio no sudeste de Long Island. Ele achava que os servidores públicos deveriam trabalhar num edifício apropriado ao seu destino — não, como tinha sido o caso até então, em pequenos escritórios abafados em cima de um bar chamado Mill. (Em fevereiro de 1930, o banqueiro, enlouquecido, tendo provado não mais ter o poder de prever seu próprio destino, quanto mais o de Amity, tentou, sem sucesso, tomar o prédio de volta, insistindo que ele apenas o emprestara à cidade.) As salas dentro da prefeitura eram tão ridiculamente grandiosas quanto seu exterior. Eram gigantescas e com o pé-direito alto, cada qual com seu próprio lustre suntuoso. Em vez de pagar para reformar seu interior, dividindo-o em salas pequenas, as sucessivas administrações de Amity simplesmente entulharam mais e mais pessoas dentro de cada uma dessas salas. Apenas ao prefeito ainda era permitido exercer suas funções em pompa solitária, e em meio expediente.

O escritório de Vaughan ficava no lado sudeste do segundo andar, com vista para grande parte da cidade e, à distância, para o Oceano Atlântico.

A secretária de Vaughan, uma saudável e linda mulher chamada Janet Sumner, sentava-se numa mesa do lado de fora do escritório do prefeito. Apesar de quase não vê-la, Brody gostava de Janet de um jeito paternal, e perguntava por que — aos 26 anos — ainda era solteira. Habitualmente fazia questão de perguntar sobre a vida amorosa dela antes de entrar na sua sala. Hoje ele disse simplesmente: "Estão todos lá dentro?"

"Todos os que deveriam vir."

Brody ia entrar na sala quando Janet disse: "Não quer saber com quem estou saindo?"

Ele parou, sorriu e disse: "Claro. Desculpe. Hoje minha cabeça está uma bagunça. Então, quem é ele?"

"Ninguém. Estou temporariamente aposentada. Mas lhe digo uma coisa." Ela abaixou a voz e se debruçou para a frente. "Eu não me importaria de sair com aquele sr. Hooper."

"Ele está lá dentro?"

Janet fez que sim.

"Gostaria de saber quando ele foi eleito membro do conselho."

"Não sei", ela disse. "Mas com certeza ele é uma gracinha."

"Sinto muito, Jan, mas ele já foi fisgado."

"Por quem?"

"Daisy Wicker."

Janet riu.

"Qual é a graça? Acabei de partir seu coração."

"Não está sabendo da Daisy Wicker?"

"Acho que não."

Novamente Janet baixou a voz. "Ela é gay. Tem uma parceira e tudo. Ela não é nem bissexual. É apenas uma boa e velha lésbica."

"Estou chocado", disse Brody. "Com certeza você tem um emprego interessante, Jan." Ao entrar na sala, Brody disse para si: "Bom, então onde diabos *estava* o Hooper ontem?"

Assim que entrou no escritório Brody soube que iria lutar sozinho. Os únicos membros do conselho presentes eram amigos de longa data e aliados de Vaughan: Tony Catsoulis, um construtor que parecia um hidrante; Ned Thatcher, um velho frágil cuja família fora dona do Abelard Arms Inn por três gerações; Paul Conover, dono das Bebidas Amity; e Rafe Lopez, um português de pele escura eleito para o conselho pela comunidade negra da cidade, sendo seu combativo defensor.

Os quatro membros do conselho estavam sentados em torno da mesa de centro numa das pontas da imensa sala. Vaughan estava sentado em sua mesa na outra. Hooper estava de pé perto de uma janela que ficava ao sul, os olhos fixos no mar.

"Onde está Albert Morris?", Brody perguntou a Vaughan, depois de saudar os outros por alto.

"Ele não pôde vir", disse Vaughan. "Acho que não se sentiu bem."

"E Fred Potter?"

"A mesma coisa. Deve haver um vírus por aí." Vaughan se levantou. "Bom, acho que estamos todos aqui. Pega uma cadeira e traz até aqui à mesa de centro."

"Deus, ele está péssimo", pensou Brody, enquanto observava Vaughan puxar uma cadeira pela sala. Os olhos de Vaughan estavam fundos e sombrios. Sua pele, pálida. Devia estar numa tremenda ressaca ou, intuiu Brody, não vinha dormindo há meses.

Quando todos se sentaram Vaughan disse: "Todos vocês sabem por que estamos aqui. E acho que é seguro dizer que só um de nós precisa ser convencido do que temos de fazer".

"Você quer dizer eu", disse Brody.

Vaughan concordou com a cabeça. "Olhe pra isso do nosso ponto de vista, Martin. A cidade está morrendo. As pessoas estão sem trabalho. Lojas que seriam abertas não vão ser mais. As pessoas não estão alugando casas, muito menos comprando. E a cada dia que mantemos as praias fechadas cravamos mais um prego no nosso caixão. Estamos falando, oficialmente, que esta cidade não é segura: fique longe daqui. E as pessoas estão ouvindo."

"Suponha que você libere as praias para o Quatro de Julho, Larry", disse Brody. "E suponha que alguém seja morto."

"É um risco calculado, mas eu acho — nós achamos — que vale a pena correr."

"Por quê?"

Vaughan disse: "Sr. Hooper?"

"Por algumas razões", disse Hooper. "Primeiramente, ninguém viu o peixe por uma semana."

"Ninguém esteve na água, também."

"É verdade. Mas eu tenho estado no barco procurando por ele todos os dias — todos os dias menos um."

"Queria te perguntar sobre isso. Onde você esteve ontem?"

"Choveu", disse Hooper. "Lembra-se?"

"Então o que você fez?"

"Eu..." Ele parou por um momento, então disse: "Estudei algumas amostras d'água. E li".

"Onde? No seu quarto de hotel?"

"Parte do tempo, sim. Onde você quer chegar?"

"Eu liguei pro seu hotel. Disseram que você esteve fora a tarde toda."

"Tá, eu estive fora!" Hooper disse com raiva. "Não tenho de fazer relatórios a cada cinco minutos, tenho?"

"Não. Mas você está aqui para fazer um trabalho, não para ir se divertir nos clubes que você costumava frequentar."

"Ouça aqui, meu caro, vocês não me pagam nada. Eu posso fazer qualquer porra que eu quiser!"

Vaughan intercedeu. "Por favor. Isso não vai levar ninguém a lugar nenhum."

"Em todo caso", disse Hooper, "não vi nem sinal do grande peixe. Nem uma pista. E tem a água. Está esquentando a cada dia.

Agora já está a quase 21° C. Via de regra — eu sei, as regras foram feitas para serem quebradas — os grandes tubarões-brancos preferem as águas mais frias."

"Então você acha que ele foi mais pro norte?"

"Ou mais pro fundo, pra águas mais frias. Pode até ter ido pro sul. Não dá pra prever o que essas criaturas vão fazer."

"É isso que eu acho", disse Brody. "Não se pode prever. Então tudo o que você está fazendo é supor."

Vaughan disse: "Não dá pra pedir garantia, Martin".

"Diga isso a Christine Watkins. Ou à mãe do menino Kintner."

"Eu sei, eu sei", disse Vaughan, sem paciência. "Mas temos de fazer alguma coisa. Não podemos ficar sentados à espera da providência divina. Deus não vai escrever no céu 'O tubarão se foi'. Temos que avaliar a evidência e tomar uma decisão."

Brody concordou com a cabeça. "Acho que sim. Então o que mais o menino-prodígio tem para apresentar?"

"Qual o seu problema?", disse Hooper. "Pediram minha opinião."

"Claro", disse Brody. "Bem, o que mais?"

"O que a gente sabe até agora. Que não há razão pro peixe estar por aqui. Não vi mais ele. A Guarda Costeira não viu ele. Nenhum recife surgiu do fundo. Nenhuma barcaça de lixo está jogando coisas na água. Não há nenhum tipo extraordinário de peixe nas redondezas. Simplesmente não há razão pra ele estar aqui."

"Mas nunca houve, certo? E ele esteve aqui."

"É verdade. Não dá pra explicar. Duvido que alguém consiga."

"Um ato de Deus, então?"

"Se você preferir."

"E não há seguro contra atos de Deus, há, Larry?"

"Não sei onde você quer chegar, Martin", disse Vaughan. "Mas temos de tomar uma decisão. Até onde eu sei, só há um caminho a seguir."

"A decisão foi tomada?", disse Brody.

"Você pode dizer que sim."

"E quando mais alguém for morto? Quem será culpado dessa vez? Quem vai falar com o marido ou com a mãe ou a esposa e dizer 'Estávamos apenas apostando, e perdemos'?"

"Não seja tão negativo, Martin. Quando chegar a hora — se chegar a hora, e aposto que não vai chegar — aí veremos o que fazer."

"Agora, chega, porra! Estou cansado de assumir toda a merda pelos erros de vocês."

"Alto lá, Martin."

"Estou falando sério. Se você quer ter autoridade para liberar as praias, tem de se responsabilizar também."

"O que você está dizendo?"

"Estou dizendo que enquanto eu for o chefe de polícia nesta cidade, enquanto eu for responsável pela segurança pública, essas praias não serão abertas."

"Vou falar uma coisa a você, Martin", disse Vaughan. "Se essas praias permanecerem interditadas até o feriado de Quatro de Julho, você não vai ter seu emprego por muito tempo. E não estou te ameaçando. Estou te dizendo. Ainda podemos ter um verão. Mas temos de dizer às pessoas que é seguro vir pra cá. Vinte minutos depois que ouvirem que você não vai abrir as praias, as pessoas desta cidade vão pedir sua destituição, ou mandar você pra longe daqui no primeiro trem. Concordam, senhores?"

"Porra, se concordo!", disse Catsoulis. "Eu mesmo providencio o transporte."

"Minha gente tem de trabalhar", disse Lopez. "Se você não deixar eles trabalharem, você não vai trabalhar também."

Brody disse sem rodeios: "Sintam-se à vontade pra ficar com meu emprego".

O telefone tocou na mesa de Vaughan. Ele se levantou irritado e cruzou a sala. Pegou o fone. "Eu disse a você que não queríamos ser incomodados!", gritou. Houve um momento de silêncio, e então ele disse a Brody: "Tem uma chamada pra você. Janet diz que é urgente. Você pode atender aqui ou lá fora".

"Vou atender lá fora", disse Brody, imaginando o que poderia ser urgente o suficiente para chamá-lo numa reunião com os membros do conselho. Outro ataque. Ele deixou a sala e fechou a porta atrás de si. Janet deu a ele o fone de sua mesa, mas antes que ela pudesse liberar o botão de "em espera", Brody perguntou: "Me diga uma coisa: O Larry alguma vez chamou Albert Morris e Fred Potter esta manhã?"

Janet desviou o olhar dele. "Me disseram pra não falar nada sobre nada a ninguém."

"Me diga, Janet. Eu preciso saber."

"Você vai me dar uma força com o gato lá de dentro?"

"Fechado."

"Não. Os únicos que eu chamei foram os quatro que estão lá na sala."

"Aperta o botão." Janet apertou o botão, e ele disse "Brody".

Dentro de sua sala, Vaughan viu a luz parar de piscar, e delicadamente tirou o dedo do gancho e pôs a mão no bocal do fone. Olhou ao redor da sala, desafiando cada rosto ali. Ninguém olhou de volta para ele — nem mesmo Hooper, que tinha decidido que quanto menos se envolvesse nos assuntos de Amity, melhor ficaria.

"É o Harry, Martin", disse Meadows. "Sei que você está em reunião e tem de voltar pra ela. Então apenas escute. Vou ser breve. Larry Vaughan está com a corda no pescoço."

"Não acredito."

"Eu disse pra escutar! O fato de ele estar com dívidas não quer dizer nada. O que importa é a quem ele deve. Há muito tempo, talvez uns vinte e cinco anos atrás, antes do Larry ter algum dinheiro, a mulher dele ficou doente. Não me lembro o que ela teve, mas foi sério. E caro. Minha memória está um pouco fraca a esse respeito, mas me lembro de ele dizer depois que foi ajudado por um amigo, conseguiu um empréstimo para sair do buraco. Devem ter sido alguns milhares de dólares. Larry me disse o nome do homem. Eu não teria dado importância a isso, mas Larry disse algo sobre o homem querer ajudar pessoas em apuros. Nessa época eu era jovem, e também não tinha dinheiro algum. Então anotei o nome e guardei nos meus arquivos. Nunca me ocorreu procurar esse nome novamente até você me pedir pra investigar. O nome era Tino Russo."

"Vai direto ao ponto, Harry."

"Estou indo. Agora vamos ao presente. Alguns meses atrás, antes mesmo desse caso do tubarão começar, foi criada uma empresa chamada Caskata Estates. É uma holding. No início, não tinha nenhuma propriedade. A primeira coisa que ela comprou foi um enorme campo de cultivo de batatas ao norte da Scotch Road. Quando o verão não se apresentou muito bom, a Caskata começou a comprar mais algumas propriedades. Tudo perfeitamente legal. A empresa obviamente tem muito dinheiro — em algum lugar — e estava se aproveitando do mercado estar em baixa para escolher propriedades a preços baixos. Mas depois — assim que saíram as primeiras reportagens nos jornais falando do tubarão — a Caskata começou a comprar pra valer. Quanto mais os preços dos imóveis caíam, mais eles compravam. Bem quietinhos. Os preços agora estão tão baixos que é quase como durante a guerra, e a Caskata continua a comprar. Muito pouco dinheiro investido. Tudo notas promissórias de curto prazo. Assinadas por Larry Vaughan, que aparece como presidente da Caskata. O vice-presidente executivo das Propriedades Caskata Estates é Tino Russo, que há anos aparece na lista do *Times* como o segundo em importância numa das cinco famílias da máfia em Nova York."

Brody assoviou entre os dentes. "E o filho da puta vem se lamentando de ninguém estar comprando nada dele. Ainda não entendo por que ele está sendo pressionado a abrir as praias."

"Não tenho certeza. Não tenho certeza se ele ainda está sendo pressionado. Ele deve estar brigando mais por desespero pessoal. Imagino que esteja sem dinheiro. Ele não pode comprar mais nada mesmo que os preços caiam mais. A única forma dele cair fora sem se arruinar é se o mercado mudar e os preços subirem. Aí ele poderá vender o que comprou e gerar algum lucro. Ou Russo pode ficar com o lucro, seja lá o que ficou combinado entre eles. Se os preços continuarem caindo — em outras palavras, se a cidade ficar oficialmente insegura — as notas promissórias dele vão vencer. Ele não vai poder honrá-las. Ele deve ter por volta de meio milhão de dólares ou mais a pagar. Ele vai perder o dinheiro dele, e as propriedades ou retornam aos seus antigos donos, ou ficam com Russo se ele conseguir levantar o dinheiro. Não imagino que Russo queira correr o risco. Os preços devem continuar caindo, e aí ele e Vaughan perderiam tudo. Minha aposta é que Russo ainda tem esperança de grandes lucros, mas a única forma dele conseguir é se Vaughan forçar a liberação das praias. Então, se nada acontecer — se o tubarão não matar mais ninguém —, logo os preços vão subir e Vaughan poderá vender tudo. Russo vai pegar a parte dele — metade do total ou o que seja — e a sociedade será desfeita. Vaughan ficará com o que sobrar, provavelmente o suficiente pra mantê-lo longe da ruína. Se o tubarão matar mais alguém, o único que se ferra é o Vaughan. Até onde eu sei, Russo não tem um centavo nessa empresa. É tudo..."

"Você é um mentiroso filho da puta, Meadows!" A voz de Vaughan veio esganiçada no fone. "Se você publicar uma palavra dessa merda eu te processo até a morte!" Ouviu-se um clique quando Vaughan bateu o telefone.

"A integridade de nossas autoridades já era", disse Meadows.

"O que *você* vai fazer, Harry? Você pode publicar alguma coisa?"

"Não, pelo menos ainda. Não tenho provas suficientes. Você sabe tanto quanto eu que a máfia se envolve cada vez mais em Long Island — negócios de construção, restaurantes, tudo. Mas é muito difícil provar uma ilegalidade. No caso do Vaughan, não tenho certeza se está acontecendo algo ilegal, ao pé da letra. Em alguns dias, investigando um pouco mais, acho que vou poder montar uma matéria dizendo que Vaughan está associado com um conhecido mafioso. Digo, uma matéria consistente, caso Vaughan tente me processar."

"Me parece que você já tem o suficiente", disse Brody.

"Tenho a informação, não as provas. Não tenho documentos, nem cópias deles. Eu vi, mas é só isso."

"Você acha que algum dos membros do conselho está no negócio? Larry convocou esta reunião contra mim."

"Não. Você diz Catsoulis e Conover? São só velhos amigos que devem um ou dois favores ao Larry. Se o Thatcher está aí, é velho e assustado demais para falar uma palavra contra Larry. E Lopez é correto. Ele realmente se preocupa com os empregos do povo dele."

"Hooper sabe de algo? Ele está insistindo em abrir as praias."

"Não, tenho certeza que não. Eu mesmo só juntei as pontas há alguns minutos, e ainda tem muito fio solto."

"O que você acha que eu devo fazer? Já devo estar demitido. Pus meu cargo à disposição antes de sair pra atender esse último telefonema."

"Deus do céu, não peça demissão. Em primeiro lugar, a gente precisa de você. Se você se demitir, Russo vai se juntar a Vaughan e escolher seu sucessor. Você pode achar que toda a sua tropa é honesta, mas aposto que Russo pode encontrar um que não se importaria de trocar um pouco de integridade por um punhado de dólares — ou mesmo só pelo cargo de chefe."

"Então isso me coloca onde?"

"Se eu fosse você abriria as praias."

"Pelo amor de Deus, Harry, é o que eles querem! Eu poderia entrar pra folha de pagamento deles."

"Você mesmo disse que há uma forte argumentação pela abertura das praias. Acho que Hooper está certo. Uma hora você vai ter de abri-las, mesmo se a gente nunca mais vir esse peixe novamente. Então é melhor abrir agora."

"E deixar a máfia pegar o dinheiro e se mandar."

"O que mais você *pode* fazer? Se você as mantiver fechadas, Vaughan vai arrumar um jeito de se livrar de você e ele mesmo vai abrir. Então você não vai ser útil para nada. Para ninguém. Pelo menos dessa forma, se você abrir as praias e nada acontecer, a cidade pode ter uma chance. Então, talvez mais tarde, a gente possa encontrar um jeito de vincular o Vaughan a tudo isso. Não sei o quê, mas talvez haja algo."

"Merda", disse Brody. "Tudo bem, Harry, Vou pensar. Mas se eu for abrir, vou fazer do meu jeito. Obrigado por ligar." Ele desligou e entrou na sala de Vaughan.

Vaughan estava de pé na janela do sul, de costas para a porta. Quando ouviu Brody entrar, disse: "A reunião está encerrada".

"O que você quer dizer com encerrada?", disse Catsoulis. "Não decidimos porra nenhuma."

Vaughan virou-se e disse: "Está encerrada, Tony! Não me cause problema. Vai funcionar como a gente quer. Só me deixe ter uma conversa com o chefe. Ok? Agora saiam todos".

Hooper e os quatro membros do conselho deixaram a sala. Brody observou Vaughan pondo-os para fora. Sabia que deveria sentir pena de Vaughan, mas não podia suprimir o desprezo que sentia por ele naquele momento. Descansou os cotovelos nos joelhos e esfregou as têmporas com as pontas dos dedos. "A gente era amigo, Martin", ele disse. "Espero que a gente volte a ser."

"Quanto do que Meadows disse é verdade?"

"Não vou te dizer. Não posso. Basta dizer que um homem um dia me fez um favor e agora quer que eu pague por ele."

"Em outras palavras, tudo o que foi dito."

Vaughan olhou para ele, e Brody viu que seus olhos estavam vermelhos e cheios d'água. "Eu te juro, Martin, se eu tivesse a menor ideia onde isso iria chegar não tinha entrado nessa."

"Quanto você deve a ele?"

"O montante original era de 10 mil. Tentei pagar a ele por duas vezes, muito tempo atrás, mas eles nunca descontaram meus cheques. Viviam falando que era um presente, pra eu não me preocupar. Mas eles nunca me devolveram o vale que eu assinei. Quando vieram falar comigo há alguns meses, ofereci a eles 100 mil dólares — vivos. Disseram que não era suficiente. Eles não queriam o dinheiro. Queriam que eu fizesse alguns investimentos. Todos iriam ganhar, disseram."

"E de quanto é sua dívida agora?"

"Só Deus sabe. Cada centavo que eu tenho. Mais do que cada centavo. Provavelmente perto de um milhão de dólares." Vaughan respirou fundo. "Você pode me ajudar, Martin?"

"A única coisa que eu posso fazer por você é te colocar em contato com o procurador federal. Se você testemunhar, você pode condenar esses caras por agiotagem."

"Eu estaria morto antes de chegar em casa na volta do escritório do procurador federal, e Eleanor ficaria sem nada. Não é esse tipo de ajuda que eu tinha em mente."

"Eu sei." Brody olhou para Vaughan, um animal acuado, ferido, e realmente sentiu compaixão por ele. Começou a duvidar de sua própria oposição à abertura das praias. Quanto disso era resíduo de culpa anterior, quanto era medo de um outro ataque? Quanto ele estava se poupando, evitando correr riscos, e quanto era preocupação com a cidade? "Eu vou te dizer uma coisa, Larry. Vou abrir as praias. Não pra te ajudar, pois eu tenho certeza de que, se eu não abrisse as praias, você encontraria um jeito de se livrar de mim pra poder você mesmo abri-las. Vou abrir as praias porque não tenho mais certeza se tenho razão em não abrir."

"Obrigado, Martin. Eu te agradeço muito."

"Não terminei. Como eu disse, vou abrir. Mas vou colocar homens de prontidão nas praias. E o Hooper vai ficar fazendo a patrulha no barco. E vou me certificar de que cada pessoa que vier aqui fique sabendo do perigo."

"Você não pode fazer isso!", disse Vaughan. "Então pode deixar as merdas das praias fechadas."

"Eu posso, Larry, e vou fazer."

"O que você vai fazer? Colocar cartazes avisando sobre um tubarão assassino? Pôr um anúncio no jornal dizendo 'Praias Abertas — Mantenha Distância'? Ninguém virá à praia se ela estiver lotada de policiais."

"Não sei o que vou fazer. Mas vou fazer algo. Não vou fingir que nada aconteceu.

"Tudo bem, Martin." Vaughan se levantou. "Você não me deixa muita escolha. Se eu me livrar de você, provavelmente você vai correr pra praia como um cidadão comum gritando 'Tubarão!' Então tudo bem. Mas seja sutil — se não por mim, pela cidade."

Brody deixou a sala. Ao descer as escadas, olhou seu relógio. Já passava de uma da tarde, e ele estava com fome. Foi até à Water Street no Loeffler's, a única delicatessen de Amity. O dono era Paul Loeffler, um colega de Brody na escola secundária.

Quando Brody abriu a porta de vidro, ouviu Loeffler dizer: "... como um filho da puta de um ditador, se você quer saber. Não sei qual é o problema dele". Quando viu Brody, Loeffler ficou vermelho. Ele era um menino magro no colégio, mas assim que assumiu os negócios do pai sucumbiu às terríveis tentações que o cercavam por doze horas todos os dias de todas as semanas, e agora tinha a forma de uma pera.

Brody sorriu. "Você não estava falando de *mim*, estava, Paulie?"

"O que o faz pensar assim?", disse Loeffler, cada vez mais vermelho.

"Por nada. Deixa pra lá. Se você me fizer um sanduíche de presunto com queijo suíço e mostarda no pão de centeio vou te contar algo que vai te alegrar."

"Isso eu tenho de ouvir." Loeffler começou a montar o sanduíche de Brody.

"Vou abrir as praias pro Quatro de Julho."

"Ah, isso me alegra."

"Os negócios vão mal?"

"Muito mal."

"Os negócios sempre estão mal pra você."

"Não desse jeito. Se não melhorar logo, vou ser o responsável por uma revolta racial."

"Como assim?"

"Tenho de contratar dois garotos para entregas no verão. Já me comprometi com os dois. Mas não posso arcar com ambos, então só posso contratar um. Um é branco e o outro é negro."

"Qual você vai contratar?"

"O negro. Creio que ele precisa mais do dinheiro. Só agradeço a Deus pelo outro não ser judeu."

Brody chegou em casa às cinco e dez da tarde. Quando entrou na garagem, a porta dos fundos da casa se abriu e Ellen correu até ele. Ela tinha estado chorando, e ainda estava visivelmente aflita.

"Qual o problema?", ele disse.

"Graças a Deus você chegou. Tentei te achar no trabalho, mas você já tinha saído. Vem. Rápido." Ela o pegou pela mão e o levou até os fundos, onde ficava o abrigo em que eles guardavam as latas de lixo. "Aqui dentro", ela disse, apontando para uma lata. "Veja."

Brody tirou a tampa da lata. Em cima de um monte de lixo revirado sobre um saco estava o corpo do gato de Sean — um macho grande e forte chamado Frisky. A cabeça do bicho tinha sido completamente torcida para trás, e os olhos amarelos fitavam suas costas.

"Mas como isso aconteceu?", disse Brody. "Um carro?"

"Não, um homem." A respiração de Ellen veio em soluços. "Um homem fez isso com ele. Sean estava lá quando aconteceu. O homem saiu de um carro que estava na calçada. Pegou o gato e torceu a cabeça dele até quebrar o pescoço. Sean disse que fez um estalo horrível. Então ele jogou o gato na grama, entrou no carro e foi embora."

"Ele disse algo?"

"Não sei. Sean está lá dentro. Está abaladíssimo, e não culpo ele. Martin, o que está *acontecendo*?"

Brody bateu a tampa na lata com força. "Maldito filho da *puta*!", disse. Sentiu sua garganta apertar, trincou os dentes, deixando à mostra os músculos dos dois lados do queixo. "Vamos lá dentro."

Cinco minutos depois, Brody saiu a passos duros pela porta dos fundos. Removeu a tampa da lata de lixo e a jogou longe. Enfiou o braço dentro da lata e puxou de dentro o corpo do gato.

Levou-o até o carro, atirou-o para dentro pela janela aberta e entrou. Deu ré e saiu cantando pneus. Na rua, a uns cem metros, dali, ainda explodindo de cólera, ligou a sirene.

Demorou apenas alguns minutos para ele chegar à casa de Vaughan, uma mansão imensa de pedra ao estilo Tudor na Sprain Drive, perto da Scotch Road. Saiu do carro arrastando o gato morto por uma de suas patas traseiras, subiu os degraus da entrada e tocou a campainha. Torceu para que Eleanor Vaughan não atendesse à porta.

A porta se abriu e Vaughan disse "Olá, Martin. Eu..."

Brody levantou o gato e o empurrou na direção do rosto de Vaughan. "O que é isso, seu merda?"

Vaughan arregalou os olhos. "Isso o quê? Não sei do que você está falando."

"Um dos seus amigos fez isso. Bem no meu quintal, bem na frente do meu filho. Mataram a porra do meu gato! Você mandou eles fazerem isso?"

"Não seja doido, Martin." Vaughan pareceu realmente chocado. "Eu nunca faria algo assim. Nunca."

Brody baixou o gato e disse: "Você ligou pros seus amigos depois que eu saí?"

"Bom ... liguei. Mas só pra dizer que as praias estariam abertas amanhã."

"Foi tudo o que você disse?"

"Sim. Por quê?"

"Seu mentiroso safado!" Brody bateu no peito de Vaughan com o gato e o deixou cair no chão. "Sabe o que o cara falou depois de estrangular meu gato? Sabe o que ele disse pro meu filho de oito anos?"

"Não. Claro que não sei. Como eu poderia saber?"

"Disse a mesma coisa que você. Disse: 'Fale isso pro seu velho: 'Seja sutil''."

Brody virou-se e desceu os degraus, deixando Vaughan com aquele pacote retorcido de ossos e pelos.

TUBARÃO
PETER BENCHLEY

10

A sexta-feira estava nublada, com chuvas leves e esparsas, e as únicas pessoas que nadavam eram um jovem casal que deu um breve mergulho de manhã cedo na hora em que um dos homens de Brody chegou à praia. Hooper patrulhou por seis horas e não encontrou nada. Na sexta à noite Brody ligou para a Guarda Costeira para uma previsão do tempo. Não tinha certeza do que esperava ouvir. Sabia que tinha de desejar um tempo lindo para os três dias de feriado de fim de semana. Ele traria pessoas a Amity e, se nada acontecesse, se nada fosse localizado, na terça-feira ele poderia começar a acreditar que o tubarão tinha ido embora. Se nada acontecesse. Internamente, ele adoraria que viesse uma ventania de três dias que mantivesse as praias vazias por todo o fim de semana. De qualquer forma, ele implorou aos seus deuses pessoais que não deixassem nada acontecer.

Ele queria que Hooper voltasse a Woods Hole. Não era apenas por Hooper estar sempre ali, a voz do especialista a contradizer sua cautela. Brody sentiu que de alguma forma Hooper tinha entrado em sua casa. Sabia que Ellen tinha conversado com Hooper depois daquele jantar: o pequeno Martin havia mencionado algo sobre a possibilidade de Hooper levá-los a um piquenique na praia para procurar conchas. Também havia aquele assunto da quarta-feira. Ellen tinha dito que estava doente, e com certeza parecia acabada quando ele chegou em casa. Mas onde esteve Hooper aquele dia? Por que foi tão evasivo quando Brody lhe perguntou sobre isso? Pela primeira vez em sua vida de casado Brody teve ideias, e elas o encheram de uma ambivalência desconfortável — autocensura por questionar Ellen e temor de que realmente houvesse algo a pensar a respeito.

A previsão do tempo dizia que seria limpo e ensolarado, com ventos fracos a sudoeste. "Bom", pensou Brody, "talvez seja melhor assim. Se tivermos um bom fim de semana e ninguém se machucar, talvez eu consiga acreditar. E Hooper com certeza irá embora."

Brody havia dito que iria chamar Hooper assim que falasse com a Guarda Costeira. Estava de pé em frente ao telefone da cozinha. Ellen estava lavando a louça do jantar. Brody sabia que Hooper estava hospedado no Abelard Arms. Viu o catálogo telefônico enterrado sob uma pilha de contas, blocos de anotações e histórias em quadrinhos no balcão da cozinha. Tentou pegá-lo, depois parou.

"Tenho de ligar pro Hooper", disse. "Sabe onde está o catálogo?"

"É seis, cinco, quatro, três", disse Ellen.

"O quê?"

"O Abelard. Esse é o número: seis-cinco-quatro-três."

"Como você sabe?"

"Tenho boa memória para números de telefone. Você sabe disso. Sempre tive."

Ele sabia, e se maldisse por pregar truques bobos. Discou o número.

"Abelard Arms." Uma voz de homem, jovem, o funcionário da noite.

"Quarto de Matt Hooper, por favor."

"O senhor não sabe o número?"

"Não." Brody pôs a mão sobre o bocal e disse a Ellen: "Você por um acaso sabe o número do quarto?"

Ela olhou pra ele, e por um segundo não respondeu. Depois negou com a cabeça.

O atendente disse: "Aqui está. Quatro-zero-cinco".

O telefone tocou duas vezes antes de Hooper atender.

"Aqui é o Brody."

"Sim. Oi."

Brody olhou para a parede tentando imaginar como seria o quarto dele. Imaginou visões de um sótão pequeno e escuro, uma cama desarrumada, manchas nos lençóis, os odores de sexo. Sentiu, por um instante, que estava perdendo o juízo. "Acho que vamos trabalhar amanhã", disse. "A previsão do tempo é boa."

"É, eu sei."

"Então vejo você no cais."

"A que horas?"

"Acho que nove e meia. Ninguém vai nadar antes disso."

"Ok. Nove e meia."

"Ótimo. Ah, a propósito", disse Brody, "como ficaram as coisas com Daisy Wicker?"

"Hein?"

Brody queria não ter perguntado. "Nada. Só estava curioso. Você sabe, se vocês dois se entenderam."

"Bom... sim, agora que você falou. Faz parte do seu trabalho checar a vida sexual das pessoas?"

"Esquece. Esquece que eu perguntei." Ele desligou. "Mentiroso", pensou. Afinal que diabos está acontecendo aqui? Virou-se para Ellen. "Queria te perguntar, Martin disse algo sobre um piquenique na praia. Do que se trata?"

"Nada de especial", ela disse. "Foi só uma ideia."

"Ah." Olhou para ela, mas ela não devolveu o olhar. "Acho que está na hora de você ir dormir."

"Por que você está dizendo isso?"

"Você não tem se sentido bem. E já é a segunda vez que você lava esse copo." Ele pegou uma cerveja da geladeira. Levantou o lacre de metal e ele se partiu em sua mão. "Porra!" ele disse, jogou a lata cheia na lixeira e saiu da cozinha pisando duro.

Sábado à tarde. Brody de pé sobre uma duna observando a praia da Scotch Road, sentindo-se metade agente secreto, metade um idiota. Vestia uma camiseta polo e uma sunga: teve de comprar uma especialmente para essa missão. Estava envergonhado por suas pernas brancas, quase sem pelos após anos roçando nas calças compridas. Queria que Ellen tivesse vindo com ele para fazê-lo se sentir menos óbvio, mas ela não quis, argumentando que uma vez que ele não iria estar em casa no fim de semana seria um bom momento para ela pôr o serviço doméstico em dia. Numa sacola de praia ao lado de Brody havia um par de binóculos, um walkie-talkie, duas cervejas e um sanduíche embrulhado em papel celofane. No mar, entre quatrocentos e oitocentos metros, o *Flicka* movia-se lentamente para leste. Brody observou o barco e dizia para si: "Pelo menos eu sei onde *ele* está hoje".

A Guarda Costeira estava certa: o dia estava esplêndido — sem nuvens e quente, com uma leve brisa que vinha do mar para a terra. A praia não estava cheia. Uma dúzia de adolescentes espalhada por suas turmas. Alguns casais deitados cochilando — imóveis como cadáveres, como se o movimento fosse perturbar os ritmos cósmicos que produziam o bronzeamento. Uma família estava reunida na areia em torno de uma fogueira de carvão, e o aroma de hambúrguer grelhando chegou até o nariz de Brody. Até agora ninguém tinha ido nadar. Por duas vezes, alguns pais deixavam suas crianças ir até a beira d'água e deixavam que fossem um pouquinho além, mas depois de alguns minutos — entediados ou temerosos — os pais mandavam as crianças voltarem para a areia.

Brody ouviu passos atrás dele estalando na grama da praia e virou-se. Um homem e uma mulher — de 40 e tantos anos, provavelmente, e ambos extremamente acima do peso — estavam subindo a duna com dificuldade, puxando atrás deles duas crianças que reclamavam. O homem usava uma bermuda cáqui, uma camiseta e tênis de basquete. A mulher usava um vestido estampado que subia por suas coxas enrugadas. Em sua mão, carregava um par de sandálias. Atrás deles Brody viu um trailer Winnebago estacionado na Scotch Road.

"Posso ajudá-los?", Brody disse quando o casal chegou ao topo da duna.

"É essa a praia?", disse a mulher.

"Qual praia vocês estão procurando? A praia pública é..."

"É essa, com certeza", disse o homem, tirando um mapa do bolso. Falava com o sotaque inconfundível de um nova-iorquino morador do Queens. "Saímos da Route 27 e seguimos este caminho aqui. É essa, com certeza."

"E onde está o tubarão?", disse uma das crianças, um menino gordo de cerca de 13 anos. "Achei que você tinha dito que a gente ia ver um tubarão."

"Cala a boca", disse o pai. Voltou-se para Brody: "Onde está este famoso tubarão?"

"Que tubarão?"

"O tubarão que matou todas aquelas pessoas. Eu vi na TV —
em três canais diferentes. Tem um tubarão que mata pessoas.
Bem aqui."

"*Havia* um tubarão", disse Brody. "Mas ele não está mais aqui.
E, com sorte, não voltará."

O homem olhou para Brody por um segundo e depois disse,
mal-humorado: "Você quer dizer que a gente dirigiu até aqui pra
ver esse tubarão e ele foi embora? Não foi o que a TV disse".

"Sinto muito", disse Brody. "Não sei quem falou pro senhor
que vocês iriam ver esse tubarão. Eles simplesmente não vêm até
a praia e cumprimentam as pessoas, o senhor sabe."

"Não venha dar uma de esperto, parceiro."

Brody se levantou. "Olha aqui, meu senhor", disse, puxando
a carteira do cinto de sua sunga e abrindo-a para que o homem
pudesse ver seu distintivo. "Eu sou o chefe de polícia desta cidade. Não sei quem é o senhor, ou quem o senhor pensa que é, mas
o senhor não vem até uma praia particular em Amity e começa
a se comportar como um vagabundo. Agora me diga o que veio
fazer aqui ou vá embora."

O homem baixou o tom. "Desculpe", disse. "É só que depois
de pegar esse maldito tráfego e das crianças gritando no meu
ouvido, pensei que pelo menos a gente veria o tubarão. Foi pra
isso que a gente veio de tão longe."

"O senhor dirigiu duas horas e meia para ver um tubarão?
Por quê?"

"Pra ter o que fazer. Semana passada fomos até Jungle Habitat.[1] Pensamos neste fim de semana em ir a Jersey Shore.[2] Mas
aí ficamos sabendo do tubarão daqui. As crianças nunca viram
um tubarão."

"Bom, espero que hoje eles também não vejam."

"Merda", disse o homem.

---

1   Parque temático, situado em Nova Jersey, inaugurado em 1972 e
    fechado em 1976. Pertencia à Warner Brothers e tentava reproduzir
    a vida selvagem como num safári, onde os visitantes podiam
    passear de carro entre os animais e a pé em alguns espaços.
2   Área litorânea do estado de Nova Jersey. Dentre as atrações, além das praias,
    há os calçadões de madeira à beira-mar, os parques de diversões e cassinos.
    Ficou conhecida em 2009 por conta do reality show *Jersey Shore*, da MTV.

"Você disse que a gente ia ver um tubarão!", choramingou um dos meninos.

"Cala a boca, Benny!" O homem voltou-se de novo para Brody. "Tudo bem se a gente almoçar aqui?"

Brody sabia que podia mandar as pessoas descerem até a praia pública, mas sem um adesivo de estacionamento de morador eles teriam de estacionar o trailer a mais de um quilômetro e meio da praia, então disse: "Acho que sim. Se alguém reclamar vocês vão ter de sair, mas duvido que alguém vá reclamar hoje. Vá em frente. Mas não deixe nada por aí — nem um papel de chiclete ou palito de fósforo — ou vou ter de multá-lo por poluir a praia."

"Pode deixar." O homem falou para a esposa: "Pegou o *cooler*?"

"Deixei no trailer", ela disse. "Não sabia se a gente ia ficar."

"Merda." O homem desceu a duna com dificuldade, ofegante. A mulher e as duas crianças avançaram uns vinte ou trinta metros e sentaram-se na areia.

Brody olhou o relógio: meio-dia e quinze. Procurou na sacola de praia e pegou o walkie-talkie. Apertou um botão e disse: "Você está aí, Leonard?" Então soltou o botão.

Num segundo veio a resposta, o som distorcido pelo alto-falante. "Estou ouvindo, chefe. Câmbio." Hendricks havia se voluntariado a passar o fim de semana na praia pública como o terceiro ponto do triângulo de observação. ("Você vai acabar virando um desses boas-vidas de praia", Brody havia dito quando Hendricks se voluntariou. Hendricks gargalhou e disse: "Claro, chefe. Se você vai morar num lugar como esse, tem que virar mesmo um boa-vida".)

"E aí?", disse Brody. "Alguma coisa?"

"Nada que a gente não possa resolver, mas tem um probleminha. As pessoas estão tentando me dar ingressos. Câmbio."

"Ingressos pra quê?"

"Para vir à praia. Elas dizem que compraram ingressos especiais na cidade que dão direito a virem à praia de Amity. O senhor tem de ver as belezas. Tô com um bem aqui. Diz 'Praia do Tubarão. Ingresso individual. Dois dólares e cinquenta'. Tudo o que eu posso imaginar é que algum espertinho está se dando bem vendendo às pessoas ingressos de que elas não precisam. Câmbio."

"E qual a reação delas quando você recusa os ingressos?"

"Primeiro, elas ficam loucas quando eu digo que foram enganadas, que não se cobra pra vir à praia. Aí ficam mais irritadas ainda quando eu digo a elas que com ingresso ou sem ingresso elas não podem estacionar os carros no estacionamento sem uma autorização. Câmbio."

"Alguém disse a você quem está vendendo os ingressos?"

"Dizem que é um cara. Encontraram ele na Main Street, e ele disse que elas não poderiam entrar na praia sem ingresso. Câmbio."

"Preciso descobrir quem é o desgraçado que está vendendo esses ingressos, Leonard, e quero que peguem ele. Vá até a cabine telefônica do estacionamento, ligue para a delegacia e diga a quem atender que eu quero que um homem vá até a Main Street e prenda este filho da puta. Se ele for de fora, expulse ele da cidade. Se for morador daqui, prenda ele."

"Sob que acusação? Câmbio."

"Não quero saber. Pense em algo. Fraude. Só tire ele das ruas."

"Certo, chefe."

"Mais algum problema?"

"Não. Tem mais alguns daqueles caras da TV por aqui com uma daquelas unidades móveis, mas não estão fazendo nada, só entrevistando as pessoas. Câmbio."

"Sobre o quê?"

"O de sempre. O senhor sabe: 'Está com medo de ir nadar? O que acha do tubarão?' Toda essa droga. Câmbio."

"Há quanto tempo eles estão aí?"

"Quase toda a manhã. Não sei quanto tempo vão ficar, ainda mais que ninguém está entrando na água. Câmbio."

"Desde que não causem nenhum problema."

"Não. Câmbio."

"Certo. Ei, Leonard, você não precisa dizer 'câmbio' o tempo todo. Eu sei quando você parou de falar."

"Só procedimento, chefe. Mantém as coisas bem mais claras. Câmbio e desligo."

Brody esperou um momento, então apertou o botão novamente e disse: "Hooper, aqui é o Brody. Alguma coisa aí?" Nenhuma resposta. "Aqui é Brody chamando Hooper. Tá me ouvindo?" Estava quase chamando uma terceira vez quando ouviu a voz de Hooper.

"Desculpe. Eu estava na popa. Achei que tinha visto algo."

"O que você viu?"

"Nada. Tenho certeza de que não era nada. Meus olhos devem ter me enganado."

"O que você *acha* que viu?"

"Não consigo descrever. Uma sombra, talvez. Nada mais. A luz do sol pode confundir."

"Não viu mais nada?"

"Nada. A manhã inteira."

"Vamos manter assim. Checo com você mais tarde."

"Tudo bem. Vou estar em frente à praia pública dentro de dois a três minutos."

Brody pôs o walkie-talkie de volta na sacola e pegou seu sanduíche. O pão estava frio e duro por estar sobre a sacola cheia de gelo que continha as latas de cerveja.

Por volta das duas e meia a praia estava quase vazia. As pessoas tinham ido embora jogar tênis, velejar, fazer o cabelo. Os únicos que ficaram na praia foram meia dúzia de adolescentes e a família do Queens.

As pernas de Brody tinham começado a ficar queimadas de sol — manchas avermelhadas surgiam de suas coxas e dos peitos dos pés — então ele os cobriu com a toalha. Pegou o walkie-talkie da sacola e chamou Hendricks.

"Aconteceu alguma coisa, Leonard?"

"Nada, chefe. Câmbio."

"Alguém indo nadar?"

"Não. Entram na água e saem rápido, só isso. Câmbio."

"Aqui também. E o que você soube do vendedor de ingressos?"

"Nada, mas ninguém mais está me dando ingressos, então acho que alguém correu com ele daqui. Câmbio."

"E o pessoal da TV?"

"Já foram. Há alguns minutos. Queriam saber onde o senhor estava. Câmbio."

"Pra quê?"

"Não faço ideia. Câmbio."

"Você disse?"

"Claro. Não sei por que não dizer. Câmbio."

"Tudo bem. Falo com você mais tarde." Brody decidiu dar uma caminhada. Pressionou um dedo sobre uma das manchas cor-de-rosa em sua coxa. Ficou totalmente branca, depois logo surgiu um vermelho vivo quando tirou o dedo. Ficou de pé, amarrou a toalha ao redor da cintura para manter o sol longe de suas pernas, e, com o walkie-talkie na mão, foi até a água.

Ouviu o barulho de um motor de carro, virou-se e caminhou até o alto da duna. Um furgão branco estava estacionado na Scotch Road. As letras pretas na lateral diziam "WNBC-TV News". A porta do motorista se abriu, um homem saiu e caminhou com dificuldade pela areia ao encontro de Brody.

À medida que o homem se aproximava, Brody pensou que ele lhe era vagamente familiar. Era jovem, de cabelos longos, enrolados e um bigode com as pontas viradas para cima.

"Chefe Brody?", disse, quando estava a alguns passos dele.

"Correto."

"Me disseram que o senhor estaria aqui. Sou Bob Middleton, do Canal 4."

"Você é o repórter?"

"Isso. A equipe está no caminhão."

"Acho que já o vi em algum lugar. Em que posso ajudá-lo?"

"Gostaria de entrevistá-lo."

"Sobre o quê?"

"Essa história do tubarão. Como o senhor decidiu abrir as praias."

Brody pensou por um momento, então falou consigo: "Ora bolas, um pouco de publicidade não faria mal à cidade, agora que as chances de algo acontecer — hoje, pelo menos — são bem pequenas. "Tudo bem", disse. "Onde você quer fazer?"

"Na praia. Vou chamar a equipe. Vai demorar só alguns minutos pra montar tudo, então se você tiver algo que queira fazer, fique à vontade. Vou lhe chamar quando estivermos prontos." Middleton correu em direção ao caminhão.

Brody não tinha nada de especial para fazer, mas já que tinha começado a caminhar, pensou que poderia continuar. Ele foi caminhando até a praia.

Ao passar pelo grupo de adolescentes, ouviu um rapaz falar: "E aí? Alguém tem colhão? Dez dólares são dez dólares".

Uma menina disse: "Qual é, Limbo, para com isso".

Brody parou a uns cinco metros, fingindo interesse em algo no mar.

"Por quê?", disse o rapaz. "É uma senhora oferta. Não creio que alguém tenha colhão. Há cinco minutos você me dizia que *de jeito nenhum* haveria algum tubarão ainda por aqui."

Outro rapaz disse: "Se você é tão fodão, por que não entra?"

"Porque sou eu que estou fazendo a oferta", disse o primeiro garoto. "Ninguém vai pagar *a mim* dez dólares pra entrar na água. Bom, então o que você me diz?"

Houve um momento de silêncio, então o outro rapaz disse: "Dez dólares? Em dinheiro?"

"Bem aqui", disse o primeiro rapaz, sacudindo uma nota de dez dólares.

"Até onde eu tenho de ir?"

"Vamos ver... Cem metros. É uma boa distância. Ok?"

"E como eu vou saber que cheguei aos cem metros?"

"Adivinhe. Só fique nadando por um tempo e depois pare. Se parecer que já está a cem metros daqui, eu aceno pra você."

"Fechado." O rapaz se levantou.

A menina disse: "Você é maluco, Jimmy. Por que você quer ir na água? Você não precisa de dez dólares".

"Acha que eu tô com medo?"

"Ninguém disse nada sobre estar com medo", disse a garota. "É desnecessário, só isso."

"Dez dólares nunca são desnecessários", disse o rapaz, "especialmente quando seu velho corta sua mesada por você ter fumado um baseado no casamento da sua tia."

O rapaz virou-se e começou a correr para a água. Brody disse "Ei!", e o garoto parou.

"O quê?"

Brody foi até o rapaz. "O que está fazendo?"

"Vou nadar. Quem é você?"

Brody pegou sua carteira e mostrou o distintivo ao rapaz. "Você quer nadar?", ele disse. Viu o rapaz olhar por cima dele para seus amigos.

"Claro. Por que não? É legal, não é?"

Brody fez que sim com a cabeça. Não sabia se os outros podiam ouvir, então baixou a voz e disse: "Você quer que eu mande você não nadar?"

O rapaz olhou para ele, hesitou por um instante, então sacudiu a cabeça. "Não, cara. Os dez dólares vão ser úteis."

"Não fique muito tempo", disse Brody.

"Não vou ficar." O rapaz deu uma corrida até a água. Jogou-se sobre uma pequena onda e começou a nadar.

Brody ouviu passos correndo atrás dele. Bob Middleton passou por trás dele e gritou: "Ei! Volte!" Ele acenou com os braços e gritou de novo.

O rapaz parou de nadar e ficou de pé. "Qual o problema?"

"Nada. Quero algumas tomadas de você entrando na água. Tudo bem?"

"Claro, acho que sim", disse o rapaz. E voltou para a areia.

Middleton virou-se para Brody e disse: "Que bom que eu peguei ele antes que fosse pra longe. Pelo menos a gente vai ter *alguém* nadando aqui hoje".

Dois homens chegaram ao lado de Brody. Um carregava uma câmera 16mm e um tripé. Calçava coturnos, calças cargo, uma camisa cáqui e um colete de couro. O outro era mais baixo, mais velho e mais gordo. Usava um terno cinza amarrotado e carregava uma caixa retangular coberta de painéis de controle e botões. Pendurado em seu pescoço havia um par de fones de ouvido.

"Aqui está bom, Walter", disse Middleton. "Me diga quando estiver pronto." Tirou um caderno de anotações do bolso e começou a fazer algumas perguntas ao rapaz.

O homem mais velho caminhou até Middleton e deu a ele um microfone. Andou para trás até o cameraman, desenrolando um cabo que estava enrolado em sua mão.

"Quando quiser", disse o cameraman.

"Preciso saber o nível de som do garoto", disse o homem com os fones de ouvido.

"Fale alguma coisa", Middleton falou para o rapaz, e segurou o microfone a alguns centímetros da boca do rapaz.

"O que você quer que eu diga?"

"Tá bom", disse o homem com os fones de ouvido.

"Ok", disse Middleton. "Vamos começar bem de perto, Walter, depois vamos para um plano dos dois, ok? Me diga quando eu puder começar."

O cameraman olhou no visor, levantou um dedo, e apontou-o para Middleton. "Pode começar", disse.

Middleton olhou para a câmera e disse: "Estamos aqui na praia de Amity desde o início da manhã de hoje, e, até onde eu sei, ninguém se aventurou a entrar na água. Não há sinal do tubarão, mas a ameaça ainda paira por aqui. Estou aqui com Jim Prescott, um jovem que acabou de decidir ir nadar. Diga-me, Jim, você tem algum medo de nadar aqui?"

"Não", disse o rapaz. "Não acho que tenha nada aqui."

"Então você não está assustado."

"Não."

"Você é bom nadador?"

"Muito bom."

Middleton esticou a mão para Jim. "Bom, boa sorte, Jim. Obrigado por falar com a gente."

O rapaz apertou a mão de Middleton. "Ok", disse. "O que você quer que eu faça agora?"

"Corta!", disse Middleton. "Vamos pegar do alto, Walter. Só um segundo." Virou-se para o rapaz. "Não faça essa pergunta, Jim, tá bem? Depois que eu te agradecer, apenas vire e vá para a água."

"Ok", disse o rapaz. Estava tremendo, e esfregava as mãos.

"Ei, Bob", disse o cameraman. "O garoto tem que se secar. Ele não pode estar molhado se supostamente ainda não entrou na água."

"Claro, você tá certo", disse Middleton. "Você pode se secar, Jim?"

"Claro." O rapaz correu até os amigos e secou-se com uma toalha.

Uma voz ao lado de Brody disse: "O quê que tá havendo?" Era o homem do Queens.

"Imprensa", disse Brody. "Querem filmar alguém nadando."

"Ah, é? Tinha de ter trazido meu calção."

A entrevista foi repetida, e depois que Middleton agradeceu o rapaz, o garoto correu até a água e começou a nadar.

Middleton foi até o cameraman e disse: "Continua filmando, Walter. Irv, pode cortar o som. Provavelmente vamos usar isso como imagens complementares".

"Quanto você quer disso?", disse o cameraman, filmando o rapaz nadando.

"Mais ou menos uns trezentos metros", disse Middleton. "Mas vamos ficar aqui até ele sair. Esteja pronto, por via das dúvidas."

Brody tinha se acostumado tanto ao ronco distante, quase inaudível do motor do *Flicka,* que sua mente não registrava mais esse barulho como um som. Fazia parte integrante da praia como o som das ondas. De repente o tom do motor mudou de um murmúrio baixo a um grunhido urgente. Brody olhou para o rapaz que nadava e viu o barco fazer uma curva fechada, rápida — completamente diferente das curvas lentas que Hooper fazia em suas patrulhas normais. Brody pôs o walkie-talkie na boca e disse: "Tá vendo alguma coisa, Hooper?" Brody viu o barco diminuir a velocidade, depois parar.

Middleton ouviu Brody falar. "Liga o som, Irv", ele disse. "Pega isso, Walter." Caminhou até Brody e disse: "Está acontecendo algo, chefe?"

"Não sei", disse Brody. "É o que estou tentando descobrir." Falou no walkie-talkie: "Hooper?"

"Sim", disse a voz de Hooper, "mas eu ainda não sei o que é. Foi aquela sombra de novo. Não tô conseguindo ver agora. Talvez meu olhos estejam ficando cansados."

"Pegou isso, Irv?", disse Middleton. O homem do som sacudiu a cabeça: não.

"Tem um garoto nadando lá", disse Brody.

"Onde?", disse Hooper.

Middleton enfiou o microfone pelo rosto de Brody, deslizando-o entre sua boca e o bocal do walkie-talkie. Brody o pôs de lado, mas Middleton rapidamente o enfiou de volta a cerca de dois centímetros da boca de Brody.

"A trinta, talvez quarenta metros daqui. Acho que é melhor eu mandar ele voltar." Brody enfiou o walkie-talkie na toalha que estava em sua cintura, pôs as mãos ao redor da boca e gritou: "Ei, você! Volta pra cá!"

"Meu Deus!", disse o homem do som. "Você quase explodiu a porra dos meus ouvidos."

O rapaz não ouviu o chamado. Estava nadando direto para longe da praia.

O rapaz que ofereceu os dez dólares ouviu o grito de Brody e foi até a beira d'água. "Qual o problema agora?", ele disse. "Nada", disse Brody. "Eu só acho que é melhor ele voltar." "Quem é você?"

Middleton ficou entre Brody e o rapaz, virando o microfone entre os dois.

"Sou o chefe de polícia", disse Brody. "Agora cai fora daqui!" Virou-se para Middleton. "E você mantenha essa porra desse microfone fora da minha cara, certo?"

"Não se preocupe, Irv", disse Middleton. "A gente pode editar isso."

Brody falou no walkie-talkie: "Hooper, ele não tá me ouvindo. Você pode buzinar e dizer a ele pra vir pra praia?"

"Claro", disse Hooper. "Chego aí num minuto."

O peixe agora tinha captado o barulho, estava vagando alguns centímetros acima do fundo arenoso, uns vinte e cinco metros abaixo do *Flicka*. Por horas, seu sistema sensorial vinha monitorando o estranho som acima. Por duas vezes o peixe subiu a um ou dois metros da superfície, permitindo a seu olfato, visão e aos canais de visão acessarem a passagem barulhenta da criatura bem acima de sua cabeça. Por duas vezes ele captou esses sinais, mas nenhuma das vezes se sentiu compelido a atacar ou a sair dali.

Brody viu o barco, que estava voltado para oeste, virar-se e partir em direção à praia, batendo com a proa nas ondas e levantando uma nuvem de espuma.

"Pega o barco, Walter", disse Middleton.

Abaixo, o peixe sentiu uma mudança no barulho. Ficou mais alto, depois foi sumindo à medida que o barco se movia para longe. O peixe virou-se, descendo suavemente como um aeroplano, e seguiu o som que recuava.

O rapaz parou de nadar, levantou a cabeça e olhou em direção à praia. Brody acenou com os braços e gritou: "Volte!" O rapaz acenou de volta e começou a nadar de volta. Nadava bem, virando a cabeça à esquerda para respirar e dando braçadas ritmadas. Brody calculou que ele estava a sessenta metros da praia e que levaria um minuto ou mais para chegar à beira.

"O que está havendo?", disse uma voz ao lado de Brody. Era o homem do Queens. Seus dois filhos estavam atrás dele, sorrindo ansiosos.

"Nada", disse Brody. "Só não quero que o rapaz vá para muito longe."

"É o tubarão?", perguntou o pai dos dois meninos.

"Ei, legal", disse o outro garoto.

"Não interessa!", disse Brody. "Voltem agora pra praia."

"Puxa vida, chefe", disse o homem. "A gente dirigiu até aqui."

"Caiam fora!", disse Brody.

A quinze nós, Hooper levou apenas trinta segundos para cobrir os cerca de duzentos metros e chegar perto do rapaz. Parou a alguns metros dele, mantendo o motor em ponto morto. Estava além da arrebentação, então ele não ousou ir mais para perto por medo de ser pego pelas ondas.

O rapaz ouviu o barulho do motor e levantou a cabeça. "Qual o problema?", disse.

"Nada", disse Hooper. "Continue nadando."

O rapaz baixou a cabeça e nadou. Uma onda mais forte o pegou e o moveu mais rápido, e com duas ou três braçadas mais ele poderia ficar de pé. A água estava na altura dos ombros e ele começou a arrastar-se para a beira.

"Venha!", disse Brody.

"Tô indo", disse o rapaz. "Afinal, qual é o problema?"

A alguns metros atrás de Brody, Middleton ficou de pé com o microfone na mão. "Você tá em quem, Walter?", ele disse.

"No garoto", disse o cameraman, "e no tira. Um plano dos dois."

"Ok. Tá gravando, Irv?"

O homem do som fez que sim com a cabeça.

Middleton falou no microfone: "Algo está acontecendo, senhoras e senhores, mas não sabemos exatamente o quê. Tudo o que sabemos com certeza é que Jim Prescott foi nadar e de repente um homem num barco viu algo. Agora o chefe de polícia, Brody, está tentando trazer o rapaz para a beira o mais rápido possível. Pode ser o tubarão, mas a gente ainda não sabe".

Hooper deu uma ré no barco para se afastar das ondas. Ao olhar para a popa viu uma listra prateada movendo-se na água cinza-azulada. Parecia parte do movimento da onda, mas movia-se de forma independente. Por um segundo Hooper não entendeu o que estava vendo. E mesmo quando a ficha caiu, não viu o peixe claramente. Gritou: "Cuidado!"

"O quê?", gritou Brody.

"O peixe! Tira o garoto! Rápido!"

O rapaz ouviu Hooper e tentou correr. Mas com água na altura dos ombros seus movimentos eram lentos e elaborados. Uma onda mais forte o jogou para o lado. Ele tropeçou, depois levantou-se e curvou-se para a frente.

Brody correu para a água e esticou os braços. Uma onda bateu em seus joelhos e o empurrou para trás.

Middleton falou ao microfone: "O homem no barco acabou de dizer algo sobre um peixe. Não sei se ele se refere ao tubarão".

"É o tubarão?", disse o homem do Queens, parado ao lado de Middleton. "Não estou vendo."

Middleton disse: "Quem é você?"

"Meu nome é Lester Kraslow. Quer me entrevistar?"

"Vá embora!"

Agora o rapaz movia-se mais rápido, empurrando a água com o peito e os braços. Não viu a barbatana levantar-se atrás dele, uma lâmina afiada fina cinza-amarronzada que se elevava na água.

"Ó ele lá!", disse Kraslow. "Tá vendo, Benny? Davey? Tá bem ali!"

"Num tô vendo nada não", disse um dos filhos.

"Lá está ele, Walter!", disse Middleton. "Tá vendo?"

"Tô aproximando", disse o cameraman. "Sim, peguei."

"Corre!", disse Brody. Ele tentou alcançar o rapaz. Os olhos do rapaz estavam arregalados e em pânico. Suas narinas abertas, coriza e água descendo por elas. A mão de Brody tocou a do rapaz e ele o puxou. Agarrou o rapaz pelo peito e juntos eles cambalearam para fora d'água.

A barbatana afundou para debaixo da superfície, e seguindo a inclinação do chão do oceano, o peixe moveu-se para o fundo.

Brody ficou de pé na areia com seu braço ao redor do rapaz. "Você está bem?", ele disse.

"Quero ir pra casa." O rapaz tremia.

"Aposto que quer." Brody foi levando o rapaz até onde seus amigos estavam, mas Middleton os interceptou.

"Pode repetir pra mim?", disse Middleton.

"Repetir o quê?"

"O que você disse ao garoto. Podemos fazer de novo?"

"Sai da minha frente!", Brody respondeu irritado. Levou o rapaz até seus amigos e disse ao que havia oferecido o dinheiro: "Leva ele pra casa. E dê os dez dólares pra ele". O rapaz fez que sim, pálido e apavorado.

Brody viu seu walkie-talkie afundando na beira d'água. Pegou-o, enxugou, apertou o botão de "falar" e disse: "Leonard, pode me ouvir?"

"Tô ouvindo, chefe. Câmbio."

"O peixe esteve aqui. Se você tiver alguém na água por aí, tire. Agora. E fique aí até a gente conseguir um substituto pra você. Ninguém chega perto d'água. A praia está oficialmente fechada."

"Certo, chefe. Alguém se machucou? Câmbio."

"Não, graças a Deus. Mas quase."

"Ok, chefe. Câmbio e desligo."

Quando Brody voltou para onde havia deixado sua bolsa de praia, Middleton o chamou: "Ei, chefe, podemos fazer aquela entrevista agora?"

Brody parou, tentado a mandar Middleton se foder. Ao invés disso, disse: "O que você quer saber? Você viu tanto quanto eu".

"Só algumas perguntas."

Brody suspirou e voltou até onde Middleton estava com sua equipe de filmagem. "Está certo", disse, "vá em frente."

"Quanto você ainda tem no seu rolo, Walter?", disse Middleton.

"Cerca de quinze metros. Seja breve."

"Ok. Me diz quando eu posso começar."

"Pode começar."

"Bom, chefe Brody", disse Middleton, "foi um golpe de sorte, não foi?"

"Foi muita sorte. O garoto podia ter morrido."

"Você diria que é o mesmo tubarão que matou as outras pessoas?"

"Não sei", disse Brody. "Acho que deve ser."

"Então o que o senhor vai fazer daqui pra frente?"

"As praias estão fechadas. Por ora, é tudo o que eu posso fazer."

"Acho que devemos dizer que ainda não é seguro nadar aqui em Amity."

"Eu diria que é isso, isso mesmo."

"O que isso significa para Amity?"

"Problema, sr. Middleton. Temos um grande problema."

"Dado o que aconteceu há pouco, chefe, como o senhor se sente por ter aberto as praias hoje?"

"Como eu me *sinto*? Que tipo de pergunta é essa? Com raiva, aborrecido, confuso. Grato por ninguém ter se machucado. Chega?" "Está ótimo, chefe", Middleton disse com um sorriso. "Obrigado, chefe Brody." Fez uma pausa, então disse: "Ok, Walter, paramos aqui. Vamos pra casa começar a editar essa confusão". "O que você acha de um encerramento para a matéria?", disse o cameraman. "Ainda tenho cerca de sete metros e meio sobrando." "Ok", disse Middleton. "Espera até eu pensar em algo profundo pra dizer."

Brody pegou sua toalha e sua bolsa de praia e caminhou pela duna em direção ao carro. Quando chegou à Scotch Road, viu a família do Queens parada ao lado do trailer.

"Foi esse tubarão que matou as pessoas?", perguntou o pai.

"Quem sabe?", disse Brody. "Que diferença faz?"

"Não pareceu grande coisa pra mim, só uma barbatana. Os garoto ficaro meio que desapontado."

"Ouça aqui, seu idiota", disse Brody. "Um garoto quase foi morto agora há pouco. Você ficou desapontado por não ter acontecido?"

"Até parece", disse o homem. "Aquela coisa não tava nem perto dele. Aposto que essa coisa toda foi uma encenação pros caras da tv."

"Meu senhor, caia fora daqui. Você e toda sua maldita raça. Tire eles daqui. Agora!"

Brody esperou o homem colocar toda a família e suas coisas no trailer. Enquanto caminhava, ouviu o homem falar com a esposa: "Eu achava que todo mundo seria metido a esperto aqui. Eu tinha razão. Até os tiras".

Às seis horas, Brody sentou-se em seu escritório com Hooper e Meadows. Ele já tinha conversado com Larry Vaughan, que ligara — bêbado e aos prantos — resmungando ferozmente sobre a ruína de sua vida. A campainha na mesa de Brody tocou e ele pegou o fone.

"Um camarada chamado Bill Whitman pra ver o senhor, chefe", disse Bixby. "Diz que é do *New York Times*."

"Ah, pelo... Ok, que se dane. Deixe ele entrar."

A porta se abriu e Whitman parou na entrada. Disse: "Estou interrompendo algo?"

"Não muito", disse Brody. "Entre. Você se lembra de Harry Meadows. Este é Matt Hooper, de Woods Hole."

"Lembro bem de Harry Meadows", disse Whitman. "Foi graças a ele que meu chefe comeu meu rabo de uma ponta a outra da 43rd Street."

"Por quê?", disse Brody.

"O sr. Meadows convenientemente se esqueceu de me contar do ataque de Christine Watkins. Mas não se esqueceu de contar aos seus leitores."

"Deve ter escapulido da minha mente", disse Meadows.

"Em que podemos ajudá-lo?", disse Brody.

"Eu estava pensando", disse Whitman, "se o senhor tem certeza de que este é o mesmo peixe que matou os outros."

Brody fez um gesto em direção a Hooper, que disse: "Não posso garantir. Nunca vi o peixe que matou os outros, e realmente não consegui dar uma boa olhada no de hoje. Vi num relance, era algo meio cinza-prateado. Sei o que era, mas não pude comparar com mais nada. Só posso contar com a probabilidade, e elas indicam que seja o mesmo peixe. É muito forçado — pra mim, em todo caso — acreditar que existam dois enormes tubarões comedores de gente neste lado de Long Island ao mesmo tempo".

Whitman disse a Brody: "O que o senhor vai fazer, chefe? Quer dizer, além de fechar as praias, o que eu imagino que já tenha sido feito".

"Não sei. O que *podemos* fazer? Meu Deus, eu preferia um furacão. Ou até um terremoto. Pelo menos depois que eles acontecem, terminam, e acabou-se. Pode-se olhar em torno e ver o que aconteceu e o que tem de ser feito. São eventos, algo com que você pode lidar. Têm começos e fins. Isso aqui é loucura. É como se houvesse um maníaco à solta matando pessoas quando estivesse a fim. Você sabe quem ele é mas não pode pegá-lo e não pode pará-lo. E o que é pior, você não sabe por que ele está fazendo isso."

Meadows disse: "Lembre-se de Minnie Eldridge".

"Pois é", disse Brody. "Estou começando a achar que ela pode realmente ter razão."

"Quem é?", disse Whitman.

"Ninguém. Só uma maluca."

Houve um silêncio por um instante, um silêncio cansado, como se tudo tivesse sido dito. Aí Whitman falou: "Então?"

"Então o quê?", disse Brody. "Tem de haver algo que se possa fazer."

"Adoraria ouvir sugestões. Pessoalmente, acho que estamos fodidos. Teremos sorte se sobrar uma cidade depois desse verão."

"Não é um pouco de exagero?"

"Não acho. Você acha, Harry?"

"Na verdade, não", disse Meadows. "A cidade sobrevive de seus veranistas, sr. Whitman. Chame de parasitário, se quiser, mas é assim que funciona. O hospedeiro chega a cada verão e Amity se alimenta dele ferozmente, sugando o que puder de sustância antes que o hóspede vá embora depois do Dia do Trabalho. Se você tirar o hospedeiro, somos como carrapatos de cachorro sem cachorro para nos alimentar. Morremos de fome. No mínimo — no mínimo mesmo — o próximo inverno será o pior na história dessa cidade. Teremos tanta gente vivendo de seguro-desemprego que Amity parecerá o Harlem." Deu uma risada. "Harlem à beira-mar."

"O que eu daria tudo pra saber", disse Brody, "é por que nós? Por que Amity? Por que não East Hampton ou Southampton ou Quogue?"

"Isso", disse Hooper, "é o que nós nunca vamos saber."

"Por quê?", disse Whitman.

"Não quero parecer que estou dando desculpas por julgar errado esse peixe", disse Hooper, "mas a linha entre o normal e o anormal é muito nebulosa. Coisas naturais ocorrem, e para a maioria delas há uma explicação lógica. Mas para uma porção de outras coisas simplesmente não há nenhuma resposta boa ou plausível. Digamos que duas pessoas estão nadando, uma em frente a outra, e um tubarão vem por trás, passa bem ao lado do cara de trás e ataca o cara da frente. Por quê? Talvez tivessem cheiros diferentes. Talvez o da frente estivesse nadando de um jeito mais provocador. Digamos que o cara de trás, que não foi atacado, vai ajudar o que foi atacado. O tubarão pode não tocá-lo — pode na verdade evitá-lo — enquanto continua dando pancadas no cara que atacou primeiro. Supõe-se que tubarões-brancos preferem águas mais frias. Então por que um aparece na costa do México, engasgado com um cadáver que ele na verdade não conseguiu engolir? Por um lado, tubarões são como tornados. Eles derrubam aqui, mas não lá. Eles varrem essa casa do lugar mas de repente dão uma guinada e deixam intacta a casa ao lado. O cara da casa que foi derrubada diz 'Por que eu?' O cara da casa poupada diz 'Graças a Deus'."

"Tudo bem", disse Whitman. "Mas o que eu ainda não entendo é por que o tubarão não pode ser capturado."

"Talvez possa", disse Hooper. "Mas não creio que por nós. Pelo menos não com o equipamento que temos aqui. Suponho que a gente possa tentar enganar ele com iscas de novo."

"Claro", disse Brody. "Ben Gardner pode nos dizer tudo sobre enganar com iscas."

"Vocês sabem algo sobre um sujeito chamado Quint?", disse Whitman.

"Ouvi falar do nome", disse Brody. "Você já se informou sobre o cara, Harry?"

"Li o pouco que havia sobre ele. Até onde sei, nunca fez nada ilegal."

"Bem", disse Brody, "talvez valha a pena dar uma ligada."

"Você tá brincando", disse Hooper. "Você realmente faria negócio com esse cara?"

"Vou te dizer uma coisa, Hooper. A essa altura, se alguém vier aqui e disser que é o Super-Homem e pode sumir com esse tubarão daqui, eu diria 'maravilha'. Eu até seguraria o pau dele."

"Claro, mas..."

Brody cortou. "O que você diz, Harry? Acha que ele está na lista telefônica?"

"Você realmente tá falando sério", disse Hooper.

"Pode apostar sua bundinha. Tem alguma ideia melhor?"

"Não, é só que... não sei. Como a gente vai saber se o cara não é um enganador, um bêbado ou algo assim?"

"A gente nunca vai saber até tentar." Brody tirou a lista telefônica da gaveta de cima de sua mesa e abriu na letra Q. Correu o dedo na página de alto a baixo.

"Aqui está. 'Quint.' É tudo que diz. Nenhum prenome. Mas é o único na página. Tem de ser ele." Discou o número.

"Quint", falou uma voz.

"Sr. Quint, aqui é Martin Brody. Sou o chefe de polícia de Amity. Nós temos um problema."

"Fiquei sabendo."

"O tubarão esteve por aqui hoje."

"Alguém pegou ele?"

"Não, mas um garoto, quase."

"Peixe desse tamanho precisa de muita comida", disse Quint.

"Você viu o peixe?"

"Não. Procurei algumas vezes, mas não pude perder muito tempo procurando. Minha gente não gasta dinheiro procurando. Querem ação."

"Como você soube do tamanho dele?"

"Ouvindo falar. Meio que fiz a média dos cálculos e cheguei a uns dois metros e meio. É um baita de um peixe."

"Eu sei. O que eu queria saber é se você pode nos ajudar."

"Eu sei. Achei que você ia ligar."

"Você pode?"

"Depende."

"Do quê?"

"Primeiro, de quanto tá disposto a gastar."

"Vamos pagar o preço que o senhor costuma cobrar. O que você cobrar por dia. Pagaremos por dia até matarmos a coisa."

"Acho que não", disse Quint. "Acho que na verdade é um trabalho excepcional."

"O que isso quer dizer?"

"Meu custo normal é de duzentos por dia. Mas este é extraordinário. Acho que você vai pagar o dobro."

"Sem chance."

"Adeus."

"Espera! Puxa, cara. Por que está me assaltando?"

"Você não tem mais pra onde ir."

"Existem outros pescadores."

Brody ouviu Quint dar uma gargalhada — um grito curto, debochado. "Claro que tem", disse Quint. "Você já mandou um. Manda outro. Manda mais meia dúzia. Então, quando voltar a falar comigo, talvez me pague até o triplo. Não tenho nada a perder por esperar."

"Não estou pedindo um favor", disse Brody. "Sei que você tem que ganhar a vida. Mas esse peixe está matando gente. Quero parar com isso. Quero salvar vidas. Quero sua ajuda. Você não pode pelo menos me tratar como trata seus clientes regulares?"

"Você tá partindo meu coração", disse Quint. "Você tem um peixe que precisa matar, vou tentar matar ele pra você. Sem garantia, mas vou fazer o meu melhor. E o meu melhor custa quatrocentos dólares por dia."

Brody suspirou. "Não sei se os membros do conselho vão me dar o dinheiro."

"Você vai conseguir em algum lugar."

"Quanto tempo você acha que vai levar pra pegar o peixe?"

"Um dia, uma semana, um mês. Quem sabe? A gente pode nunca encontrar ele. Ele pode ir embora."

"Quem me dera", disse Brody. Fez uma pausa. "Ok", disse, finalmente. "Acho que a gente não tem escolha."

"Não, não tem."

"Pode começar amanhã?"

"Não. No máximo na segunda. Tenho uma festa amanhã."

"Uma festa? Como assim, um jantar?"

Quint gargalhou novamente, o mesmo grito alto. "Um fretamento", disse. "Já vi que você não pesca muito."

Brody ficou vermelho. "Não, você acertou. Você pode cancelar? Se vamos pagar esse dinheiro todo, me parece que merecemos um serviço especial."

"Não. São clientes regulares. Eu não poderia fazer isso com eles ou perderia a clientela. Vocês são um negócio de uma única vez."

"Digamos que você dê de cara com o peixão amanhã. Vai tentar pegar ele?"

"Você iria economizar bastante dinheiro, não? A gente não vai ver seu peixe. A gente vai pro leste. Pescaria incrível praqueles lados. Devia tentar..."

"Você já tinha tudo planejado, não é?"

"Mais uma coisa", disse Quint. "Vou precisar de um homem comigo. Perdi meu parceiro, e eu não ia me sentir à vontade pegando aquele peixe enorme sem um par de mãos extras."

"Perdeu seu parceiro? Como, caiu no mar?"

"Não, se demitiu. Ficou nervoso. Acontece com a maioria das pessoas depois de um tempo nesse serviço. Começam a pensar muito."

"Mas isso não acontece com você."

"Não. Eu sou mais esperto que o peixe."

"E isso basta, só ser mais esperto?"

"Até agora. Ainda tô vivo. E então? Tem um homem pra mim?"

"Você não pode encontrar outro parceiro?"

"Não tão depressa, e não pra esse tipo de trabalho."

"Quem você vai usar amanhã?"

"Um garoto. Mas não vou levar ele pra caçar um brancão."

"Entendo", disse Brody, começando a ter dúvidas se foi sábio se aproximar de Quint para pedir ajuda. Falou casualmente: "Então eu vou". Ficou chocado com as palavras assim que as falou, apavorado com o que se comprometeu a fazer.

"Você? Rá!"

Brody indignou-se com o deboche de Quint. "Posso me virar sozinho", ele disse.

"Talvez. Você não sabe. Mas você não pode lidar com um peixe grande se não souber nada sobre pescaria. Você sabe nadar?"

"Claro. E o que isso tem a ver com alguma coisa?"

"As pessoas caem do barco e às vezes demora muito pra gente conseguir pegar de volta."

"Não se preocupe comigo."

"Você que sabe. Mas ainda preciso de um homem que saiba algo sobre pescaria. Ou pelo menos sobre barcos."

Brody olhou para Hooper do outro lado da mesa. A última coisa que queria era passar dias num barco com Hooper, especialmente numa situação na qual ele o superaria em conhecimento, e até mesmo em autoridade. Poderia mandar Hooper sozinho e ficar em terra firme. Mas isso, sentiu, seria capitular, admitir sem sombra de dúvida sua incapacidade para encarar e vencer o estranho inimigo que estava entrando em guerra contra sua cidade.

Além disso, talvez — ao longo de um dia inteiro num barco — Hooper poderia se descuidar e acabar por revelar o que fez na última quarta-feira, o dia que choveu. Brody estava ficando obcecado por descobrir onde Hooper estava naquele dia, e toda vez que se permitia considerar as muitas opções, a escolha de sua mente era a que ele mais receava. Ele queria *saber* que Hooper estava no cinema, ou jogando gamão no Clube de Campo, ou fumando maconha com algum hippie, ou comendo alguma bandeirante. Não dava a mínima pro que fosse, desde que pudesse saber que Hooper não estava com Ellen. Ou que estava. Nesse caso... O pensamento era ainda demasiadamente desprezível para que pudesse ser superado.

Ele pôs a mão no bocal do fone e disse a Hooper: "Quer vir? Ele precisa de um parceiro".

"Ele não tem nem um parceiro? Mas que raio de operação mais capenga."

"Não se preocupe. Quer vir ou não?"

"Sim", disse Hooper. "Vou lamentar até o fim da vida, mas sim. Quero ver esse peixe, e acho que vai ser a minha única chance."

Brody disse a Quint: "Ok, consegui seu homem".

"Ele conhece barcos?"

"Conhece."

"Segunda de manhã, seis horas. Traga o que você quiser comer. Sabe como chegar aqui?"

"Route 27 até o desvio para a Terra Prometida, certo?"

"Isso. O nome é Cranberry Hole Road. Entra direto na cidade. Cerca de cem metros depois de passar pelas últimas casas, entra à esquerda numa rua de terra."

"Tem alguma placa?"

"Não, mas é a única estrada por aqui. Leva direto pro meu cais."

"O único barco lá é o seu?"

"O único. O nome é *Orca.*"

"Certo. Te vejo na segunda."

"Mais uma coisa", disse Quint. "Dinheiro vivo. Todos os dias. Adiantado."

"Ok, mas por quê?"

"É como eu faço negócio. Não quero que você caia do barco com o meu dinheiro."

"Certo", disse Brody. "Você vai ter seu dinheiro." Ele desligou e disse a Hooper: "Segunda, seis da manhã, certo?"

"Certo."

Meadows disse: "Pelo que eu entendi da conversa você também vai, Martin?"

Brody fez que sim. "É o meu trabalho."

"Eu diria que é um pouco além disso."

"Bom, agora tá feito."

"Qual o nome do barco dele?", perguntou Hooper.

"Acho que ele falou *Orca*", disse Brody. "Não sei o que isso significa."

"Não *significa* nada. *É* algo. É uma baleia assassina."

Meadows, Hooper e Whitman se levantaram para sair. "Boa sorte", disse Whitman. "Eu meio que invejo a viagem de vocês. Deve ser excitante."

"Eu dispenso a excitação", disse Brody. "Só quero acabar logo com essa merda."

Na porta, Hooper virou-se e disse: "Pensando na orca me lembro de algo. Sabe como os australianos chamam os grandes tubarões-brancos?"

"Não", disse Brody, não muito interessado. "Como?"

"Morte branca."

"Você tinha de me contar isso, né?", disse Brody, ao fechar a porta atrás dos três.

Ele estava saindo quando o funcionário da noite o parou e disse: "O senhor recebeu uma ligação antes, chefe, enquanto estava lá dentro. Não achei que devia incomodar".

"Quem era?"

"A sra. Vaughan."

"*Sra.* Vaughan!" Até onde Brody se lembrava, nunca em sua vida havia falado com Eleanor Vaughan ao telefone.

"Ela disse para não perturbá-lo, que podia esperar."

"É melhor eu ligar pra ela. É tão tímida que, se a casa dela estiver pegando fogo, é capaz de ligar pros bombeiros e pedir desculpas por incomodá-los e ainda perguntar se eles fariam uma visita quando estivessem pelas redondezas."

Ao voltar ao escritório, Brody lembrou-se de algo que Vaughan havia comentado sobre Eleanor: toda vez que ela preenchia um cheque com uma quantia redonda, recusava-se a escrever "00/100". Ela achava que era um insulto, isso sugeria que a pessoa que o descontasse tentaria roubar alguns centavos.

Brody discou o número da casa dos Vaughan e Eleanor atendeu antes de o telefone tocar. "Ela devia estar sentada bem ao lado do aparelho", pensou Brody. "Martin Brody, Eleanor. Você me ligou."

"Ah, sim. Odeio incomodá-lo, Martin. Se você preferir..."

"Não, tudo bem. Em que posso te ajudar?"

"É... bom, o motivo de eu *te* ligar é que eu sei que o Larry conversou com você mais cedo. Achei que você saberia se... se algo estivesse errado."

Brody pensou: "Ela não sabe de nada, nada mesmo. Bom, estou ferrado se contar pra ela".

"Por quê? O que você quer dizer?"

"Não sei como te dizer isso exatamente, mas... bom, você sabe que o Larry não bebe muito. Muito raramente, pelo menos dentro de casa."

"E?"

"Essa noite, quando chegou em casa, não falou nada. Apenas entrou no escritório e — pelo menos eu acho — bebeu quase uma garrafa inteira de uísque. Agora está dormindo numa cadeira."

"Eu não me preocuparia com isso, Eleanor. Provavelmente estava cheio de coisas na cabeça. De vez em quando isso acontece com a gente."

"Eu sei. É que... alguma coisa *está* errada. Tenho certeza. Há vários dias ele tem estado fora do normal. Pensei que talvez... você é amigo dele. Você sabe o que pode ser?"

"Amigo dele", pensou Brody. Foi o que Vaughan também disse, mas de outro jeito. "Nós éramos amigos", ele tinha dito. "Não, Eleanor, não sei", ele mentiu. "Mas falo com ele sobre isso, se você quiser."

"Faria isso, Martin? Te agradeço. Mas... por favor... não diga a ele que eu liguei pra você. Ele nunca gostou que eu me metesse nas coisas dele."

"Não digo. Não se preocupe. Tenta descansar."

"Ele vai ficar bem na cadeira?"

"Claro. Só tire os sapatos e ponha um cobertor sobre ele. Ele vai ficar bem."

Paul Loeffler estava atrás do balcão de sua delicatessen e olhou para seu relógio de pulso. "São quinze pras nove", disse à esposa, uma mulher linda e gorducha chamada Rose, que arrumava potes de manteiga numa geladeira.

"O que você acha da gente hoje dar uma enganada e fechar quinze minutos mais cedo?"

"Depois de um dia como o de hoje eu concordo", disse Rose. "Oito quilos de mortadela! Desde quando nós vendemos oito quilos de mortadela num único dia?" "E o queijo suíço", disse Loeffler. "Quando foi que a gente acabou com o queijo suíço? Alguns dias como esse não me fariam mal. Rosbife, linguiça de fígado, tudo. É como se todo mundo de Brooklyn Heights a East Hampton parasse aqui pra comprar sanduíches."

"Brooklyn Heights uma ova. Pensilvânia. Um homem disse que veio da Pensilvânia. Só pra ver um peixe. Não tem peixe na Pensilvânia?"

"Quem sabe?", disse Loeffler. "Está começando a ficar como em Coney Island."

"A praia pública deve estar que nem um chiqueiro."

"Mas valeu a pena. A gente merece um ou dois dias bons."

"Ouvi falar que as praias foram fechadas de novo", disse Rose.

"Pois é. Como eu sempre digo, desgraça pouca é bobagem."

"Do que você está falando?"

"Não sei. Vamos fechar."

PARTE III

TUBARÃO

PETER BENCHLEY

11

O mar estava liso como gelatina. Nenhum barulho de vento a ondular a superfície. O sol sugava da água ondas cintilantes de calor. De vez em quando, uma gaivota mergulhava em busca de comida e subia novamente, e as ondulações do seu mergulho tornavam-se círculos que se expandiam sem parar. O barco estava parado na água, vagando despercebido na maré. Duas varas de pescar, apoiadas nos suportes na popa, puxavam as linhas de pesca pela mancha oleosa que se espalhava atrás do barco. Hooper sentava-se na popa, ao seu lado um latão de setenta e cinco litros cheio de restos e vísceras de peixe. A intervalos de poucos segundos, ele enfiava uma pá no balde e os jogava ao mar, incrementando a mancha oleosa.

Mais à frente, em duas fileiras que chegavam à proa, repousavam dez barris de madeira do tamanho de barriletes de cerveja de trinta litros. Cada um estava amarrado a cordas de cânhamo de diferentes espessuras que seguiam num rolo de trinta metros ao lado do barril. Amarrado à ponta de cada corda estava a cabeça de aço de um arpão.

Brody sentava-se na cadeira de combate giratória presa ao convés, tentando se manter acordado. Ele estava quente e grudento. Não houvera brisa alguma durante as seis horas em que eles estiveram sentados esperando. A parte de trás de seu pescoço já estava bastante queimada de sol, e toda vez que ele movia a cabeça o colarinho da camisa de seu uniforme roçava a pele sensível. O cheiro de seu corpo subiu até seu rosto e misturou-se com o mau cheiro das vísceras de peixe e de sangue que eram espalhadas ao mar, causando-lhe náuseas. Sentia-se cozinhando ali.

Brody olhou para a figura na ponte de comando: Quint. Ele vestia uma camiseta branca, calças jeans desbotadas, meias brancas e um par já envelhecido de Top-Siders.[1] Brody calculou que Quint tivesse por volta de 50 anos, e apesar de com certeza já ter tido 20, e um dia vir a ter 60, era impossível imaginar que aparência teria com qualquer das duas idades. Sua idade atual parecia a que ele sempre teria, e a que sempre teve. Tinha por volta de 1,90 metro e era bem magro — talvez 80 ou 85 quilos. Era completamente calvo — a cabeça não era raspada, pois não havia aquela mancha mais escura denunciando a presença de cabelo em seu couro cabeludo, mas calvo como se nunca tivesse tido cabelo nenhum ali — e quando, como agora, o sol estava alto e quente, usava um boné de combate dos Fuzileiros Navais. Seu rosto, como de resto todo o seu ser, era duro e forte; seu nariz, longo e reto. Quando olhava para baixo da ponte de comando, parecia que seus olhos faziam a mira — os olhos mais escuros que Brody já tinha visto — usando o nariz como se ele fosse o cano de um rifle. Sua pele estava constantemente curtida e cheia de vincos feitos pelo sal e pelo sol. Olhava para fora da popa, piscando raramente, seus olhos fixos na mancha oleosa no mar.

Uma gota de suor que correu pelo peito de Brody o agitou. Ele virou a cabeça, franzindo as sobrancelhas com a fisgada no pescoço, e tentou fixar o olhar na mancha. Mas o reflexo do sol na água feriu seus olhos, e ele se virou.

"Não sei como você faz, Quint", ele disse. "Você nunca usa óculos escuros?"

Quint olhou para baixo e disse: "Nunca".

Seu tom de voz era completamente neutro, nem amistoso nem inóspito. Não era um convite à conversa. Mas Brody estava entediado e queria conversar.

"Por quê?"

"Não é preciso. Eu vejo as coisas como elas são. É melhor."

Brody olhou o relógio. Passava um pouco das duas: faltavam três ou quatro horas para eles darem o dia por encerrado e irem para casa.

---

1 Tênis de couro ou tecido com sola de borracha, apropriado para uso em barcos, veleiros etc.

"Você tem muitos dias assim?"

A excitação e a expectativa já haviam passado há muito tempo, e Brody tinha certeza de que eles não veriam o peixe naquele dia.

"Assim como?"

"Assim. Sentado o dia inteiro e nada acontece."

"Alguns."

"E as pessoas te pagam, mesmo sem pegar nada."

"São as regras."

"Mesmo se eles não derem nem uma fisgada?"

Quint fez que sim.

"Não acontece com frequência. Sempre tem algo que morde a isca. Ou algo que a gente possa espetar."

"Espetar?"

"Com um ferro." Quint apontou para os arpões na proa.

Hooper disse: "Que tipo de coisas você espeta, Quint?"

"Tudo que nadar por aqui."

"É mesmo? Eu não..."

Quint o interrompeu.

"Alguma coisa tá mordendo uma das iscas."

Cobrindo os olhos com a mão, Brody olhou para fora da popa, mas até onde podia enxergar a mancha estava imóvel, a água parada e calma.

"Onde?", ele disse.

"Um momento", disse Quint. "Você vai ver."

Com um assovio metálico suave, a linha da vara a estibordo começou a esticar no mar, cortando a água numa linha reta prateada.

"Pega a vara", Quint disse a Brody. "E quando eu mandar, dê uma travada e puxe."

"É o tubarão?", perguntou Brody.

A possibilidade de que finalmente iria confrontar o peixe — a besta, o monstro, o pesadelo — fez o coração de Brody acelerar. Sua boca estava seca. Secou suas mãos nas calças, tirou a vara do suporte e a enfiou entre as pernas, levando-a até a base da cadeira onde estava sentado.

Quint gargalhou — um ganido curto, ácido. "Isso? Não. É só um pequeno. Pra ter alguma prática quando seu peixe encontrar a gente. Quint ficou olhando a linha por mais alguns segundos, depois disse: "Puxe!"

Brody empurrou a pequena manivela na carretilha para a frente, inclinou-se, depois puxou-a de volta. A ponta da vara dobrou-se num arco. Com a mão direita, Brody começou a girar a manivela para puxar o peixe, mas a carretilha não respondia. A linha continuou correndo para fora.

"Não desperdice energia", disse Quint.

Hooper, que estava sentado na beira da popa, levantou-se e disse: "Deixa comigo, vou puxar com mais força".

"Não vai não!", disse Quint. "Deixa essa vara quieta."

Hooper olhou para cima, desconcertado e levemente ferido.

Brody notou a expressão de dor de Hooper, e pensou: "Quem você pensa que é? Já não era sem tempo".

Após um instante, Quint disse: "Se puxar muito você arranca o anzol da boca dele".

"Ah", disse Hooper.

"Pensei que você sabia alguma coisa sobre pesca."

Hooper não falou nada. Virou-se e se sentou na beira da popa.

Brody manteve a vara segura pelas duas mãos. O peixe tinha ido pro fundo e movia-se devagar de um lado para outro, mas não puxava mais a linha. Brody enrolou a linha — inclinando-se para a frente e girando a manivela com rapidez à medida que ficava frouxa, reclinando para trás com a ajuda dos músculos dos ombros e das costas. Seu pulso esquerdo doía e os dedos da mão direita tinham começado a ficar com cãibras de tanto enrolar a manivela.

"Que porra que eu tenho aqui?", disse.

"Um azul", disse Quint.

"Deve pesar meia tonelada."

Quint riu. "Talvez setenta quilos."

Brody ia para a frente e para trás, para a frente e para trás, até que finalmente ouviu Quint dizer: "Você tá chegando lá. Firme".

Ele logo parou de enrolar a linha.

Num movimento suave, sem pressa, Quint desceu a escada da ponte de comando. Tinha um rifle na mão, um antigo M-1 do Exército. Ficou de pé na amurada e olhou para baixo.

"Quer ver o peixe?", disse. "Vem ver."

Brody ficou de pé, enrolando a linha na carretilha para diminuir seu afrouxamento enquanto andava, e foi até a lateral do barco. Na água escura o tubarão era de um azul translúcido.

Media cerca de dois metros e quarenta de comprimento, era delgado, com longas barbatanas peitorais. Nadava devagar, de um lado para o outro, deixando de se debater.

"É bonito, não?", disse Hooper.

Quint destravou o rifle, e quando o tubarão moveu a cabeça a alguns centímetros da superfície, deu três tiros em sequência. As balas fizeram três buracos redondos na cabeça do tubarão, não derramando sangue algum. O tubarão tremeu e parou de se mover.

"Está morto", disse Brody.

"Merda", disse Quint. "Pode estar atordoado, mas é só isso." Quint tirou uma luva de um de seus bolsos da calça, enfiou a mão direita nela e pegou o arame que ficava no final da linha. Retirou uma faca de dentro da bainha do cinto. Levantou a cabeça do tubarão da água e debruçou-se na amurada. A boca do tubarão estava aberta uns seis ou sete centímetros. Seu olho direito, parcialmente coberto por uma membrana branca, olhava vagamente para Quint. Quint enfiou a faca na boca do tubarão e tentou abri-la mais, mas o tubarão fechou a boca, prendendo a lâmina em seus dentes triangulares. Quint puxou e girou até a faca se soltar. Colocou-a de volta na bainha e tirou do bolso um alicate.

"Acho que você tá me pagando o suficiente, então eu posso perder um anzol e um pedaço de arame", disse.

Aproximou o alicate do arame e estava prestes a cortá-lo.

"Espera um minuto", disse, pondo o alicate de volta no bolso e pegando a faca.

"Veja isso. O povo fica louco quando vê isso."

Segurando o arame na sua mão esquerda, içou a maior parte do tubarão para fora d'água. Com um único e rápido movimento abriu a barriga do animal, da barbatana do ânus até abaixo da mandíbula. A pele abriu-se ao meio, e as entranhas ensanguentadas — brancas, vermelhas e azuis — foram descendo pela água como roupa suja caindo do cesto. Então Quint cortou o arame com a ponta do alicate e o tubarão escorregou para o mar. Assim que sua cabeça ficou debaixo d'água o tubarão começou a se debater na nuvem de sangue e vísceras, mordendo o que passasse por sua boca. O corpo dele se contorcia à medida que engolia, e pedaços dos intestinos atravessavam o buraco na barriga para serem novamente comidos.

"Agora vê", disse Quint. "Se a gente tiver sorte, num minuto outros azuis vão aparecer, e vão ajudar ele a se comer. Se a gente tiver a quantidade suficiente deles, vai haver um senhor banquete. É um tremendo espetáculo. O povo gosta."

Brody ficou olhando, enfeitiçado, o tubarão continuar a mordiscar as entranhas que boiavam. Logo viu um repentino clarão azul elevar-se de baixo. Um tubarão pequeno — de não mais que um metro e vinte de comprimento — abocanhou o corpo do peixe sem vísceras. Suas mandíbulas fecharam-se num pedaço de carne que boiava. A cabeça sacudiu com violência de um lado a outro, e seu corpo chacoalhava como se fosse o rabo de uma serpente. Um pedaço de carne se partiu e o tubarão menor a engoliu. Logo outro tubarão apareceu, e outro, e a água começou a ficar turva. Salpicos de sangue se misturavam com as gotas d'água que respingavam na superfície.

Quint pegou um arpão comprido com um gancho na ponta que estava sob a amurada. Inclinou-se em direção à água, empunhando-o como um machado. De repente ele avançou e então pulou para trás. Espetado pelo gancho, retorcendo-se e debatendo-se, havia um tubarão pequeno. Quint pegou a faca da bainha, abriu a barriga do tubarão e o soltou.

"Agora você vai ver uma coisa", disse.

Brody não conseguiu contar a quantidade de tubarões. Barbatanas se cruzavam na superfície, caudas chicoteavam a água. Em meio ao turbilhão na água, vinha de vez em quando um ronco quando um peixe colidia com outro. Brody olhou para sua camisa e viu que tinha manchas de água e sangue.

O frenesi continuou por vários minutos até que restaram apenas três tubarões grandes, nadando de um lado para outro abaixo da superfície.

Os homens observaram em silêncio até que o último dos três desapareceu.

"Meu Deus", disse Hooper.

"Você não aprova", disse Quint.

"É isso mesmo. Não gosto de ver coisas morrerem para a diversão das pessoas."

Quint deu uma risada abafada e Hooper disse: "Você gosta?"

"Não é questão de gostar ou não. É o meu ganha-pão."

Quint enfiou a mão numa caixa com gelo e pegou outro anzol com arame. Uma isca tinha sido colocada no anzol antes de eles deixarem o cais — uma lula espetada e amarrada à extensão do anzol. Usando um alicate, Quint amarrou o arame à ponta da linha. Atirou a isca ao mar, soltou trinta metros de linha e deixou-a vagar pela mancha.

Hooper retomou sua rotina de jogar iscas na água. Brody disse: "Alguém quer cerveja?" Tanto Quint quanto Hooper fizeram que sim, então ele desceu e pegou três latas de dentro de uma pequena geladeira. Ao deixar a cabine, Brody viu duas fotos muito velhas e descascadas presas por tachinhas a uma divisória. Uma era de Quint de pé, afundado até os quadris numa pilha de peixes enormes e muito estranhos. A outra era um retrato de um tubarão morto na praia. Não havia nada mais na foto para poder comparar com o peixe, então Brody não pôde calcular seu tamanho.

Brody deixou a cabine, deu as cervejas aos outros e se sentou na cadeira de combate.

"Vi suas fotos lá embaixo", disse a Quint. "Que peixes são aqueles?"

"Camurupins", disse Quint. "Foi há um tempo, quando eu pesquei na Flórida. Nunca tinha visto nada assim. A gente deve ter conseguido uns trinta, quarenta camurupins — grandes — em quatro noites de pescaria."

"E você ficou com eles?", disse Hooper. "Você tem de devolver ao mar."

"Os clientes quiseram ficar com eles. Pra fotos, acho. De qualquer forma, eles dão uma boa isca quando cortados."

"O que você está dizendo é que eles têm mais utilidade mortos do que vivos."

"Com certeza. Como a maioria dos peixes. E muitos bichos também. Nunca tentei comer um bezerro vivo." Quint gargalhou.

"E a outra foto?", disse Brody. "É só um tubarão?"

"Bom, não é *só* um tubarão. Era um brancão — por volta de quatro metros, quatro metros e meio. Pesava mais de mil e quinhentos quilos."

"Como você pegou ele?"

"Arpão. Mas vou te contar", riu Quint, "por um momento não sabia quem ia pegar quem."

"O que você quer dizer?"

"Aquela porra atacou o barco. Nenhuma provocação, nada. A gente tava sentado quieto, quando *pôu!*, parecia que a gente tinha sido atingido por um trem de carga. Pegou meu parceiro bem na bunda, e o cliente começou a gritar desesperado que a gente tava afundando. Então o desgraçado bateu na gente de novo. Arpoei ele e começamos a ir atrás — Deus do céu, acho que a gente foi atrás dele por meio Atlântico."

"Como vocês puderam ir atrás dele?", perguntou Brody. "Por que ele não foi pro fundo?"

"Não conseguiu. Não com aquele barril atrás dele. Eles flutuam. Ele puxou o barril pra baixo por um tempinho, mas logo o cansaço bateu e ele veio pra superfície. Então a gente só ficou seguindo o barril. Depois de algumas horas a gente enfiou mais dois arpões nele e ele finalmente subiu, bem quieto. A gente passou uma corda em torno do rabo dele e rebocamos pra praia. E o tempo todo o cliente falando merda, que ele tinha certeza que a gente ia afundar e ser devorado.

"E sabe o que é mais engraçado? Quando a gente trouxe o peixe de volta ele tava todo amarrado, firme, que não parecia que ia afundar, a porra do cliente chega pra mim e me oferece quinhentos paus pra eu dizer que ele tinha pego o peixe no anzol e na linha. Buracos de ferro pelo peixe todo, e ele quer que eu jure que ele pegou o bicho com anzol e linha! Depois ele começa a querer me enrolar dizendo que eu devo cortar meu preço pela metade porque não dei oportunidade de ele pegar o peixe com anzol e linha. Eu disse a ele que se eu tivesse deixado ele tentar ficaria sem um anzol, trezentos metros de linha de aço, provavelmente um carretel e uma vara, e com certeza sem nenhum peixe. Aí ele veio com a conversa da publicidade valiosa que eu teria por uma viagem que *ele* estava pagando. Eu disse a ele pra me dar o dinheiro, ficar com a publicidade e ele e a mulher dele comerem com farinha."

"Fiquei pensando nessa história de anzol e linha", disse Brody.

"Como assim?"

"O que você disse. Você não iria tentar pegar o peixe que a gente está procurando com anzol e linha, iria?"

"Porra, não. Até onde eu sei, o peixe que tá azucrinando vocês faz aquele que a gente pegou parecer um filhote."

"Então por que as linhas estão lá fora penduradas?"

"Por duas razões. Primeiro, um brancão poderia ir atrás de uma iscazinha de lula como essa. Cortaria a linha rapidinho, mas pelo menos a gente saberia que ele tá por aqui. É um dica útil. A outra razão é que você nunca sabe o que uma mancha de vísceras e sangue vai atrair. Mesmo que seu peixe não apareça, a gente vai esbarrar em alguma outra coisa que vai morder a isca."

"Tipo o quê?"

"Quem sabe? Talvez algo que valha a pena. Já tive um peixe-espada que mordeu uma isca de lula, e com toda a babaquice federal sobre contaminação por mercúrio, não tem mais pesca comercial deles, então consegue-se cinco dólares por quilo de peixe-espada em Montauk. Ou algo que vai te fazer suar pra pegar, como um tubarão-mako. Se você tá pagando quatrocentos paus, pelo menos tenha alguma diversão com seu dinheiro."

"Suponha que o brancão apareça", continuou Brody. "Qual seria a primeira coisa que você faria?"

"Ia tentar manter ele bastante interessado pra ficar por aqui até a gente poder pegar ele. Não é nenhum grande truque; são peixes bem estúpidos. Depende de como ele encontre a gente. Se vier com a mesma gracinha que o outro fez e atacar o barco, a gente começa a jogar arpões em cima dele o mais rápido que puder, depois se afasta dele e deixa ele se cansar. Se ele morder uma das linhas, não vai ter jeito de pará-lo se ele quiser correr. Mas aí eu tento fazer ele voltar pra gente — puxar a linha o máximo que puder e correr o risco dela arrebentar. Provavelmente ele vai envergar o anzol bem rápido, mas a gente consegue deixar ele próximo o bastante pra ser arpoado. E uma vez arpoado, é só uma questão de tempo.

"É bastante comum ele vir até a gente pelo faro — vem seguindo o cheiro das vísceras e do sangue na mancha, pela superfície ou logo abaixo. E é aí que a gente pode ter um probleminha. A lula não é suficiente pra manter ele interessado. Peixes desse tamanho engolem uma lula tão rápido que nem percebem que comeram. Então a gente vai ter de dar algo especial que ele não possa recusar, algo que tenha um anzol bem grande por dentro pra segurar ele até ele poder ser espetado uma ou duas vezes."

"Se o anzol for muito óbvio", disse Brody, "ele não vai evitar a isca que tá junto?"

"Não. Eles não têm o cérebro de um cachorro. Comem qualquer coisa. Quando ele está comendo você pode jogar até um anzol sem nada neles que eles traçam. Com um amigo meu, teve um que apareceu e tentou comer o motor do bote. Só cuspiu de volta porque não pôde engolir de uma vez só."

Da popa, de onde estava jogando as vísceras, Hooper disse: "E o que é especial, Quint?"

"Você quer dizer aquela iguaria especial que ele não pode recusar?" Quint sorriu e apontou para uma lata de lixo de plástico verde encostada a um canto no meio do barco. "Veja você mesmo. Tá dentro daquela lata. Tenho guardado prum peixe igual ao que a gente tá procurando. Pra qualquer outro seria um desperdício."

Hooper foi até a lata, soltou as fivelas de metal das laterais e levantou a tampa. O choque com o que viu o fez engasgar. Boiando verticalmente na lata cheia d'água, a cabeça sem vida balançando com o movimento do barco, havia um pequeno golfinho-nariz-de-garrafa de não mais de sessenta centímetros de comprimento. Saltando de um furo do lado de fora da mandíbula do animal havia a ponta de um imenso anzol para tubarões; e de um buraco na barriga, outro anzol de arame curvava-se para fora. Hooper apertou as laterais da lata e disse: "Um bebê".

"Melhor ainda", disse Quint com um sorriso. "Um feto."

Hooper olhou dentro da lata por mais alguns segundos, depois bateu a tampa de volta com força e disse: "Onde você conseguiu isso?"

"Ah, acho que a uns nove quilômetros daqui, a leste. Por quê?"

"Digo, como você conseguiu?"

"Como você acha? Da mãe."

"Você matou ela."

"Não." Quint riu. "Ela pulou no barco e engoliu uma porção de comprimidos pra dormir." Fez uma pausa, esperando uma gargalhada, e como não veio nenhuma, disse: "Você não pode comprar eles legalmente, né?"

Hooper olhou fixo para Quint. Estava furioso, mas disse apenas: "Você sabe que eles são protegidos".

"Quando eu pesco, filho, eu pego o que eu quero."

"E quanto às leis? Não me..."

"Qual seu tipo de trabalho, Hooper?"

"Eu sou um ictiologista. Estudo peixes. Por isso que estou aqui. Você não sabia disso?"

"Quando as pessoas alugam meu barco, não faço perguntas sobre elas. Mas tudo bem, seu trabalho é estudar peixes. Se você tivesse que trabalhar pra sobreviver — eu digo o tipo de trabalho onde a quantidade de dinheiro que você ganha depende da quantidade de suor que você põe nele —, saberia mais sobre o que as leis realmente querem dizer. Claro, esses golfinhos são protegidos. Mas essa lei não foi feita pra impedir o Quint de pegar um ou dois pra usar como isca. Foi feita pra combater a pesca deles em grande quantidade, pra impedir malucos de saírem atirando neles por diversão. Então eu te digo, Hooper: você pode xingar e resmungar o quanto quiser. Mas não diga ao Quint que ele não pode pegar alguns peixes pra ajudar ele no seu ganha-pão."

"Olha, Quint, a questão é que esses golfinhos estão ameaçados de serem dizimados, extintos. E o que você está fazendo acelera o processo."

"Não me venha com babaquice! Manda os barcos de atum pararem de prender golfinhos nas redes. Manda os japoneses pararem de arpoar eles. Eles vão mandar você ir se foder. Eles têm bocas pra alimentar. Bom, eu também. A minha."

"Entendi", disse Hooper. "Continua fazendo enquanto puder, e se depois de um tempo não sobrar nada, bom, aí a gente começa a pegar outra coisa. Tão estúpido!"

"Não abusa, filho", disse Quint. Sua voz estava seca e sem timbre, e ele olhava diretamente nos olhos de Hooper.

"O quê?"

"Não me chama de estúpido."

Hooper não quis ofender, e ficou surpreso ao ver que ele ficou ofendido.

"Não foi o que eu quis dizer, pelo amor de Deus. Só quis dizer que..."

Do alto, entre os dois, Brody decidiu que estava na hora de dar um fim à discussão.

"Vamos parar por aqui, Hooper, ok?", ele disse. "A gente não está aqui pra debater ecologia."

"O que você sabe sobre ecologia, Brody?", disse Hooper. "Aposto que significa apenas alguém dizendo que você não pode queimar folhas no seu quintal."

"Escuta aqui. Eu não tenho a menor necessidade de ficar ouvindo papo merda de playboyzinho."

"Ah, então é isso! Papo merda de playboyzinho. É esse papo merda de playboyzinho que te incomoda tanto, não é?"

"Escuta aqui, porra! A gente está aqui pra impedir um peixe de matar pessoas, e se o uso de um golfinho vai ajudar a gente salvar sabe Deus quantas vidas, me parece uma tremenda pechincha."

Hooper sorriu com desdém e disse a Brody: "Então agora você é um especialista em salvar vidas, não é? Então vejamos. Quantas poderiam ter sido salvas se você tivesse fechado as praias depois da..."

Brody já estava de pé indo em direção a Hooper antes de perceber que tinha deixado a cadeira.

"Cala a sua boca!", ele disse.

Num reflexo, levou a mão direita ao quadril. Parou quando sentiu que o coldre não estava ali, assustado com a súbita descoberta de que se tivesse uma pistola a teria usado. Ficou encarando Hooper, que o encarou de volta.

Uma gargalhada rápida e cortante de Quint cortou a tensão.

"Que dupla de babacas", disse. "Eu vi que isso ia acontecer desde que vocês embarcaram esta manhã."

TUBARÃO
PETER BENCHLEY

12

O segundo dia da caçada foi tão parado quanto o primeiro. Quando deixaram o cais às seis da manhã, soprava uma leve brisa sudoeste, prometendo esfriar o dia. A passagem ao redor de Montauk Point foi turbulenta. Mas por volta das dez a brisa acabou e o barco ficou inerte no mar sem vida, como um copo de papel numa poça. Não havia nuvens, mas o sol estava encoberto por uma forte neblina. Enquanto dirigia para o cais, Brody ouvira no rádio que a poluição na cidade de Nova York havia alcançado um estágio crítico — algo como inversão térmica. As pessoas estavam ficando doentes, e das que já estavam, ou as muito velhas, algumas estavam morrendo.

Brody havia escolhido roupas mais apropriadas neste dia. Vestia uma camisa branca de mangas curtas e colarinho alto, calças leves de algodão, meias brancas e tênis. Também trouxe um livro para passar o tempo, um romance de mistério e sexo que pegara emprestado de Hendricks chamado *A Virgem Mortal*.

Brody não queria ter de passar o tempo com conversas, conversas que poderiam levar a repetir a cena de ontem com Hooper. Cena que o deixou envergonhado — "Hooper também", pensou. Hoje eles pouco se falaram, dirigindo a maioria de seus comentários a Quint. Brody não se sentia à vontade em fingir civilidade com Hooper.

Brody observara que pelas manhãs Quint ficava quieto — tenso e reservado. As palavras tinham de ser arrancadas dele. Mas à medida que o dia passava ele se soltava e ficava mais e mais falante. Ao deixarem o cais naquela manhã, por exemplo, Brody perguntou a Quint como ele sabia que ponto escolher para esperar pelo peixe.

"Não sei", disse Quint.

"Você não sabe?"

Quint moveu a cabeça uma vez da esquerda para a direita, depois fez o movimento de volta.

"Então como você escolhe um lugar?"

"Só escolho."

"O que você procura?"

"Nada."

"Não vai pela maré?"

"Bom, vou."

"Faz diferença a água ser funda ou rasa?"

"Alguma."

"Como assim?"

Por um momento Brody achou que Quint fosse se negar a responder. Olhou para a frente, olhos fixos no horizonte. Então disse, como se fosse um esforço supremo: "Peixes grandes como esse provavelmente não ficam em águas rasas. Mas nunca se sabe".

Brody sabia que era melhor esquecer este assunto e deixar Quint em paz, mas estava interessado, então fez outra pergunta.

"Se a gente achar esse peixe, ou se ele nos achar, vai ser uma sorte, não vai?"

"Mais ou menos."

"Como agulha no palheiro."

"Nem tanto."

"Por que não?"

"Se a maré estiver boa a gente pode espalhar uma mancha que chegue a dezesseis quilômetros ou mais até o fim do dia."

"Não seria melhor se a gente passasse a noite aqui?"

"Pra quê?", disse Quint.

"Pra manter a mancha. Se pudermos esticar dezesseis quilômetros num dia, podemos chegar a mais de trinta e dois se ficarmos a noite inteira."

"Se uma mancha fica muito grande não é bom."

"Por quê?"

"Fica confuso. Se você ficar aqui um mês inteiro, pode cobrir a porra do oceano inteiro. Não faz muito sentido."

Quint sorriu, aparentemente imaginando a visão de uma mancha de vísceras cobrindo todo o oceano.

Brody desistiu de conversar e foi ler *A Virgem Mortal*. Ao meio-dia, Quint estava mais solto. As linhas já estavam na mancha por mais de quatro horas. Apesar de ninguém especificamente tê-lo mandado fazer, Hooper tinha pegado o balde com as vísceras, restos de peixe e sangue, e agora estava sentado na popa, metodicamente enchendo a pá e jogando esse material ao mar. Por volta de dez horas, um peixe tinha pegado a linha de estibordo e causou alguns segundos de excitação. Mas era apenas um atum de dois quilos e meio que mal pôde enfiar a boca no anzol. Às dez e meia um pequeno tubarão-azul pegou a linha de bombordo. Brody enrolou a linha, Quint o elevou pelo gancho, abriu seu estômago e o soltou. O tubarão mordiscou, débil, alguns de seus próprios pedaços, depois escorregou pela escuridão do mar. Nenhum outro tubarão apareceu para se alimentar.

Um pouco depois das onze, Quint vislumbrou a barbatana dorsal de um peixe-espada vindo na direção deles, seguindo a mancha. Esperaram em silêncio, implorando pro peixe morder a isca, mas ele ignorou as duas lulas e nadou a esmo a sessenta metros da popa. Quint sacudiu uma das iscas — puxando a linha para fazer a lula se mexer e parecer estavar viva —, mas o peixe-espada não se impressionou. Finalmente Quint decidiu atirar um arpão no peixe. Ligou o motor, mandou Brody e Hooper enrolarem as linhas e manobrou o barco num círculo amplo. Um arpão já estava acoplado à vara de lançamento e conectado a um barril envolto em linha de pesca, pronto, na proa. Quint explicou o padrão de ataque: Hooper levaria o barco. Quint ficaria de pé na ponta da proa segurando o arpão acima do ombro direito. Ao chegarem perto do peixe, Quint apontaria o arpão à esquerda ou à direita, dependendo da direção que ele quisesse que o barco virasse. Hooper viraria o barco até que o arpão estivesse novamente apontando para a frente. Era como se estivessem seguindo a agulha de uma bússola. Se tudo corresse bem eles poderiam se aproximar do peixe sem ele perceber e Quint poderia arremessar o arpão pelo ombro direito — um arremesso de mais ou menos uns quatro metros em linha reta, quase totalmente na vertical. Brody ficaria de pé ao lado do barril para se certificar de que a linha se desenrolaria livremente quando o peixe a puxasse.

Tudo foi bem até o último instante. Movendo-se devagar, com o som do motor um pouco mais alto que um murmúrio, o barco chegou bem perto do peixe, que descansava na superfície. O barco possuía um leme sensível, e Hooper pôde seguir as instruções de Quint com precisão. Então, de alguma forma, o peixe percebeu a presença do barco. Assim que Quint levantou o braço para arremessar o arpão, o peixe deu uma guinada brusca para a frente, sacudiu a cauda com força e lançou-se para o fundo do mar. Quint arremessou o arpão gritando "Filho da puta!", e errou por cerca de uns dois metros.

Agora estavam de volta ao ponto da mancha das vísceras. "Ontem você perguntou se a gente tem muitos dias como esse", Quint disse a Brody. "Nem sempre eles acontecem assim, dois dias em seguida. Era pra gente ter pelo menos um bando de tubarões-azuis agora."

"Seria o tempo?"

"Pode ser. Faz a gente se sentir meio por baixo. Deve acontecer com os peixes também."

Almoçaram — sanduíches e cerveja —, e quando terminaram, Quint checou se seu rifle estava carregado. Depois desceu até a cabine do barco e voltou trazendo uma máquina que Brody nunca tinha visto. "Ainda tá com a sua lata de cerveja?", perguntou Quint.

"Claro", disse Brody. "Para que você quer?"

"Vou te mostrar." A invenção parecia um lançador de granadas de mão no formato de um espremedor de batatas — um cilindro metálico com uma alavanca numa das pontas. Quint empurrou a lata para dentro do cilindro, girou-o até fazer um clique e pegou um cartucho de balas de festim calibre .22 do bolso da camisa. Enfiou uma cápsula num pequeno buraco na base do cilindro e virou a alavanca até fazer outro clique. Entregou o equipamento a Brody. "Tá vendo essa alavanca aqui?", disse, apontando para a ponta da alavanca. "Aponta ela pro céu e quando eu mandar vire ela."

Quint pegou o M-1, soltou a trava de segurança, levantou-o até o ombro e disse "Agora".

Brody virou a alavanca. Houve um estampido alto e agudo, um coice suave, e a lata de cerveja foi arremessada em linha reta para o céu. Ela girou e com a luz do sol brilhou como uma faísca.

No fim de sua trajetória — a fração de segundo em que permaneceu suspensa no ar — Quint atirou. Mirou abaixo dela, para pegá-la quando começasse a descer, e atingiu seu fundo. Houve um forte estrondo e a lata veio girando até cair dentro d'água. Não afundou logo, mas ficou flutuando inclinada na superfície.

"Quer tentar?", disse Quint.

"Com certeza", disse Brody.

"Não se esqueça de tentar mirar nela bem no alto e atirar um pouco abaixo. Se tentar atirar quando ela estiver subindo ou em queda livre, tem de dar uma margem muito grande, e aí é muito mais difícil. Se você errar, abaixa a arma, volta a mirar e atira de novo."

Brody entregou o lançador a Quint, pegou com ele o M-1 e se posicionou na amurada. Assim que Quint recarregou o lançador com uma nova lata, Brody gritou "Agora!", e Quint a lançou. Brody atirou uma vez. Nada. Tentou de novo no alto do arco. Nada. Então atirou bem longe à medida que ela caía. "Cara, é difícil pra caramba", disse.

"Demora até se acostumar", disse Quint. "Vê se consegue acertar agora."

A lata flutuou de pé na água calma, a uns quinze ou vinte metros do barco. Metade dela estava acima d'água. Brody mirou — um pouco abaixo — e apertou o gatilho. Houve um estouro metálico quando a bala atingiu a lata na linha d'água. A lata desapareceu.

"Hooper?", disse Quint. "Sobrou uma lata, e a gente sempre pode beber mais cerveja."

"Não, obrigado", disse Hooper.

"Qual o problema?"

"Nenhum. Não quero atirar, só isso."

Quint sorriu. "Preocupado com as latas na água? É uma montoeira de metal que tamos jogando no oceano. Provavelmente vão enferrujar e afundar até o fundo e entulhar tudo lá embaixo."

"Não é isso", disse Hooper, com cuidado para não cair na armadilha de Quint. "Não é nada. Só não estou a fim."

"Medo de armas?"

"Medo? Não."

"Já atirou?"

Brody estava encantado de ver Quint pressionando Hooper, e satisfeito em ver Hooper se contorcer, mas não sabia por que Quint estava fazendo isso. Talvez Quint estivesse mau-humorado por não pegar nenhum peixe.

Hooper também não sabia o que Quint estava fazendo, mas não estava gostando. Sentia como se estivesse sendo encurralado para ser derrubado. "Claro", ele disse. "Já atirei antes."

"Onde? No serviço militar?"

"Não. Eu..."

"Você cumpriu serviço militar?"

"Não."

"Achei que não."

"O que isso quer dizer?"

"Jesus, aposto até que você ainda é virgem."

Brody olhou para a cara de Hooper para ver sua resposta, e por um rápido instante pegou Hooper olhando para ele.

Então Hooper desviou o olhar, seu rosto começando a ficar vermelho. Ele disse: "O que você tem em mente, Quint? Onde você quer chegar?"

Quint se recostou na cadeira e deu uma risada. "Nada", ele disse. "É só uma conversa amistosa pra passar o tempo. Se importa de eu pegar sua lata de cerveja quando você terminar? Talvez Brody queira tentar um novo tiro."

"Não, não me importo", disse Hooper. "Mas dá pra sair da minha cola?"

Por uma hora eles ficaram sentados em silêncio. Brody cochilava na cadeira de combate, um chapéu envergado para a frente protegendo seu rosto do sol. Hooper sentado na popa, jogando vísceras no mar e de vez em quando sacudindo a cabeça para se manter acordado. E Quint sentado na ponte de comando observando a mancha, seu boné da Marinha virado para trás.

De repente Quint disse — sua voz estava seca, na verdade macia — "Temos visita".

Brody despertou num pulo. Hooper levantou-se. A linha de estibordo estava se desenrolando de forma suave e muito rápida.

"Pega a vara", disse Quint. Tirou o boné e o jogou no banco.

Brody tirou a vara do suporte, encaixou-a entre as pernas e a segurou firme.

"Quando eu mandar", disse Quint, "você empurra a trava e puxa."
A linha parou de correr. "Espera. Ele tá voltando. Ele vai começar de novo. Não quero atingir ele agora senão ele vai cuspir o anzol." Mas a linha estava solta na água, frouxa e parada. Após alguns segundos, Quint disse: "Maldição". Traz a linha de volta". Brody enrolou a linha. Ela veio fácil, fácil até demais. Não havia uma mísera resistência na isca.
"Segura a linha com os dedos ou ela vai embolar", disse Quint. "Seja o que for, foi muito delicado ao pegar a isca. Quase não tocou a linha."
A linha foi retirada totalmente da água e ficou pendurada na ponta da vara. Não havia mais anzol, isca ou arame. O arame tinha sido rompido com habilidade. Quint deu um pulo da ponte de comando e foi olhar. Sentiu a ponta, correu os dedos na área do corte e olhou para a mancha.
"Acho que a gente acabou de encontrar nosso amigo", disse.
"O quê?", disse Brody.
Hooper pulou da amurada e falou excitado: "Você deve estar brincando. Isso é maravilhoso".
"É só um palpite", disse Quint. "Mas eu posso apostar. Esse arame foi cortado de uma vez, numa mordida. Uma única tentativa. Nenhuma hesitação. Nenhuma outra marca. O peixe provavelmente nem soube que tinha aquilo na boca. Apenas sugou a isca, fechou a boca e ela fez isso."
"Então o que a gente faz agora?", perguntou Brody.
"A gente espera e vê se ele pega a outra, ou se aparece na superfície."
"E se a gente usar o golfinho?"
"Quando eu tiver certeza que é ele", disse Quint, "quando eu olhar pra ele e souber que o desgraçado é grande o bastante pra merecer, aí eu dou o golfinho pra ele. Esses peixes são máquinas de comer lixo, e eu não quero desperdiçar uma isca de luxo com um tampinha qualquer."
Eles esperaram. Não havia nenhum movimento na superfície da água. Nenhuma ave mergulhava, nenhum peixe pulava. O único barulho era o das vísceras e do sangue que Hooper jogava no mar. Foi quando a linha de bombordo começou a correr.
"Deixa ela no suporte", disse Quint. "Não faz sentido a gente ficar pronto se ele vai mastigar essa também."

A adrenalina percorreu o corpo de Brody. Estava ao mesmo tempo excitado e com medo, apavorado pela ideia de que nadava abaixo deles uma criatura cujo poder ele não podia imaginar. Hooper ficou de pé na amurada a bombordo, encantado pela visão da linha se desenrolando.

A linha parou e ficou frouxa.

"Merda", disse Quint. "Ele fez de novo."

Ele tirou a vara do suporte e começou a enrolar a linha. A linha, dilacerada, veio a bordo exatamente como veio a outra. "Vamos dar mais uma chance a ele", disse Quint, "e eu vou colocar um arame mais forte. Não que isso vá segurá-lo se ele for o peixe que eu imagino."

Ele pegou outra isca dentro da caixa de gelo e removeu o arame dela. De uma gaveta na cabine, retirou uma corrente de cerca de um metro e vinte de comprimento.

"Parece uma coleira de cachorro", disse Brody.

"Era", disse Quint.

Ele amarrou uma ponta da corrente no anzol com a isca e a outra na linha.

"Será que ele arrebenta isso quando morder?"

"Acho que sim. Talvez ele demore mais, mas ele consegue se estiver a fim. O que eu vou tentar fazer é atrapalhar ele um pouco e fazer ele vir pra superfície."

"E qual o próximo passo se isso não funcionar?"

"Ainda não sei. Creio que posso pegar um anzol de tubarão de uns dez centímetros e uma corrente possante, de respeito, e jogar no mar com uma porção de iscas. Mas se ele pegasse, eu não iria saber o que fazer com ele. Ele iria destruir todos os ganchos que eu tivesse no barco, e até eu pôr meus olhos nele não vou me arriscar a pegar o que eu não quero." Quint jogou o anzol com a isca ao mar e soltou alguns metros de linha. "E aí, seu merda", disse. "Aparece pra gente te ver."

Os três homens ficaram olhando a linha de bombordo. Hooper abaixou-se, encheu a pá com as vísceras e o sangue e atirou na mancha. Algo chamou sua atenção e o fez virar à esquerda. O que ele viu arrancou dele um grito do fundo da garganta, incompreensível, mas suficiente para atrair os olhares dos outros dois.

"Meu Deus!", disse Brody.

A não mais de três metros da popa, um pouco a estibordo, estava o focinho achatado e em forma de cone do peixe. Elevou--se da água uns sessenta centímetros. O alto da cabeça era de um cinza cor de fuligem e acomodava dois olhos negros. De cada lado da ponta do focinho, onde o cinza virava um branco pálido, ficavam as narinas — cortes profundos na pele encouraçada. A boca não estava mais que meio aberta: uma caverna sombria, escura, guardada por imensos dentes triangulares.

O peixe e os homens se confrontaram por mais ou menos uns dez segundos. Então Quint gritou: "Pega um arpão!" e ele, atendendo a si mesmo, saltou para a frente e começou a procurar por um. Brody buscou o rifle. Nesse instante o peixe silenciosamente deslizou de volta à água. A cauda longa em forma de foice deu uma sacudida — Brody atirou nela e errou — e o peixe desapareceu.

"Foi embora", disse Brody.

"Fantástico!", disse Hooper. "Ele é tudo o que eu imaginava. E mais. É fantástico! Aquela cabeça deve medir um metro e vinte."

"Pode ser", disse Quint, indo para a popa. Pôs lá dois arpões, dois barris e dois rolos de cordas.

"Caso ele volte", disse.

"Você já tinha visto um peixe desses, Quint?", disse Hooper. Seus olhos brilhavam, e ele se sentia em ebulição, vibrando.

"Não assim", disse Quint.

"Dá pra saber o comprimento?"

"Difícil. Seis metros. Talvez mais. Não sei. Com essas criaturas, acima de seis metros não faz muita diferença. Quando chegam a seis metros é problema. E esse filho da puta é problema."

"Meu Deus, espero que ele volte", disse Hooper.

Brody sentiu um arrepio e estremeceu.

"Foi muito estranho", disse, sacudindo a cabeça. "Ele parecia estar sorrindo."

"É o que parece quando a boca deles fica aberta", disse Quint. "Não faz parecer mais do que ele é. Ele é só um balde estúpido de lixo."

"Como você pode dizer isso?", disse Hooper. "Aquele peixe é uma beleza. É o tipo de coisa que faz você acreditar em Deus. Te mostra o que a natureza é capaz de fazer quando faz a sério."

"Não fala merda", disse Quint, e subiu a escada para a ponte de comando.

"Você vai usar o golfinho?", disse Brody.

"Não precisa. A gente conseguiu fazer ele chegar na superfície uma vez. Ele vai voltar."

Enquanto Quint falava, um barulho atrás de Hooper o fez se virar. Era um zunido, uma espécie de assobio.

"Olha", disse Quint.

Indo direto para o barco, a uns dez metros de distância, havia uma barbatana dorsal em forma de triângulo de mais de trinta centímetros de altura cortando a água e formando logo atrás uma onda encrespada. Vinha seguida de uma cauda que se elevava, batendo na água para ambos os lados em movimentos ritmados.

"Tá atacando o barco!", gritou Brody. Meio sem perceber, ele se encolheu na cadeira de combate na tentativa de se afastar do que estava por vir.

Quint desceu xingando da ponte de comando.

"Agora sem avisar porra nenhuma", disse. "Me dá esse arpão."

O peixe estava quase no barco. Levantou a cabeça plana, olhou vagamente para Hooper com um dos olhos negros e passou por baixo do barco. Quint levantou o arpão e virou-se de volta para bombordo. O cabo do arpão bateu na cadeira, o dardo acabou se soltando do arpão e caiu no tombadilho.

"Filho da puta!", gritou Quint. "Ainda tá lá?" Ele abaixou-se, agarrou o dardo e o enfiou de volta na ponta do cabo.

"Do seu lado, do seu lado!", gritou Hooper. "Ele já passou desse lado aqui."

Quint virou-se em tempo de ver o contorno cinza-amarronzado do peixe enquanto ele se afastava do barco e mergulhava. Quint largou o arpão e, num acesso de raiva, pegou o rifle e descarregou o pente de balas na água atrás do peixe.

"Desgraçado!", gritou. "Me avisa antes da próxima vez."

Depois baixou o rifle e riu.

"Acho que tenho de agradecer", disse. "Pelo menos ele não atacou o barco." Olhou para Brody e comentou: "Deu pra chacoalhar um pouquinho, não".

"Mais que um pouquinho", disse Brody.

Sacudiu a cabeça, como se para reorganizar o pensamento e clarear as ideias.

"Ainda não consigo acreditar."

Sua mente estava cheia de imagens de algo como um torpedo se elevando na escuridão do mar e estraçalhando o corpo de Christine Watkins em pedaços; do menino na boia, sem saber, sem ao menos desconfiar, até de repente ser atacado por uma criatura de pesadelo; e de pesadelos que sabia que teria, sonhos de violência e sangue, e uma mulher gritando que ele tinha matado seu filho.

"Você não pode me dizer que aquela coisa é um peixe", disse. "Parece mais uma daquelas criaturas sobre as quais se fazem filmes. Você sabe, o monstro do fundo do mar."

"É um peixe, certo?", disse Hooper.

Ele ainda estava visivelmente excitado.

"E que peixe! Quase um *megalodon*."[1]

"Do que você está falando?", disse Brody.

"É exagero", disse Hooper, "mas se tem alguma coisa assim nadando, como não dizer que poderia ser um *megalodon*? O que você diz, Quint?"

"Eu digo que você pegou muito sol", disse Quint.

"Não, de verdade. Até quanto você acha que esses peixes podem crescer?"

"Não sou bom de palpite. Acho que aquele peixe mede seis metros, então eu digo que eles crescem até seis metros. Se amanhã eu vir um de sete metros, eu digo que eles crescem até sete metros. Palpite é só uma tremenda bobagem."

"Até quanto eles *crescem*?", perguntou Brody, imediatamente lamentando ter perguntado. Ele sentiu que a pergunta o deixava inferior a Hooper.

Mas Hooper estava muito envolvido com o momento, muito excitado e feliz para querer demonstrar superioridade.

"Essa é a questão", respondeu. "Ninguém sabe. Teve apenas um na Austrália que se embolou numas correntes e afundou. Media doze metros, ou foi o que os relatórios disseram."

"É quase o dobro desse", disse Brody.

Sua mente, quase incapaz de entender o peixe que tinha visto, não podia alcançar o gigantismo do animal que Hooper descreveu.

---

[1] Também denominado megalodonte ou tubarão-branco-gigante, foi uma espécie de tubarão gigante que viveu 16 milhões de anos atrás no período Mioceno, no Oceano Pacífico.

Hooper fez que sim com a cabeça.

"Geralmente, as pessoas parecem aceitar nove metros como o tamanho máximo, mas este número é fantasioso. É como Quint diz. Se amanhã elas virem um de dezoito metros, elas vão aceitar dezoito metros. O que é incrível, que fascina a gente, é imaginar — e isso pode ser verdade — que existem grandes tubarões--brancos bem no fundo do mar que medem trinta metros."

"Bobagem", disse Quint.

"Não estou dizendo que existam", disse Hooper. "Estou dizendo que poderiam existir."

"Ainda assim é bobagem."

"Talvez sim. Talvez não. Olha só, o nome em latim desse peixe é *Carcharodon carcharias*, certo? O ancestral mais próximo que a gente conhece é algo chamado *Carcharodon megalodon*, um peixe que existiu dezesseis milhões de anos atrás. Temos dentes fossilizados de *megalodon*. Têm cerca de quinze centímetros de comprimento. Com isso o peixe teria entre vinte e quatro e trinta metros. E os dentes são exatamente como os dentes que você vê nos grandes tubarões-brancos de hoje. Onde eu quero chegar é, suponha que os dois peixes pertençam à mesma espécie. Como se confirma que o *megalodon* está realmente extinto? Por que deveria? Não por falta de comida. Se no fundo do mar tem comida suficiente para manter baleias, tem o suficiente para manter tubarões desse tamanho. O fato de nós nunca termos visto um tubarão-branco de trinta metros não quer dizer que eles não possam existir. Eles não teriam nenhum motivo pra vir à superfície. Toda a comida estaria no fundo do mar. Um que estivesse morto não flutuaria até a costa porque tubarões não possuem bexigas natatórias. Você pode imaginar como seria um tubarão-branco de trinta metros? Você pode imaginar o que ele faria, que tipo de poder ele teria?"

"Nem quero", disse Brody.

"Seria como uma locomotiva com uma boca cheia de facas de açougueiro."

"Você quer dizer que este é apenas um bebê?"

Brody estava começando a se sentir solitário e vulnerável. Um peixe tão grande quanto o que Hooper estava descrevendo poderia mastigar o barco e reduzi-lo a farpas.

"Não, este é um peixe adulto", disse Hooper. "Tenho certeza. Mas é como as pessoas. Algumas medem um metro e meio, outras medem dois metros e dez. Cara, daria tudo para ver um grande *megalodon*."

"Você perdeu o juízo", disse Brody.

"Não, cara, pensa só. Seria como encontrar o Abominável Homem das Neves."

"Ei, Hooper", disse Quint, "você acha que pode parar com o conto de fadas e começar a jogar as coisas no mar? Eu tô a fim de pegar um peixe."

"Claro", disse Hooper. Ele voltou ao seu posto na popa e começou a jogar as vísceras na água.

"Você acha que ele vai voltar?", disse Brody.

"Não sei", disse Quint. "Nunca se sabe o que esses filhos da puta vão fazer." Ele tirou um bloco de anotações e um lápis do bolso. Esticou o braço esquerdo e o apontou em direção à costa. Fechou o olho direito e olhou para o dedo indicador da mão esquerda, então escreveu algo no bloco. Moveu a mão alguns centímetros para a esquerda, olhou novamente e fez outra anotação. Antes que Brody perguntasse, Quint disse: "Tô calculando. Quero saber onde a gente tá, porque se ele não aparecer pelo resto do dia vou saber pra onde voltar amanhã".

Brody olhou em direção à praia. Mesmo protegendo os olhos com as mãos e forçando a vista, tudo o que pôde ver foi uma indefinida faixa cinza de terra. "Quais as referências?"

"O farol no cabo e a caixa d'água na cidade. Eles se alinham de formas diferentes dependendo de onde você esteja."

"Você pode ver os dois?" Brody forçou os olhos, mas não enxergou nada mais nítido do que uma pequena elevação ao longo da sua linha de visão.

"Claro. Você também, se ficasse aqui no mar por trinta anos."

Hooper sorriu e disse: "Você acha mesmo que o peixe vai ficar num único lugar?"

"Não sei", disse Quint. "Mas aqui foi onde a gente encontrou ele dessa vez, e não em outro lugar."

"E com certeza ele ficou circulando por Amity", disse Brody.

"Porque encontrou comida", disse Hooper.

Não havia ironia em sua voz, nenhum deboche. Mas a observação foi como uma agulhada no cérebro de Brody.

Esperaram por mais três horas, mas o peixe nunca voltou. A maré ficou mais calma, carregando a mancha cada vez mais devagar. Um pouco depois das cinco, Quint disse: "É melhor a gente ir. Por hoje já tá de bom tamanho".

"Para onde você acha que ele foi?", disse Brody. A pergunta era puramente retórica, ele sabia que não havia resposta.

"Pra qualquer lugar", disse Quint. "Quando a gente precisa deles, eles nunca estão por perto. É só quando você não quer ou não espera que eles apareçam que eles dão as caras. Esses filhos da puta são do contra."

"E você não acha que a gente devia passar a noite aqui pra continuar alimentando a mancha com o material?"

"Não. Como eu disse, se a mancha ficar muito grande não é bom. E a gente não tem nenhuma comida aqui. E, o mais importante, você não tá me pagando por uma jornada de vinte e quatro horas."

"Se eu conseguisse o dinheiro, você ficaria?"

Quint pensou por um instante. "De jeito nenhum. Apesar de tentador, eu não acho que tenha a menor chance de alguma coisa acontecer de noite. A mancha ia ficar comprida e confusa, e mesmo que ele viesse direto na nossa direção e olhasse pra gente, a gente não ia saber a não ser que ele nos mordesse. Então seria tirar seu dinheiro só pra deixar vocês dormirem no barco. Mas eu não vou fazer isso por duas razões. Primeiro, se a mancha ficasse muito grande, ia ferrar a gente pro dia seguinte. Segundo, eu gosto de levar esse barco de volta pro cais à noite."

"Acho que não posso culpar você", disse Brody. "Sua mulher também deve preferir ter você em casa."

Quint respondeu categoricamente: "Não tenho mulher".

"Ah. Sinto muito."

"Não sinta. Nunca tive necessidade de ter uma."

Quint virou-se e subiu a escada para a ponte de comando.

Ellen estava fazendo o jantar das crianças quando a campainha tocou. Os meninos estavam assistindo televisão na sala e ela gritou: "Alguém pode, por favor, atender a porta?"

Ela ouviu a porta abrir, algumas palavras sendo trocadas, e num instante depois viu Larry Vaughan de pé na porta da cozinha. Não fazia nem duas semanas que ela o tinha visto, e a mudança em sua aparência era tão assustadora que ela não pôde deixar de encará-lo. Como sempre, estava impecavelmente vestido — um blazer azul de dois botões, camisa social, calça cinza e mocassins Gucci. Era seu rosto que estava mudado. Ele havia perdido peso, e como muitas pessoas que estão em boa forma, quando emagreciam deixavam à mostra esse abatimento no rosto, como no caso de Vaughan: seus olhos estavam fundos e a cor deles parecia para Ellen mais pálida que o normal — de um cinza-pastoso. Sua pele também parecia acinzentada e dava a impressão de estar pendurada sobre as maçãs do rosto. Seus lábios estavam úmidos e ele passava a língua neles a cada segundo.

Envergonhada ao perceber que o estava encarando, Ellen baixou os olhos e disse: "Larry. Olá".

"Olá, Ellen. Parei aqui para..." Vaughan recuou alguns passos e olhou pela sala. "Primeiro, acha que posso tomar um drinque?"

"Claro. Você sabe onde fica tudo. Fique à vontade. Eu pegaria pra você, mas minhas mãos estão sujas de frango."

"Não seja boba. Posso achar tudo." Vaughan abriu a despensa onde estava a bebida, pegou uma garrafa e encheu um copo de gim. "Como eu estava falando, parei para me despedir."

Ellen parou de mexer nos pedaços de frango na frigideira e disse: "Você está indo embora? Por quanto tempo?"

"Não sei. Talvez para sempre. Não há mais nada aqui para mim."

"E o seu negócio?"

"Acabou. Ou vai acabar em breve."

"O que você quer dizer com acabou? Um negócio simplesmente não acaba."

"Não, mas não vai mais ser meu. Os poucos bens que restam vão ficar para os meus... sócios."

Ele disse cuspindo a palavra e depois, como se limpasse a boca de seu resíduo indigesto, deu um grande gole no gim.

"Martin te falou da nossa conversa?"

"Falou."

Ellen olhou para a frigideira e mexeu nos pedaços de frango.

"Imagino que caí no seu conceito."

"Não estou aqui para te julgar, Larry."

"Eu não quis machucar ninguém. Espero que você acredite."

"Eu acredito. O que a Eleanor sabe?"

"Nada, coitadinha. Quero poupá-la, se puder. Essa é uma das razões de eu querer ir embora. Você sabe que ela me ama, e eu odiaria tirar esse amor... de um de nós."

Vaughan curvou-se sobre a pia.

"Sabe de uma coisa? Às vezes eu penso — e tenho pensado nisso de vez em quando ao longo dos anos — que eu e você teríamos formado um casal maravilhoso."

Ellen ficou vermelha. "O que você quer dizer?"

"Você vem de uma boa família. Você conhece todo mundo que eu tive de lutar pra conhecer. Nos daríamos bem juntos e nos daríamos bem em Amity. Você é encantadora, bondosa, e forte. Você teria sido um tremendo patrimônio para mim. E eu acho que teria te dado uma vida que você teria adorado."

Ellen sorriu. "Eu não sou tão forte quanto você pensa, Larry. Não sei que tipo de... patrimônio eu teria sido."

"Não se diminua. Só espero que Martin reconheça o tesouro que ele tem." Vaughan terminou sua bebida e pôs o copo na pia. "Seja como for, não faz sentido sonhar."

Ele atravessou a cozinha, tocou o ombro de Ellen e deu um beijo em sua testa.

"Adeus, querida", disse. "Pense em mim de vez em quando."

Ellen olhou para ele.

"Vou pensar, sim."

Deu um beijo em seu rosto.

"Pra onde você vai?"

"Não sei. Vermont, talvez, ou New Hampshire. Devo vender terrenos para o pessoal que vem esquiar. Quem sabe? Posso até começar a praticar o esporte."

"Você falou com Eleanor?"

"Falei que íamos nos mudar. Ela apenas sorriu e disse: 'Como você quiser'."

"Você vai logo?"

"Assim que falar com meus advogados sobre minhas... dívidas."

"Mande um cartão para a gente saber onde você está."

"Vou mandar. Adeus."

Vaughan deixou a cozinha e Ellen ouviu a tela da porta se fechar atrás dele.

Após servir o jantar das crianças, Ellen subiu e sentou-se em sua cama. "Uma vida que você teria adorado", Vaughan tinha dito. Como teria sido uma vida com Larry Vaughan? Haveria dinheiro e a acolhida da sociedade. Nunca haveria de sentir falta da vida que levara quando jovem, pois ela nunca teria terminado. Nunca teria havido desejos de renovação e autoconfiança, de reiteração de sua feminilidade, nenhuma necessidade de um caso com alguém como Hooper. Mas não. Ela teria sido levada àquele caso pelo tédio, como tantas mulheres que passavam suas semanas em Amity enquanto seus maridos estavam em Nova York. A vida com Larry Vaughan teria sido uma vida sem desafios, uma vida de satisfações baratas.

Enquanto pensava no que Vaughan tinha dito, começou a reconhecer a riqueza de sua vida: um relacionamento com Brody era mais gratificante que qualquer um que Larry Vaughan pudesse experimentar; um amálgama de testes menores com pequenos triunfos que, juntos, resultavam em algo semelhante à felicidade. E à medida que seu reconhecimento crescia, crescia também um certo arrependimento por ter demorado tanto para ver o desperdício de tempo e emoção na tentativa de se apegar ao passado. Subitamente teve medo — medo de ter amadurecido tarde demais, de que algo pudesse acontecer a Brody antes de ela poder saborear essa consciência. Olhou para seu relógio: seis e vinte da tarde. Já era para ele estar em casa. "Aconteceu algo com ele", pensou. "Oh, por favor, Senhor, não ele."

Ouviu a porta se abrir no andar de baixo. Pulou da cama, correu até o corredor e desceu as escadas. Agarrou Brody pelo pescoço e o beijou na boca com ardor.

"Meu Deus", ele disse quando ela o soltou. "Isso é que são boas-vindas."

TUBARÃO
PETER BENCHLEY

13

"Você não vai botar esse troço no meu barco", disse Quint. Eles estavam de pé no cais na luz do início do dia. O sol apontava no horizonte, mas deixara atrás de si uma pequena fileira de nuvens que tocavam o mar ao leste. Um vento brando soprava do sul. O barco estava pronto para partir: barris enfileirados na proa; varas esticadas em seus suportes, anzóis afixados às pontas dos molinetes. O motor roncava quase imperceptível, cuspindo bolhas quando pequenas ondas entravam no escapamento e soltando baforadas de diesel que subiam e a brisa levava embora.

No fim do cais, um homem entrou numa caminhonete e ligou o motor, a caminhonete começou a ir embora lentamente pela estrada de terra. As palavras impressas na porta da caminhonete diziam: Instituto Oceanográfico de Woods Hole.

Quint ficou totalmente de costas para o barco olhando para Brody e Hooper, cada um de um lado de uma gaiola de alumínio. A gaiola tinha pouco mais de um metro e oitenta de altura por um metro e oitenta de largura e um metro e vinte de profundidade. Dentro dela havia um painel de controle: no alto havia dois tanques cilíndricos. No chão da gaiola, um cilindro de oxigênio, um regulador de mergulho, uma máscara e um macacão de mergulho.

"Por que não?", disse Hooper. "Não pesa muito, e eu posso encaixar num canto onde não fique no caminho."

"Ocupa muito espaço."

"Foi o que eu falei", disse Brody. "Mas ele não ouve."

"Mas que raio de joça é essa?", disse Quint.

"É uma gaiola de tubarão", disse Hooper. "Os mergulhadores usam para se protegerem quando estão nadando em mar aberto. Eu mandei vir de Woods Hole — naquela caminhonete que acabou de ir embora."

"E o que você pretende fazer com isso?"

"Quando a gente encontrar o peixe, ou quando o peixe nos encontrar, eu quero descer dentro da gaiola e tirar algumas fotos. Ninguém nunca conseguiu fotografar um peixe deste tamanho antes."

"Sem chance", disse Quint. "Não no meu barco."

"Por que não?"

"Porque é estupidez. Um homem de bom senso conhece os seus limites. Isso tá além dos nossos limites."

"Como você sabe?"

"Tá acima do limite de qualquer homem. Um peixe desse tamanho pode comer essa gaiola no café da manhã."

"Mas ele *comeria*? Não creio. Acho que ele iria chacoalhar, até morder, mas não acho que iria realmente tentar comer."

"Comeria se visse algo tão apetitoso como você dentro dela."

"Duvido."

"Bom, esqueça."

"Olhe, Quint, isso é a oportunidade de uma vida. Não só para mim. Eu não pensaria em fazer isso até ter visto o peixe ontem. Ele é único, pelo menos nesse hemisfério. E mesmo que grandes tubarões-brancos tenham sido filmados antes, ninguém nunca filmou um branco de seis metros nadando em mar aberto. Nunca."

"Ele falou para esquecer", disse Brody. "Então esqueça. Além disso, eu não quero essa responsabilidade. Viemos aqui pra matar esse peixe, não para fazer um filme caseiro sobre ele."

"Que responsabilidade? Você não é responsável por mim."

"Ah, sou sim. A cidade de Amity está pagando por essa viagem, então vale o que eu digo."

Hooper falou para Quint: "Eu pago a você".

Quint sorriu. "Ah, é? Quanto?"

"Esqueça", disse Brody. "Não quero saber o que Quint diz. *Eu* digo que você não vai entrar no barco com isso."

Hooper o ignorou e falou para Quint: "Cem dólares. Em dinheiro. Adiantado, como você gosta".

Buscou a carteira no bolso de trás.

"Eu disse não!", disse Brody.

"O que você diz, Quint? Cem dólares. Em dinheiro. Aqui está." Contou cinco notas de vinte e as entregou a Quint.

"Não sei." Então Quint pegou o dinheiro e disse: "Merda, acho que não é da minha conta evitar que um homem se mate, se ele assim quiser".

"Se você puser a gaiola no barco", Brody disse a Quint, "não recebe os seus 400 dólares." Então pensou: "Se Hooper quer se matar, deixa ele fazer isso por conta própria".

"E se a gaiola não for", disse Hooper, "eu não vou."

"Foda-se", disse Brody. "Por mim você pode ficar aqui."

"Não acho que Quint iria querer isso. Certo, Quint? Você quer ir pro mar e pegar aquele peixe só você e o chefe? Você está à vontade assim?"

"A gente encontra outro homem", disse Brody.

"Vá em frente", ironizou Hooper. "Boa sorte."

"Não pode fazer isso", disse Quint. "Não assim de última hora."

"Então esqueça!", disse Brody. "A gente vai amanhã. Hooper pode voltar para Woods Hole e brincar com os peixes dele."

Hooper estava irado — de fato estava com mais raiva do que imaginava, pois antes que pudesse se calar, disse: "Não é só isso que eu posso... Ah, deixa pra lá".

Por alguns segundos um silêncio pesou sobre os três homens. Brody olhou para Hooper sem querer acreditar no que tinha ouvido, sem saber o quanto de verdade havia naquela observação ou se era apenas uma ameaça vazia. Então de repente foi tomado de ódio. Alcançou Hooper em dois passos, agarrou-o pelo colarinho e segurou Hooper pela garganta.

"O que foi aquilo?", disse. "O que você falou?"

Hooper mal conseguia respirar. Agarrou os dedos de Brody.

"Nada!", disse, sufocando. "Nada!"

Tentou se afastar, mas Brody o segurou com mais força.

"O que você quis dizer com aquilo?"

"Nada, já disse! Eu tava com raiva. Falei por falar."

"Onde você estava na tarde da última quarta-feira?"

"Em lugar nenhum!" As têmporas de Hooper latejavam. "Me solta! Você tá me sufocando!"

"Onde você estava?", Brody apertou mais o pescoço de Hooper.

"Num motel! Agora me solta!"

Brody afrouxou as mãos.

"Com quem?", disse, rezando para si mesmo: "Deus, não permita que seja Ellen. Faça com que o álibi dele seja bom".

"Daisy Wicker."

"Mentiroso!", Brody apertou as mãos novamente e sentiu as lágrimas escorrerem de seus olhos.

"O que você quer dizer?", disse Hooper, lutando para se libertar. "Daisy Wicker é uma porra de uma lésbica! O que vocês tavam fazendo, tricotando?"

Os pensamentos de Hooper foram ficando confusos. Os dedos de Brody estavam cortando o fluxo de sangue do seu cérebro. Suas pálpebras piscaram e ele começou a perder a consciência. Brody o soltou e o empurrou até o chão do cais, onde ele se sentou buscando ar.

"O que você tem a dizer a esse respeito?", disse Brody. "Você é tão fodão que pode trepar com uma lésbica?"

A mente de Hooper clareou rapidamentee ele disse: "Não. Eu não sabia até... até ser tarde demais".

"O que você quer dizer? Quer dizer que ela foi com você até um motel e então te dispensou? Nenhuma sapatona iria a nenhum quarto de motel com você."

"Ela foi!", disse Hooper, tentando desesperadamente acompanhar as perguntas de Brody. "Ela disse que queria... que já era hora dela tentar ser hétero. Mas aí ela não conseguiu ir adiante. Foi terrível."

"Você está me enrolando, porra!"

"Não estou! Pode checar com ela você mesmo."

Hooper sabia que era uma desculpa esfarrapada. Brody poderia checar sem problemas. Mas era tudo o que ele podia pensar por ora. Podia dar uma parada no caminho de casa naquela noite e ligar para Daisy Wicker de uma cabine telefônica, implorar que ela confirmasse sua estória. Ou poderia simplesmente nunca mais voltar a Amity — ir para o norte e pegar a balsa de Orient Point e estar fora do estado antes que Brody pudesse encontrar Daisy Wicker.

"Eu vou checar", disse Brody. "Pode contar com isso."

Atrás de si Brody ouviu Quint rir e dizer: "Foi a coisa mais engraçada que eu já ouvi. Tentou comer uma lésbica".

Brody tentou decifrar a expressão de Hooper buscando algo que pudesse denunciar uma mentira. Mas Hooper manteve os olhos fixos no cais.

"Bom, o que você decide?", disse Quint. "Vamos hoje ou não vamos? De qualquer forma, Brody, vai te custar."

Brody sentiu-se perturbado. Estava tentado a cancelar a viagem, voltar para Amity e descobrir a verdade sobre Hooper e Ellen. Mas e se o pior fosse verdade, o que ele poderia fazer depois? Confrontar Ellen? Bater nela? Expulsá-la de casa? Que bem viria daquilo? Tinha de ter tempo para pensar. Ele disse para Quint: "Nós vamos".

"Com a gaiola?"

"Com a gaiola. Se esse babaca quer se matar deixa ele se matar."

"Por mim tudo bem", disse Quint. "Vamos cair na estrada com esse circo."

Hooper levantou-se e foi até a gaiola. "Vou pôr no barco", disse, com a voz rouca. "Se vocês dois puderem empurrar até a ponta do cais e tombar ela na minha direção, então um de vocês entra no barco comigo e a gente pode carregar ela até o canto."

Brody e Quint arrastaram a gaiola pelas tábuas de madeira do cais e Brody ficou surpreso em ver como ela era leve. Mesmo com o equipamento de mergulho dentro, não devia pesar mais do que cem quilos. Empurram-na em direção a Hooper, que agarrou duas das barras e esperou até Quint se juntar a ele no barco. Os dois homens carregaram a gaiola com facilidade, a empurraram para um canto e a encaixaram sob o suporte que apoiava a ponte de comando. Hooper amarrou-a ali com dois pedaços de corda.

Brody pulou a bordo e disse: "Vamos".

"Não tá esquecendo de nada?", disse Quint.

"O quê?"

"Quatrocentos dólares."

Brody pegou um envelope do bolso e o entregou a Quint. "Você vai morrer um homem rico, Quint."

"É o que eu pretendo. Agora desamarra as cordas de atracação da popa, pode ser?" Quint desamarrou as cordas da proa e do meio do barco e as arremessou para o cais, e quando viu que a da popa estava solta também, empurrou a alavanca para a frente e guiou o barco para fora da doca de atracação. Virou à direita e empurrou a alavanca para a frente, e o barco moveu-se rapidamente pelo mar calmo — passou Hicks Island e Goff Point, em torno dos cabos de Shagwong e Montauk. Logo o farol em Montauk Point ficou para trás e eles navegavam de sul para sudoeste pelo mar aberto.

Pouco a pouco, à medida que o barco entrou no ritmo das longas ondas do oceano, a ira de Brody foi se amainando. Talvez Hooper estivesse falando a verdade. Era possível. Ninguém inventaria uma estória tão fácil de se averiguar. Ellen nunca o havia traído antes, ele tinha certeza. Ela nunca sequer flertou com outros homens. Mas, ele dizia a si mesmo, há sempre uma primeira vez. E de novo esse pensamento deixava sua garganta apertada. Sentiu-se enciumado e ferido, incomodado e ultrajado. Levantou-se da cadeira de combate e subiu para a ponte de comando.

Quint deu lugar para Brody no banco e ele sentou-se ao seu lado. Quint deu um risinho, tripudiando: "Vocês dois quase partiram pra porrada".

"Aquilo não foi nada."

"Me pareceu alguma coisa. O que é, você acha que ele andou se engraçando com a sua mulher?"

Ao sentir que seus próprios pensamentos estavam sendo desnudados por outra pessoa de forma tão brutal, Brody se desconcertou: "Não é da porra da sua conta", disse.

"Você que sabe. Mas se você me perguntar, acho que ele não leva jeito."

"Ninguém te perguntou nada." Louco para mudar de assunto, Brody disse "A gente vai voltar pro mesmo lugar?"

"Mesmo lugar. Agora não vai demorar muito."

"Quais as chances do peixe ainda estar lá?"

"Quem sabe? Mas é a única coisa que a gente pode fazer."

"Você disse algo no telefone outro dia sobre ser mais inteligente que o peixe. Isso é tudo? É esse o único segredo do sucesso?"

"Isso é tudo. Você só tem que ter alguma vantagem sobre eles. Não tem truque. Eles são umas bestas quadradas."

"Você nunca encontrou um peixe inteligente?"

"Ainda não."

Brody lembrou-se daquele sorriso de soslaio a encará-lo de dentro d'água. "Não sei", disse. "Ontem aquele peixe com certeza parecia mau. Como se ele quisesse ser mau. Como se soubesse o que estava fazendo."

"Porra, ele não sabe de nada."

"Eles têm personalidades diferentes?"

"Os peixes?", gargalhou Quint. "Seria encher mais a bola deles do que merecem. Não dá pra tratar eles como gente, apesar de eu achar que algumas pessoas são idiotas como peixes. Não. Às vezes eles fazem coisas diferentes, mas depois de um tempo você fica sabendo de tudo que eles *podem* fazer."

"Então não é nenhum desafio. Você não está lutando contra um inimigo."

"Não. Mais ou menos como um bombeiro hidráulico tentando desentupir um cano. Ele vai xingar e bater nele com uma chave inglesa. Mas no fundo ele não pensa que tá lutando com *alguém*. Às vezes eu dou de cara com um peixe mal-humorado que me dá mais trabalho que outros, mas aí eu uso ferramentas diferentes."

"Mas tem peixes que você não consegue pegar, certo?"

"Ah, claro, mas isso não quer dizer que eles sejam espertos ou traiçoeiros, ou algo assim. Quer dizer apenas que eles não estão com fome quando você tenta pegar eles, ou eles são rápidos demais pra você, ou você tá usando a isca errada."

Quint ficou em silêncio por um momento, aí falou de novo. "Uma vez", disse, "um tubarão quase *me* pegou. Foi uns vinte anos atrás. Era um tubarão-azul meio grande que eu arpoei, ele deu uma arrancada e me atirou no mar com ele."

"O que você fez?"

"Subi no barco numa rapidez que eu não creio que os meus pés tocaram em alguma coisa entre a água e o tombadilho. Tive sorte de cair da popa, onde a amurada é mais ou menos baixa, bem perto da água. Se eu tivesse caído do meio do barco, não sei o que eu teria feito. Seja como for, eu tava fora da água antes que o peixe soubesse que eu tinha estado nela. Ele tava ocupado tentando se livrar do arpão."

"Suponha que a gente caia no mar com esse peixe. Tem algo que se possa fazer?"

"Claro. Rezar. Seria como cair de um avião sem paraquedas e esperasse aterrissar num monte de feno. A única coisa que te salvaria seria Deus. Uma vez que foi Ele que te empurrou pra fora, eu não daria um tostão furado pelas suas chances."

"Tem uma mulher em Amity que acha que é por isso que a gente está com esse problema", disse Brody. "Ela acha que é uma forma de castigo divino."

Quint sorriu. "Pode ser. Ele que criou essa porra desse bicho, acho que Ele pode dizer o que o bicho tem de fazer."

"Está falando sério?"

"Na verdade, não. Não dou muita trela pra religião."

"Então por que você acha que as pessoas foram mortas?"

"Má sorte."

Quint tirou o pé do acelerador. O barco diminuiu a velocidade e acomodou-se sobre as ondas.

"A gente vai tentar mudar isso."

Ele pegou um pedaço de papel do bolso, desdobrou, leu as anotações e, olhando ao longo de seu braço esticado, checou suas medições. Desligou a chave da ignição e o motor parou. Houve um peso, uma espessura naquele silêncio repentino.

"Ok, Hooper", ele disse. "Comece a jogar a porcalhada no mar."

Hooper tirou a tampa do balde de vísceras e sangue e começou a jogar o conteúdo no mar. A primeira porção tomou conta da água parada e lentamente a mancha oleosa espalhou-se para oeste.

Por volta das dez horas veio uma brisa — não forte, mas fresca o suficiente para eriçar a água e refrescar os homens, que se sentaram, observaram e não disseram nada. O único barulho era o das vísceras que Hooper repetidas vezes jogava da popa ao mar.

Brody estava sentado na cadeira de combate, lutando para se manter acordado. Bocejou, depois lembrou-se de que havia deixado o exemplar do livro *A Virgem Mortal*, lido pela metade, num revisteiro logo abaixo. Levantou-se, espreguiçou-se e desceu os três degraus que levavam até a cabine. Encontrou o livro e pôs-se a subir quando viu a geladeira portátil. Olhou para seu relógio e disse para si "que se dane; o tempo aqui não existe mesmo".

"Vou tomar uma cerveja", gritou. "Alguém quer?"

"Não", disse Hooper.

"Claro", disse Quint. "A gente pode atirar nas latas."

Brody pegou duas cervejas da geladeira, retirou os lacres de metal e começou a subir a escada. Seu pé estava no último degrau de cima quando ouviu a voz seca e calma de Quint falar: "Olha ele aqui".

A princípio Brody achou que Quint estava falando dele, mas então viu Hooper dar um pulo da amurada e o ouviu assoviar e dizer: "Uau! Com certeza!"

Brody sentiu sua pulsação acelerar. Caminhou rapidamente até o tombadilho e disse: "Onde?"

"Bem ali", disse Quint. "Pros lados da popa."

Os olhos de Brody demoraram uns instantes para se adaptar, mas logo ele viu a barbatana — um triângulo imperfeito, marrom-acinzentado, que cortava a água, seguido pela cauda em forma de foice que deslizava para a esquerda e a direita com golpes curtos, espasmódicos. O peixe estava pelo menos trinta metros atrás do barco, supôs Brody. Talvez quarenta.

"Tem certeza que é ele?", disse.

"É ele", disse Quint.

"O que você vai fazer?"

"Nada. Nada até ver o que ele vai fazer. Hooper, você continua a jogar essa merda no mar. Vamos trazer ele pra cá."

Hooper levantou o balde até a amurada e foi despejando as vísceras na água. Quint foi para a frente e amarrou uma ponta do arpão à haste de madeira. Pegou um barril e o pôs debaixo do braço. Pegou um rolo de corda, enfiou o outro braço nele e apertou o arpão na mão. Levou tudo para a popa e depositou no tombadilho.

O peixe ficou nadando para a frente e para trás na mancha, parecendo procurar a fonte do miasma sangrento.

"Enrole as linhas", Quint disse a Brody. "Agora elas não vão ajudar em nada já que a gente trouxe ele pra cima."

Brody puxou as linhas uma a uma e deixou as iscas de lula caírem no tombadilho. O peixe se moveu um pouco mais para perto do barco, ainda nadando devagar.

Quint pôs o barril na parte acima do convés, à esquerda do balde de Hooper, e colocou a corda ao lado dele. Depois subiu na beira da amurada e ficou de pé, o braço direito em posição de ataque segurando o arpão.

"Vem", disse. "Vem pra cá."

Mas o peixe não se aproximou mais do que quinze metros do barco.

"Não tô entendendo", disse Quint. "Ele tinha de vir pra cá e dar uma checada na gente. Brody, pega o alicate no bolso de trás da minha calça, corta as lulas dos anzóis e joga elas no mar. Talvez alguma comida traga ele pra perto. E faz bastante movimento na água quando jogar elas. Deixa ele saber que tem alguma coisa aqui."

Brody fez como ele mandou, batendo e sacudindo a água com um gancho, sempre de olho na barbatana, com medo do peixe de repente surgir das profundezas e puxá-lo pelo braço.

"Continua a jogar mais", disse Quint. "Estão ali na caixa de gelo. E joga essas cervejas também."

"As cervejas? Para quê?"

"Quanto mais coisa a gente jogar na água melhor. Não faz diferença, o que importa é manter ele interessado o bastante pra querer descobrir."

Hooper disse: "E o golfinho?"

"Por que, sr. Hooper?", disse Quint. "Achei que você não aprovava."

"Deixa pra lá", Hooper disse excitado. "Quero ver esse peixe!"

"A gente vai ver", disse Quint. "Se eu tiver de usar eu vou usar."

A lula tinha ido na direção do tubarão e uma das cervejas boiou na superfície até desaparecer lentamente atrás da popa. Mas o peixe ainda permaneceu a distância.

Eles esperaram — Hooper jogando as vísceras e sangue na água, Quint a postos sobre o casco, Brody em pé perto de uma das varas.

"Merda", disse Quint. "Acho que não tenho escolha." Baixou o arpão e pulou da beira da amurada. Levantou a tampa da lata de lixo ao lado de Brody, que, ao ver os olhos sem vida do golfinho que boiava na água salgada, foi tomado de nojo e virou para o outro lado.

"Bom, amiguinho", disse Quint. "Chegou a hora." De um pequeno armário retirou uma corrente de cachorro e a prendeu na ponta do anzol que saía de baixo da mandíbula do golfinho.

Na outra ponta da corrente ele amarrou uma corda bem grossa. Desenrolou alguns metros da corda, cortou e a prendeu num gancho da amurada de estibordo.

"Pensei que você tinha dito que o tubarão podia arrancar um gancho", disse Brody.

"E pode mesmo", disse Quint. "Mas aposto que eu posso enfiar um arpão nele e cortar a corda antes dele arrebentar com o gancho." Quint segurou firme a corrente de cachorro, subiu na amurada e puxou o golfinho atrás de si. Pegou a faca da bainha do cinto. Com a mão esquerda, segurou o golfinho à sua frente. Depois, com a direita, retalhou a barriga do golfinho. Um líquido grosso e escurro brotou de dentro do animal e começou a cair na água. Quint jogou o golfinho na água, liberou um metro e oitenta de corda, depois pôs o resto da corda sob um dos pés na amurada e pisou firme. O golfinho ficou flutuando bem abaixo da superfície da água, a menos de dois metros do barco.

"Ele está muito perto", disse Brody.

"Tem de estar", disse Quint. "Não posso atirar no bicho se estiver a nove, dez metros de distância."

"Por que você está pisando na corda?"

"Pra manter o amiguinho onde ele está. Não quero que ele fique agarrado muito perto do barco. Se ele pegar o golfinho e não tiver espaço pra sair correndo, pode começar a se debater e cortar a gente em pedaços."

Quint levantou o arpão e olhou para a barbatana do tubarão.

O peixe se aproximou, ainda nadando para a frente e para trás mas diminuindo a distância entre ele e o barco alguns metros a cada passagem. Então parou a uns seis ou sete metros de distância e por um segundo pareceu estar parado na água, mirando diretamente no barco. A cauda afundou abaixo da superfície; a barbatana dorsal escorregou para trás e desapareceu; e a enorme cabeça se ergueu, a boca aberta num sorriso frouxo, selvagem, os olhos negros e profundos.

Brody olhou num horror mudo, sentindo que deveria ser essa a sensação de se tentar encarar o diabo.

"Ei, peixe!", gritou Quint.

Ficou em pé na beira da amurada, pernas afastadas, a mão segurando firme a base do arpão apoiado em seu ombro.

"Vem ver o que a gente tem pra você!"

Por mais um momento o peixe ficou parado na água, observando. Depois, sem fazer barulho, a cabeça deslizou para trás e desapareceu.

"Pra onde ele foi?", disse Brody.

"Ele vai voltar agora", disse Quint. "Vem, peixe", ronronou. "Vem, peixe. Vem pegar o jantar."

Ele apontou o arpão para o golfinho, que flutuava.

De repente o barco balançou violentamente para o lado. As pernas de Quint escorregaram e ele caiu de costas no chão. O arpão se soltou da base e se estatelou no tombadilho. Brody caiu para o lado, agarrou o encosto da cadeira e ficou tentando se equilibrar enquanto ela girava. Hooper caiu para trás e bateu com força na amurada a bombordo.

A corda amarrada ao golfinho retesou-se e tremeu. O nó que o amarrava ao gancho ficou tão apertado que a corda foi afinando e começou a puir, a madeira que prendia o gancho começou a se quebrar. Depois a corda saltou para trás, afrouxou e se enroscou na água ao lado do barco.

"Tô fodido!", disse Quint.

"Foi como se ele soubesse o que você estava tentando fazer", disse Brody, "como se ele soubesse que tinha uma armadilha armada para ele."

"Maldição! Eu nunca vi um peixe fazer isso antes."

"Ele sabia que se derrubasse você ia conseguir pegar o golfinho."

"Merda, ele só estava mirando o golfinho e errou."

Hooper disse: "Atacando do outro lado do barco?"

"Bom, não importa", disse Quint. "Seja o que for, funcionou."

"Como você acha que ele se livrou do anzol?", disse Brody.

"Ele não arrancou o gancho."

Quint foi até a amurada a estibordo e começou a puxar a corda.

"Ele mordeu direto a corrente, ou então... arrá, foi o que eu pensei."

Ele se debruçou sobre a amurada e pegou a corrente. Puxou-a para dentro do barco. Ela estava intacta, o grampo ainda preso à ponta do anzol. Mas o anzol havia sido destruído. A haste de aço não estava mais curva, estava quase reta, marcada por duas pequenas marcas no lugar onde havia uma curva.

"Jesus Cristo!", gritou Brody. "Ele fez isso com a boca?"

"Sem o menor esforço", disse Quint. "Provavelmente não diminuiu o ritmo dele por mais de um ou dois segundos."

Brody sentiu um mal-estar. As pontas dos dedos comichavam. Sentou-se na cadeira e respirou rápido, tentando sufocar o medo que crescia dentro dele.

"Para onde você acha que ele foi?", disse Hooper, de pé na popa e olhando para a água.

"Tá por aqui em algum lugar", disse Quint. "Creio que ele vai voltar. O golfinho foi só um aperitivo. Ele tá procurando mais comida." Ele remontou o arpão, enrolou a corda novamente e pôs tudo na amurada. "A gente vai ter de esperar. E continuar jogando muita isca. Vou amarrar mais umas lulas e pendurar elas na água."

Brody ficou observando Quint amarrar as iscas e jogá-las no mar, presas ao barco pelos ganchos, pelos suportes das varas de pescar e quase tudo à volta que ele pudesse amarrar. Quando uma dúzia de lulas foi colocada em vários pontos e várias profundidades ao longo do barco, Quint subiu até a ponte de comando e sentou-se.

Na esperança de ser contestado, Brody disse: "Esse com certeza deve ser um peixe inteligente".

"Inteligente ou não, eu não sei", disse Quint. "Mas ele tá fazendo coisas que eu nunca vi um peixe fazer."

Fez uma pausa, depois disse — para si e para Brody — "Mas eu vou pegar esse filho da puta. Isso é certo".

"Como você pode ter certeza?"

"Eu sei, só isso. Agora me deixa quieto."

Foi uma ordem, não um pedido, e apesar de Brody querer conversar — sobre qualquer coisa, mesmo sobre o peixe, para tirar de sua mente a imagem da besta de tocaia debaixo dele —, não falou mais nada. Olhou para seu relógio: onze e cinco da manhã.

Eles aguardaram, na esperança de ver a qualquer momento a barbatana se levantar perto da popa e circular pela água. Hooper jogava as vísceras ao mar, e o barulho delas caindo na água parecia para Brody o mesmo de uma diarreia.

Às onze e meia, Brody se assustou com um estalo agudo e forte. Quint pulou escada abaixo, atravessou o tombadilho e chegou à amurada. Pegou o arpão e o segurou à altura do ombro, examinando a água em torno da popa.

"Que merda foi aquilo?", disse Brody.

"Ele voltou."

"Como você sabe? Que barulho foi aquele?"

"De corda arrebentando. Ele pegou uma das lulas."

"E por que arrebentou? Por que ele simplesmente não mastigou só a lula?"

"Provavelmente nem mordeu a isca. Ele só sugou ela, e a corda ficou entre os dentes quando ele fechou a boca. Ele deve ter feito isso, acho", Quint torceu a cabeça para o lado, "e a linha se partiu."

"Como a gente podia ouvir ela se partir se ela se partiu debaixo d'água?"

"Ela não partiu debaixo d'água, Deus do céu! Partiu bem ali." Quint apontou para alguns centímetros de corda solta pendurada em um gancho no meio do barco.

"Ah", disse Brody. Ao olhar o que sobrou, viu outro pedaço de corda — alguns centímetros mais distante na amurada — também solta. "Aqui tem outra", disse. Levantou-se, foi até a amurada e puxou a corda. "Ele deve estar bem embaixo da gente."

Quint disse: "Alguém quer nadar?"

"Vamos pôr a gaiola na água", disse Hooper.

"Você está brincando", disse Brody.

"Não estou, não. Pode atrair ele pra cima."

"Com você dentro dela?"

"A princípio, não. Vamos ver o que ele faz. O que você acha, Quint?"

"Pode ser", disse Quint. "Não deve fazer mal só botar ela na água, e você pagou por isso." Ele abaixou o arpão e ele e Hooper foram até a gaiola.

Viraram a gaiola de lado e Hooper abriu a portinhola do alto e entrou por ela. Removeu o tanque de oxigênio, o regulador de mergulho, a máscara e o macacão de neoprene e os colocou na popa. Puseram a gaiola em pé e a arrastaram pela popa até a amurada a estibordo. "Você tem algumas cordas?", disse Hooper. "Quero amarrar ela firme no barco." Quint desceu e retornou com dois rolos de cordas. Amarraram uma no gancho da popa, outra no gancho no meio do barco e depois as pontas às barras da gaiola. "Ok", disse Hooper. "Vamos botar ela pra fora." Eles levantaram a gaiola, viraram-na para trás e a empurraram para a água. Ela afundou até as cordas pararem, a alguns metros abaixo da superfície. Lá ela ficou, elevando-se e baixando-se devagar nas ondas. Os três ficaram de pé na amurada olhando para a água.

"O que faz você pensar que isso vai trazer ele para cima?", disse Brody.

"Eu não disse 'para cima'", disse Hooper. "Disse 'para fora'. Acho que ele vai sair e dar uma olhada nela para ver se quer comê-la."

"Isso não vai ajudar a gente em nada", disse Quint. "Não vou poder espetar ele se ele estiver a três metros debaixo d'água."

"Uma vez que ele saia", disse Hooper, "talvez ele suba. A gente não está tendo sorte com nada mais."

Mas o peixe não saiu. A gaiola ficou parada na água, intocada.

"Lá se vai outra lula", disse Quint, apontando para a frente. "Ele tá lá, é certo." Ele se debruçou para fora do barco e gritou: "Peixe maldito! Saia pra onde eu possa dar um tiro em você".

Depois de quinze minutos, Hooper disse: "Bom, chega", e desceu. Reapareceu momentos depois, carregando uma filmadora embutida num estojo à prova d'água, e o que Brody achou ser uma bengala, com uma correia numa ponta.

"O que você está fazendo?", perguntou Brody.

"Vou descer. Talvez isso o traga para fora."

"Você está maluco. O que você vai fazer se ele sair?"

"Primeiro, vou tirar umas fotos dele. Depois vou tentar matá-lo."

"Com isso, que mal lhe pergunte?"

"Isso." Hooper levantou a bengala.

"Bem pensado", Quint disse em tom de deboche. "Se isso não funcionar você pode fazer cócegas nele até matar."

"O que é isso?", disse Brody.

"Algumas pessoas chamam de ponteira explosiva. Outras, de bomba submersa. Bom, é basicamente uma pistola submarina."

Ele puxou as duas pontas da vara e ela se dividiu em duas. "Aqui dentro", disse, apontando para um tambor no ponto onde a vara se dividiu, "você coloca uma bala de 12mm." Tirou um cartucho do bolso e o empurrou para dentro do tambor, depois juntou as duas pontas da vara. "Daí, quando chegar bem perto do peixe, você o golpeia com ela e ela atira. Se o tiro for certeiro — no cérebro é o único lugar seguro — nós matamos ele."

"Mesmo um peixe grande assim?"

"Acho que sim. Se eu acertar."

"E se não? Digamos que você erre por muito pouco."

"É o que eu tenho medo."

"Eu também teria", disse Quint. "Acho que eu não ia querer um dinossauro de duas toneladas e meia puto querendo me comer."

"Não é disso que eu tenho medo", disse Hooper. "O que me preocupa é que, se eu errar, eu vou afastar ele. Ele provavelmente vai para o fundo e a gente nunca vai saber se ele morreu ou não."

"Até ele comer mais alguém", disse Brody.

"Correto."

"Você tá é doido", disse Quint.

"Estou, Quint? Você não está fazendo muito progresso com esse peixe. Podemos ficar um mês aqui deixando ele comer sua isca bem embaixo da gente."

"Ele vai subir", disse Quint. "Escreve o que eu tô dizendo."

"Você vai morrer de velhice antes de ele subir, Quint. Acho que esse peixe mexeu com você. Ele não está jogando limpo."

Quint olhou para Hooper e disse, sereno: "Você tá me ensinando a trabalhar, moleque?"

"Não. Mas estou falando que eu acho que esse peixe é muita areia pro seu caminhão."

"Ah, é, garotão? Você acha que pode fazer melhor que o Quint aqui?"

"Chame do que você quiser. Eu acho que posso matar o peixe."

"Você que manda. Você vai ter sua oportunidade."

Brody disse: "Esperem aí. Não podemos deixar ele ir naquela coisa".

"Por que essa encheção de saco?", disse Quint. "Pelo que eu vi, você ia gostar que ele entrasse naquela coisa e não voltasse mais. Pelo menos ele ia parar de..."

"Cala a sua boca!" As emoções de Brody ficaram confusas. Um lado dele não se importava se Hooper iria viver ou morrer — seria até prazerosa a possibilidade da morte de Hooper. Mas tal vingança seria rasteira — e, possivelmente, sem mérito. Podia ele realmente desejar a morte de um homem? Não. Ainda não.

"Vá em frente", Quint disse a Hooper. "Entra naquela coisa."

"É pra já." Hooper tirou a camisa, tênis, calças, e começou a enfiar o macacão pelas pernas. "Quando eu estiver lá dentro", disse, forçando os braços para dentro das mangas de borracha do casaco, "fiquem de pé aqui, e olho vivo. Talvez vocês possam usar o rifle se ele chegar bem perto da superfície." Olhou para Quint. "Pode ficar de prontidão com o arpão... se quiser."

"Eu vou fazer o que tiver que fazer", disse Quint. "Se preocupe com você."

Depois de vestido, Hooper encaixou o regulador no bocal do tanque de oxigênio, apertou a borboleta para mantê-lo firme e abriu a válvula de ar. Inspirou duas vezes de dentro do tanque para se certificar de que estava saindo ar.

"Pode me ajudar a colocar isso?", pediu a Brody.

Brody levantou o tanque e o segurou enquanto Hooper passou os braços pelas tiras e amarrou uma terceira na cintura. Colocou a máscara na cabeça. "Eu tinha de ter trazido pesos", disse Hooper.

Quint disse: "Você tinha de ter trazido cérebro".

Hooper passou o punho direito pela correia na ponta da ponteira explosiva, pegou a câmera com a mão direita e disse: "Ok". Então caminhou até a amurada.

"Se cada um de vocês pegar uma corda e puxar, isso trará a gaiola até a superfície. Depois eu abro a portinhola, entro por cima e vocês podem soltar as cordas. Vai ficar segura pelas cordas. Não vou usar os tanques de flutuação a não ser que uma das cordas arrebente."

"Ou seja mastigada", disse Quint.

Hooper olhou para Quint e sorriu.

"Obrigado por lembrar."

Quint e Brody puxaram as cordas e a gaiola emergiu da água. Quando a portinhola apareceu na superfície, Hooper disse: "Ok, bem ali". Cuspiu na máscara, espalhou a saliva pelo vidro e ajustou-a no rosto. Pegou o tubo do regulador, encaixou o bocal na boca e respirou fundo. Depois se inclinou na amurada, destravou a portinhola e a abriu. Começou a pôr um joelho na amurada mas parou. Soltou o bocal e disse: "Esqueci de uma coisa". O nariz estava encaixado na máscara, então sua voz saiu anasalada. Caminhou pelo tombadilho e pegou suas calças. Vasculhou os bolsos até encontrar o que procurava. Abriu o zíper do macacão.

"O que é isso?", disse Brody.

Hooper mostrou um dente de tubarão preso num engaste de prata. Era igual ao que ele tinha dado a Ellen. Jogou dentro do macacão de mergulho e fechou o zíper.

"Cautela nunca é demais", disse, sorrindo.

Cruzou a popa novamente, recolocou o bocal e ajoelhou-se sobre a amurada. Inspirou pela última vez e mergulhou no mar, entrando na gaiola pela portinhola aberta. Brody o viu partir, imaginando se realmente queria saber a verdade sobre Hooper e Ellen.

Hooper parou antes de atingir o fundo da gaiola. Deu uma virada e ficou de pé. Alcançou o topo da portinhola e a trancou. Depois olhou para Brody, fez sinal de ok com os dedos da mão esquerda e encolheu-se no chão da gaiola.

"Acho que a gente pode soltar", disse Brody. Soltaram as cordas e deixaram a gaiola descer até a portinhola ficar cerca de um metro abaixo da superfície.

"Pega o rifle", disse Quint. "Tá na prateleira lá embaixo. Tá carregado."

Ele subiu na amurada e levou o arpão até o ombro.

Brody desceu, encontrou o rifle e correu de volta para a popa. Abriu a culatra e enfiou um cartucho no tambor.

"Quanto ele tem de ar?", disse.

"Não sei", disse Quint. "Não importa quanto ele tenha, duvido que ele viva pra respirá-lo."

"Talvez você esteja certo. Mas você mesmo disse que nunca se sabe o que esses peixes vão fazer."

"É, mas isso é diferente. É como pôr a sua mão no fogo e torcer para não se queimar. Um homem de bom senso não *faz* isso."

Abaixo, Hooper esperou até que as bolhas formadas por sua descida se dissipassem. Havia água em sua máscara, então ele dobrou a cabeça para trás, pressionou o alto do visor e soprou pelo nariz até que a máscara ficasse limpa. Sentia-se sereno. Era a sensação envolvente de liberdade e conforto que ele sempre tinha quando mergulhava. Estava sozinho no silêncio azul salpicado de feixes de raios de sol que dançavam através da água. Os únicos sons vinham de sua respiração — um barulho profundo e vazio quando inspirava, o impacto suave de bolhas quando expirava. Prendeu a respiração e o silêncio ficou completo. Sem pesos ele boiava muito e tinha que se firmar nas barras para evitar que o tanque batesse contra a portinhola acima de sua cabeça. Virou-se e viu acima o fundo do barco, balançando devagar acima dele. A princípio a gaiola o incomodou. Confinava-o, restringia-o, impedia-o de desfrutar a graça do movimento submarino. Mas então lembrou-se por que estava ali e ficou grato por isso.

Procurou pelo peixe. Sabia que ele não podia estar parado embaixo do barco como Quint havia pensado. Não poderia ficar "parado" em lugar nenhum, não poderia descansar ou ficar imóvel. Tinha de se mover para sobreviver.

Mesmo com a luz do sol brilhando, a visibilidade na água turva era ruim — não mais que uns cem metros. Hooper deu a volta devagar, tentando atravessar aquela escuridão e alcançar uma nesga de cor ou movimento. Olhou por debaixo do barco, onde a água mudava de azul para cinza e, depois, preto. Nada. Olhou para o relógio, calculando que se controlasse a respiração poderia ficar lá embaixo pelo menos meia hora a mais.

Levada pela maré, uma das pequenas lulas brancas passou por entre as barras da gaiola e, amarrada com barbante, passou tremulando no rosto de Hooper. Ele a empurrou para fora.

Deu uma olhada para baixo, desviou o olhar, depois olhou novamente para baixo. Subindo em sua direção, do azul profundo — devagar, suavemente — vinha o tubarão. Subiu sem esforço aparente, um anjo da morte deslizando em direção a um compromisso predeterminado.

Hooper o encarou encantado, querendo fugir, mas incapaz de se mover. À medida que o peixe se aproximou, Hooper ficou maravilhado com suas cores: os pálidos tons marrons-acinzentados vistos da superfície haviam desaparecido. O alto do corpo gigantesco era de um cinza-ferroso bem definido, passando para um azulado onde batiam os raios do sol. Abaixo da linha lateral, tudo era creme, um branco fantasmagórico.

Hooper quis elevar sua câmera, mas o braço não obedecia. "Num minuto", dizia para si, "num minuto."

O peixe chegou mais perto, silencioso como uma sombra, e Hooper se afastou. A cabeça estava a apenas alguns centímetros da gaiola quando o peixe se virou e começou a passar em frente aos olhos de Hooper — casualmente, como numa demonstração orgulhosa de seus incalculáveis tamanho e poder. O focinho passou primeiro, depois a mandíbula, frouxa e sorridente, armada com fileiras e fileiras de triângulos serrilhados. E então o olho negro, indecifrável, pareceu ter sua atenção voltada para ele na gaiola. As guelras encresparam-se — feridas sem sangue na pele de aço. Num esforço, Hooper esticou a mão por entre as barras e tocou a lateral do peixe. Era fria e dura, nada pegajosa, mas lisa como vinil. Deixou que as pontas de seus dedos acarinhassem a pele — passassem pelas barbatanas peitorais, pelas pélvicas, pela genitália espessa, firme — até finalmente (o peixe parecia não ter fim) se separarem do peixe por um golpe brusco da cauda.

O peixe continuou a se mover para longe da gaiola. Hooper ouviu vagos estouros e viu três espirais de bolhas vindo violentamente da superfície, depois ficando mais lentas até pararem bem acima do peixe. Eram tiros. Ainda não, disse para si. Mais um desfile para as fotos. O peixe começou a se virar para o lado, as barbatanas laterais mudando a inclinação.

"Que porra ele está fazendo lá embaixo?", perguntou Brody. "Por que ele não espeta ele com a arma?"

Quint não respondeu. Ficou de pé no mastro, o arpão preso ao punho, procurando na água. "Vem, peixe", disse. "Vem pro Quint."

"Você viu ele?", perguntou Brody. "O que ele está fazendo?"

"Nada. Nada ainda."

O peixe moveu-se para fora do campo de visão de Hooper — um borrão fantasmagórico cinza-prateado formando lentamente um círculo. Hooper levantou a câmera e apertou o botão. Sabia que o filme não teria valor algum a não ser que o peixe se aproximasse mais uma vez, mas ele queria capturar a imagem da besta quando ela emergisse da escuridão.

Pelo visor ele viu o peixe virar na sua direção. Movia-se muito rápido, a cauda batendo vigorosamente, a boca se abrindo e fechando como se estivesse em busca de ar. Hooper levantou a mão direita para mudar o foco. Lembre-se de mudar novamente, falou para si, quando ele se virar.

Mas o peixe não se virou. Um tremor percorreu todo o corpo do animal quando ele trombou contra a gaiola. Enfiou o focinho entre duas barras e as afastou. Sua ponta atingiu Hooper no peito e o derrubou para trás. A câmera voou de suas mãos e o bocal escorregou de sua boca. O peixe virou-se de lado, sua cauda, em movimentos vigorosos, forçou o imenso corpo ainda mais para dentro da gaiola. Hooper tateou em busca do bocal mas não pôde encontrá-lo. Seu peito estava convulsionado com a falta de ar.

"Ele está atacando!", gritou Brody.

Agarrou uma das cordas que prendiam a gaiola e a puxou, tentando desesperadamente levantá-la.

"Seu maldito filho da puta!", gritou Quint.

"Atire! Atire!"

"Não posso atirar! Tenho que trazer ele pra superfície! Sobe, seu desgraçado!"

O peixe moveu-se para trás e saiu da gaiola, logo fazendo um movimento brusco e circular para a direita. Hooper procurou atrás da cabeça, encontrou o tubo do regulador e percorreu-o com a mão até encontrar o bocal. Colocou-o na boca e, esquecendo-se de expirar antes, puxou ar. O que veio foi água, e ele sufocou, engasgou, até finalmente o bocal ficar limpo e ele conseguir respirar com imensa dificuldade. Só então ele viu o enorme espaço entre as barras e a cabeça gigantesca penetrando nele. Levantou as mãos acima da cabeça procurando pela portinhola para escapar.

O peixe forçou mais as barras, separando-as ainda mais com cada impulso de sua cauda. Hooper, espremido contra a parte de trás da gaiola, viu a boca forçando passagem, tentando alcançá-lo. Lembrou-se da ponteira explosiva e tentou abaixar o braço direito para pegá-la. O peixe avançou de novo e Hooper viu com o terror de uma sentença de morte que aquela boca ia alcançá-lo.

As mandíbulas fecharam-se ao redor de seu tronco. Hooper sentiu uma pressão terrível, como se suas entranhas estivessem sendo compactadas. Aplicou um soco no olho negro. O peixe apertou ainda mais a mordida, e a última coisa que Hooper viu antes de morrer foi o olho fixo nele em meio à névoa de seu próprio sangue.

"Ele pegou o Hooper!", gritou Brody. "Faça alguma coisa!"

"O homem tá morto", disse Quint.

"Como você sabe? Talvez a gente possa salvá-lo."

"Ele tá morto."

Com Hooper preso em sua boca, o peixe saiu da gaiola. Afundou alguns centímetros mastigando, engolindo as vísceras que estavam espremidas em sua goela. Depois estremeceu e deu um impulso com a cauda para a frente, subindo junto à sua presa para a superfície.

"Ele está subindo!", disse Brody.

"Pegue o rifle!" Quint posicionou a mão para atirar o arpão. O peixe surgiu a uns cinco metros do barco, como um jato d'água de um chafariz. O corpo de Hooper estava estendido, preso pela boca, cabeça e braços balançando de um lado; joelhos, panturrilhas e pés, do outro.

Nos poucos segundos em que o peixe ficou fora da água, Brody pensou ter visto através da máscara os olhos sem vida e estatelados de Hooper mirando-o. Parecendo cheio de desdém e triunfo, o peixe permaneceu suspenso por um instante, num desafio mortal de vingança.

Simultaneamente, Brody pegou o rifle e Quint o arpão. O alvo era imenso, uma enorme barriga branca, e a distância não era tão grande para se conseguir um tiro bem-sucedido acima d'água. Mas quando Quint arremessou o arpão, o peixe começou a deslizar para baixo d'água e o artefato foi para o alto.

Por mais uma vez, o peixe ficou na superfície, a cabeça fora d'água, e Hooper pendurado em sua boca. "Atira!", gritou Quint. "Pelo amor de Deus, atira!"

Brody atirou sem mirar. Os dois primeiros tiros atingiram a água em frente ao peixe. O terceiro, para horror de Brody, atingiu Hooper no pescoço.

"Me dá essa merda!", disse Quint, arrancando o rifle das mãos de Brody. Num movimento único e rápido, levantou o rifle na altura do ombro e deu dois tiros. Mas o peixe, encarando-o vagamente pela última vez, já tinha começado a deslizar para baixo da superfície. As balas bateram inofensivas onde a cabeça do peixe havia estado.

Parecia que o peixe nunca estivera ali. Não havia nenhum barulho, salvo o leve murmúrio de uma brisa. Vista da superfície, a gaiola parecia intacta. A água estava calma. A única diferença era que Hooper tinha ido embora.

"O que fazemos agora?", perguntou Brody. "O que, em nome de Deus, podemos fazer agora? Não sobrou nada. É melhor a gente ir também."

"A gente vai embora", disse Quint. "Por ora."

"Por ora? O que você quer dizer? Não tem nada que a gente possa fazer. Esse peixe é demais pra gente. Ele não é real, não é natural."

"Entregou as pontas, cara?"

"Entreguei. Tudo o que a gente pode fazer é esperar que Deus, ou a natureza, ou que merda é essa que está fazendo isso com a gente, decida que já tivemos o suficiente. Está fora do alcance das nossas mãos."

"Não das minhas", disse Quint. "Eu vou matar essa coisa."

"Não tenho certeza se posso conseguir mais dinheiro depois do que houve hoje."

"Guarde o seu dinheiro. Não é mais questão de dinheiro."

"O que você quer dizer?"

Brody olhou para Quint, que estava de pé na popa olhando para o ponto onde tinha estado a cabeça do peixe, como se esperasse que ela reaparecesse a qualquer momento apertando o cadáver despedaçado na boca. Ficou procurando no mar, seco por outro confronto.

Quint disse para Brody: "Vou matar esse peixe. Vem se quiser. Fica em casa se quiser. Mas eu vou matar esse peixe".

Enquanto Quint falava, Brody olhava dentro de seus olhos. Pareciam tão sombrios e sem fundo como os olhos do peixe.

"Eu venho", disse Brody. "Acho que não tenho escolha."

"Não", disse Quint. "A gente não tem escolha."

Ele tirou a faca da bainha e a entregou a Brody.

"Toma. Solta aquela gaiola e vamos sair daqui."

Depois de atracar o barco, Brody caminhou até o carro. No fim do cais havia uma cabine telefônica. Ele parou ao lado dela, pronto para pôr em prática sua resolução anterior de ligar para Daisy Wicker. Mas reprimiu o impulso e foi para o carro. "Pra quê?", pensou. "Se houve algo, agora acabou."

Mesmo assim, enquanto dirigia para Amity, Brody imaginava qual teria sido a reação de Ellen quando a Guarda Costeira ligou para ela informando sobre a morte de Hooper. Quint havia passado um rádio para a Guarda Costeira antes de os dois retornarem, e Brody havia pedido ao oficial de serviço para ligar para Ellen e dizer que ele, pelo menos, estava bem.

Quando Brody chegou em casa Ellen já tinha há muito tempo parado de chorar. Tinha chorado mecanicamente, ferozmente, lamentando nem tanto por Hooper, mas pela desesperança e amargura por mais outra morte. Estivera mais entristecida pelo desmoronamento de Larry Vaughan do que estava agora, pois Vaughan tinha sido um amigo querido e próximo. Hooper havia sido um "amante" no sentido mais raso da palavra. Ela não o havia *amado*. Ela o tinha usado, e apesar de ser grata pelo que ele lhe dera, não sentia nenhuma obrigação com relação a ele. Estava triste por ele estar morto, claro, da mesma forma que ficaria muito triste se soubesse que seu irmão, David, havia morrido. Em sua mente eram ambos agora relíquias de seu passado distante.

Ela ouviu o carro de Brody entrar na garagem e abriu a porta dos fundos. "Senhor Deus, ele parece acabado", pensou, ao vê-lo caminhar em direção à casa. Seus olhos estavam vermelhos e fundos, e ele parecia um pouco encurvado ao caminhar. Ela beijou-o na porta e disse: "Parece que você precisa de um drinque".

"Preciso." Ele foi até a sala e desabou numa poltrona.

"O que você quer?"

"Qualquer coisa. Desde que seja forte."

Ela foi à cozinha, encheu um copo com doses iguais de vodca e suco de laranja e levou até ele. Sentou-se no braço da poltrona em que ele estava e passou a mão em sua cabeça. Sorriu e disse: "Olha aqui a sua careca. Faz tanto tempo que eu não toco nela que já tinha esquecido onde ficava".

"Me surpreende ter sobrado algum cabelo. Meu Deus, nunca vou ser tão velho como estou me sentindo hoje."

"Aposto que não. Bom, agora acabou."

"Quem dera", disse Brody. "Queria mesmo que tivesse acabado."

"O que você quer dizer? Acabou, não acabou? Não tem mais nada que você possa fazer."

"Vamos voltar amanhã. Seis da manhã."

"Você está brincando."

"Queria estar."

"Por quê?" Ellen ficou chocada. "O que você acha que pode fazer?"

"Pegar o peixe. E matar ele."

"E você acredita nisso?"

"Não. Mas Quint acredita. Deus, como ele acredita nisso."

"Então deixa ele ir. Deixa ele ser morto."

"Não posso."

"Por que não?"

"É o meu trabalho."

"*Não* é seu trabalho!" Ela estava furiosa, e assustada, e lágrimas começaram a brotar de seus olhos.

Brody pensou por um momento e disse: "É, você está certa".

"Então *por quê?*"

"Não sei se posso te dizer. Não sei se eu sei."

"Você quer provar algo?"

"Talvez. Não sei. Eu não pensava assim antes. Depois que o Hooper foi morto, eu estava pronto para desistir."

"E o que te fez mudar de ideia?"

"Quint, eu acho."

"Quer dizer que você está deixando ele te dizer o que fazer?"

"Não. Ele não me disse nada. É um sentimento. Não posso explicar. Mas desistir não é a resposta. Não põe fim em nada."

"E por que um fim é tão importante?"

"Por razões diferentes, eu acho. Quint sente que se ele não matar o peixe, tudo em que ele acredita está errado."

"E você?"

Brody tentou sorrir.

"Eu... eu acho que sou apenas um tira que está ferrado."

"Para de brincadeira!", gritou Ellen, e lágrimas escorreram de seus olhos. "E eu e as crianças? Você quer morrer?"

"Não, por Deus não. É só que..."

"Você acha que tudo é culpa sua. Você acha que é o responsável."

"Responsável pelo quê?"

"Pelo garotinho e pelo velho. Você acha que se matar o tubarão tudo vai ficar bem novamente. Você quer vingança."

Brody suspirou. "Talvez eu ache. Não sei. Eu sinto... Eu acredito que o único jeito de essa cidade ficar viva de novo é se a gente matar essa coisa."

"E você quer morrer tentando..."

"Não seja boba! Eu não estou querendo morrer. Não estou querendo nem — pra seu governo — sair naquele maldito barco. Você acha que eu gosto de ficar lá? Eu me assusto tanto a cada minuto lá que eu tenho vontade de vomitar."

"Então *por que ir?*" Ela estava suplicando, implorando. "Você não pode pensar em ninguém além de você?"

Brody ficou chocado com a suposição de egoísmo. Nunca lhe ocorrera que estava sendo egoísta, alimentando uma necessidade pessoal de expiação.

"Eu te amo", ele disse. "Você sabe que... aconteça o que acontecer."

"Claro que você me ama", ela disse, amarga. "Ah, claro que você me ama."

Jantaram em silêncio. Quando terminaram, Ellen recolheu a louça, lavou-a e subiu. Brody caminhou pela sala de estar apagando as luzes. Quando alcançou o interruptor para desligar a luz do corredor, ouviu baterem na porta da frente. Ele abriu e viu Meadows.

"Ei, Harry", disse. "Entre."

"Não", disse Meadows. "É muito tarde. Só queria deixar isso."

Ele entregou um envelope de papel pardo a Brody.

"O que é isso?"

"Abra e veja. Falo com você amanhã."

Meadows virou-se e caminhou até a calçada onde seu carro estava estacionado com as luzes acesas e o motor ligado.

Brody fechou a porta e abriu o envelope. Dentro havia uma prova do editorial do dia seguinte do *Leader*. Nos dois primeiros editoriais havia um círculo em giz de cera vermelho. Brody leu:

UMA NOTA DE PESAR...

Nas últimas três semanas, Amity sofreu uma tragédia terrível após a outra. Seus cidadãos e amigos foram atingidos por uma ameaça selvagem que ninguém consegue deter, ninguém consegue explicar.

Ontem, mais uma vida humana foi ceifada bruscamente pelo Grande Tubarão-Branco. Matt Hooper, o jovem oceanógrafo de Woods Hole, foi morto ao tentar matar a besta com as próprias mãos.

As pessoas podem questionar a prudência na ousada tentativa do sr. Hooper. Mas chamando de bravura ou de imprudência, não há dúvida sobre o motivo que o levou a sua missão fatal. Tentava ajudar Amity, gastando seu próprio tempo e dinheiro num esforço de restaurar a paz para essa comunidade em desespero.

Ele foi um amigo que deu sua vida para que nós, seus amigos, pudéssemos viver.

...E UMA MENSAGEM DE AGRADECIMENTO

Desde que o nefasto tubarão chegou a Amity pela primeira vez, ele tem gastado cada minuto de seus dias tentando proteger seus caros cidadãos. Este homem é o chefe de polícia Martin Brody.

Após o primeiro ataque, chefe Brody quis informar ao público sobre o perigo e interditar as praias. Mas um coro de vozes menos prudentes, incluindo a do editor deste jornal, disse a ele que ele estava errado. Não leve os riscos tão a sério, dissemos, e ele desaparecerá. Nós é que estávamos errados.

Alguns em Amity demoraram a aprender a li-
ção. Quando, após repetidos ataques, chefe Brody insistiu em manter as praias fechadas, foi
caluniado e ameaçado. Alguns de seus críticos
mais ferozes eram homens motivados não pelo
espírito público, mas por ganância pessoal.
Chefe Brody persistiu, e, mais uma vez, provou
que estava certo.
Agora chefe Brody arrisca sua vida na mesma expedição que tirou a vida de Matt Hooper.
Todos nós devemos fazer nossas preces para que
retorne são e salvo... E nosso muito obrigado
por sua extraordinária firmeza e integridade.

Brody gritou: "*Muito obrigado*, Harry".

Por volta de meia-noite o vento começou a soprar forte do nor-
deste, uivando por entre as telas e logo trazendo uma forte chuva que se espalhou pelo chão do quarto. Brody levantou-se da
cama e fechou a janela. Tentou voltar a dormir, mas sua mente
recusava-se a descansar. Levantou-se de novo, vestiu o roupão
de banho, desceu até a sala de estar e ligou a televisão. Trocou de
canal até encontrar um filme — *Aqui Começa a Vida*, com Ginger
Rogers. Depois sentou-se numa poltrona e logo caiu num sono
leve e perturbado.
    Levantou-se às cinco da manhã com o chiado da TV fora do
ar, desligou o aparelho e prestou atenção no barulho do vento.
Tinha diminuído e parecia vir de outra parte, mas ainda trazia
chuva. Ficou em dúvida se deveria ou não chamar Quint, mas
pensou: "Não, não faz sentido: vamos mesmo que vire uma tor-
menta". Subiu e se vestiu em silêncio. Antes de deixar o quarto,
olhou para Ellen, que tinha a testa franzida enquanto dormia.
Cochichou em seu ouvido "Eu te amo muito, sabia?", e beijou sua
testa. Começou a descer as escadas e então, num impulso, foi dar
uma olhada nos quartos dos meninos. Estavam todos dormindo.

14

Quando chegou ao cais, Quint estava à sua espera — aquele tipo alto, indiferente, vestia um impermeável amarelo que brilhava sob o céu escuro. Estava afiando a ponta de um arpão numa pedra de amolar.

"Quase liguei para você", disse Brody, enquanto vestia sua capa de chuva. "O que significa esse tempo?"

"Nada", disse Quint. "Vai melhorar daqui a pouco. Ou, mesmo se não melhorar, não tem importância. Ele vai estar lá."

Brody olhou para as nuvens que se moviam com o vento. "O tempo está bem feio."

"Tá bem adequado", disse Quint, e subiu no barco. "Somos só nós dois?"

"Só nós. Espera mais alguém?"

"Não. Mas achei que você gostasse de um par de mãos extras."

"Você conhece esse peixe tão bem quanto qualquer homem, e mais mãos não vão fazer nenhuma diferença agora. Além disso, não é da conta de mais ninguém."

Brody deu um passo para alcançar o casco, e estava quase pulando para o tombadilho quando notou uma lona cobrindo algo num canto.

"O que é aquilo?", disse, apontando.

"Uma ovelha."

Quint ligou a chave. O motor deu uma tossida, pegou e começou a trabalhar calmamente.

"Pra quê?", Brody subiu no tombadilho. "Você vai fazer algum tipo de ritual de sacrifício?"

Quint deu uma gargalhada rápida e sinistra.

"Bem que podia", disse. "Não, é uma isca. Vamos servir um pequeno café da manhã antes de pegar ele. Agora desatraca a popa do cais pra mim."

Quint seguiu até a frente e retirou as cordas da proa e do meio do barco.

Quando Brody pegou a corda da popa, ouviu o motor de um carro. Dois faróis surgiram na estrada e ouviu-se o barulho de pneus quando o carro freou na entrada do píer. Um homem pulou do carro e correu em direção ao *Orca*. Era o repórter do *Times*, Bill Whitman.

"Quase perdi vocês", disse, ofegante.

"O que você quer?", disse Brody.

"Quero ir junto. Ou, melhor, me mandaram ir junto."

"Que droga", disse Quint. "Não sei quem é você, mas não vem ninguém mais aqui. Brody, desamarra a corda da popa."

"Por que não?", disse Whitman. "Não vou atrapalhar. Talvez eu possa ajudar. Olha, cara, isso é notícia. Se você vai pegar aquele peixe, eu quero estar lá."

"Vai se foder", disse Quint.

"Vou alugar um barco e seguir vocês."

Quint riu.

"Vá em frente. Vê se consegue encontrar alguém estúpido o suficiente pra te levar. Depois tenta encontrar a gente. O oceano é imenso. Joga a corda, Brody!"

Brody jogou a corda da popa no chão do cais. Quint acelerou o barco para a frente e o barco saiu da marina. Brody olhou para trás e viu Whitman caminhando pelo píer em direção ao carro.

O mar em Montauk estava agitado, pois o vento — que agora vinha do sudeste — estava contra a maré. O barco seguiu balançando pelo mar, a proa furava as ondas formando uma cortina de espuma. A ovelha morta quicava na popa.

Quando chegaram em mar aberto, no sentido sudoeste, o deslocamento deles ficou mais calmo. A chuva tinha virado uma leve garoa e pouco a pouco as ondas iam ficando menores e perdendo as cristas brancas.

Estavam a cerca de quinze minutos de distância do cabo quando Quint desacelerou o barco e o motor diminuiu a intensidade.

Brody olhou em direção à praia. Na claridade da manhã, podia ver a caixa d'água com clareza — um ponto preto elevando-se da faixa cinza de terra. A luz do farol ainda brilhava.

"A gente não está tão distante quanto costumava ir", disse.

"Não."

"A gente não deve estar a mais de três quilômetros e meio da costa."

"Mais ou menos."

"Então por que está parando?"

"Tive um pressentimento."

Quint apontou para a esquerda onde havia um monte de luzes na praia mais adiante.

"Amity está lá."

"E daí?"

"Não creio que ele vá estar muito longe hoje. Acho que ele vai estar em algum lugar entre aqui e Amity."

"Por quê?"

"Como eu disse, é um pressentimento. Nem sempre tem um por quê pra essas coisas."

"Por dois dias seguidos a gente encontrou ele mais longe."

"Ou ele encontrou a gente."

"Não estou entendendo, Quint. Pra um homem que diz que não existe algo como um peixe inteligente, você tá transformando esse num gênio."

"Nem tanto."

Brody irritou-se com o tom dissimulado e misterioso de Quint.

"Que tipo de jogo é esse?"

"Jogo nenhum. Se eu estiver errado, tô errado."

"E a gente tenta algo diferente amanhã."

Brody meio que desejou que Quint estivesse errado, que a caçada fosse adiada por mais um dia.

"Ou hoje mais tarde. Mas não acho que a gente vai ter de esperar muito tempo."

Quint desligou o motor, foi até a popa e levantou um balde de vísceras sobre a amurada.

"Comece a jogar no mar", disse, entregando a Brody o balde. Retirou a lona que cobria a ovelha, amarrou uma corda em torno do pescoço dela e a colocou na amurada. Abriu seu estômago e atirou o animal ao mar, deixando-o boiando a seis metros do barco antes de amarrar a corda a um gancho na popa do barco. Depois seguiu para a frente do barco, desamarrou dois barris e os trouxe junto aos seus rolos de cordas com os arpões para a popa. Posicionou cada barril de um lado da amurada, cada qual junto ao seu respectivo rolo de corda, e enfiou um arpão no cabo de lançamento de madeira.

"Ok", disse. "Agora vamos ver quanto tempo demora."

O céu havia clareado por completo, a luz do dia era cinzenta e as luzes na praia foram se apagando.

O mau cheiro das vísceras que Brody jogava ao mar embrulhou seu estômago, ele lamentou não ter comido alguma coisa — qualquer coisa — antes de sair de casa.

Quint sentou-se na ponte de comando e ficou observando a cadência do mar.

As nádegas de Brody estavam doloridas de sentar na beira do casco duro, e seu braço estava ficando cansado de tanto pegar as vísceras e jogá-las ao mar. Ele se levantou, esticou-se, e, olhando para a popa, tentou segurar a pá de um jeito diferente.

De repente ele viu a cabeça monstruosa do peixe — a menos de um metro e meio de distância, tão perto que ele podia alcançá-la e tocá-la com a pá — os olhos negros encarando-o, o focinho prata-acinzentado apontando em sua direção, a mandíbula torta sorrindo para ele.

"Oh, Deus!", Brody gritou, imaginando, chocado, o tempo em que o peixe estivera ali antes de ele ter se levantado e se virado.

"Ali está ele!"

Quint desceu a escada e chegou à popa numa fração de segundos. Quando ele chegou à amurada, a cabeça do peixe entrou de volta para dentro d'água e, um segundo depois, bateu com força no casco. Os dentes morderam a madeira e a cabeça sacudiu violentamente de um lado para o outro. Brody agarrou um gancho e se segurou nele, incapaz de tirar os olhos dos do tubarão. O barco tremia e chacoalhava a cada vez que o peixe movia a cabeça. Quint escorregou e caiu de joelhos na amurada. O peixe soltou o barco e afundou, deixando o barco novamente parado.

"Ele estava esperando pela gente!", gritou Brody.

"Eu sei", disse Quint.

"Como ele..."

"Não importa", disse Quint. "A gente pegou ele agora."

"*A gente* pegou *ele*? Você viu o que ele fez com o barco?"

"Deu uma boa sacudida, não deu?"

A corda que segurava a ovelha esticou, sacudiu por um momento, depois afrouxou.

Quint ficou de pé e pegou o arpão.

"Ele pegou a ovelha. Vai demorar um minuto até ele voltar."

"Como ele não pegou primeiro a ovelha?"

"Ele não tem educação", Quint gritou, debochado. "Vem cá, seu filho da puta. Vem que o que é seu tá guardado."

Brody viu febre no rosto de Quint — um calor que iluminou seus olhos escuros, uma intensidade que levantou seus lábios pondo os dentes à mostra num sorriso torto, uma expectativa que retorcia os nervos de seu pescoço e deixava brancos os nós dos dedos.

O barco estremeceu de novo e foi atingido por um baque oco e sombrio.

"O que ele tá fazendo?", disse Brody.

Quint inclinou-se na beira da amurada e gritou: "Aparece aqui, seu filho da puta! Tá com medo? Você não vai afundar a gente antes de eu te pegar!"

"O que você quer dizer com afundar a gente?", disse Brody. "O que ele está fazendo?"

"Tá tentando abrir com os dentes um buraco no fundo da porra do barco, é o que ele tá fazendo! Dá uma olhada no porão. Vem cá, seu desgraçado dos infernos!"

Quint levantou o arpão.

Brody ajoelhou-se e levantou a tampa que cobria a sala de máquinas. Deu uma olhada no buraco escuro e oleoso. Havia água no porão, mas sempre tinha, e não viu nenhum buraco novo por onde a água poderia brotar.

"Pra mim parece que está tudo bem", disse. "Graças a Deus."

A barbatana dorsal e a cauda apareceram na superfície dez metros à direita da popa e começaram a mover-se novamente em direção ao barco.

"Lá vem você", disse Quint, falando manso. "Lá vem você."

Ele se levantou, as pernas separadas, a mão esquerda no quadril, a mão direita esticada para o céu segurando o arpão.

Quando o peixe estava a alguns centímetros do barco, indo em direção a ele, Quint atirou o arpão.

O arpão atingiu o peixe na frente da barbatana dorsal. Ele então colidiu com o barco, golpeando de lado a popa e desequilibrando Quint, jogando-o de costas no chão. Ele bateu com a cabeça no suporte dos pés da cadeira de combate e o sangue começou a escorrer por seu pescoço. Ficou em pé num pulo e gritou: "Te peguei! Te peguei, seu desgraçado!"

A corda amarrada ao arpão serpenteou pela amurada até a água enquanto o peixe afundava, e quando ela chegou ao fim, puxou o barril, que pulou da popa para o mar e sumiu.

"Ele levou o barril com ele!", disse Brody.

"Não por muito tempo", disse Quint. "Ele vai voltar, e a gente vai atirar outro arpão nele, e outro, e outro, até ele desistir. E aí ele é nosso!"

Quint inclinou-se na amurada, observando a água.

A confiança de Quint era contagiante, e Brody agora sentia-se agitado, satisfeito, leve. Era um tipo de liberdade, uma liberdade da névoa da morte.[1] "Que maravilha!", gritou Quint. Então Brody notou o sangue escorrendo do pescoço de Quint, e disse: "Sua cabeça está sangrando".

"Pega outro barril", disse Quint. "Traz ele aqui. E não embaraça a corda. Quero que ele deslize como manteiga."

Brody correu para a proa, soltou um barril, passou a corda enrolada pelo braço e carregou tudo até Quint.

"Lá vem ele", disse Quint, apontando para a esquerda. O barril veio para a superfície e boiou na água. Quint puxou a corda que estava amarrada ao cabo de madeira e trouxe-a a bordo. Fixou o cabo no novo dardo e levantou o arpão acima de sua cabeça. "Ele está vindo!"

O peixe apareceu na água a alguns metros do barco. Como um foguete decolando, o focinho, mandíbula e barbatanas peitorais elevaram-se na água em linha reta. Em seguida surgiram a barriga branca-acinzentada, a barbatana pélvica e a gigantesca genitália.

"Tô vendo seu pau, seu canalha!", gritou Quint, e atirou um segundo arpão, inclinando o ombro e as costas em posição de

---

1   Segundo a mitologia grega, é o mito da Noite Eterna,
  Achlys, que cai sobre os olhos e precede a morte.

arremesso. O arpão atingiu o peixe na barriga quando o gigantesco corpo começava a cair para a frente. A barriga bateu na água num estouro ensurdecedor, jogando sobre o barco um potente e ofuscante jato de água.

"Ele já era!", disse Quint, quando a segunda corda se desenrolou e caiu no mar.

O barco balançou uma vez, e de novo, e ouviu-se um som distante de algo sendo esmigalhado.

"Vai me atacar?", gritou Quint. "Daqui você não leva mais ninguém, seu convencido de merda!"

Quint correu para a frente e ligou o motor. Empurrou o acelerador para a frente e o barco se moveu para longe dos barris que boiavam no mar.

"Ele danificou alguma coisa?", disse Brody.

"Acho que sim. A popa está um pouco pesada. Ele provavelmente abriu um buraco na gente. Mas não precisa se preocupar. A gente bombeia a água pra fora do barco."

"Então é isso", Brody disse, feliz.

"Isso o quê?"

"O peixe está mortinho da silva."

"Ainda não. Dá uma olhada."

Acompanhando o barco vinham os dois barris de madeira vermelha. Eles não balançavam. Puxados pela grande força do peixe, cada qual rasgava a água, empurrando as ondas à frente e deixando um rastro para trás.

"Ele está perseguindo a gente?", perguntou Brody.

Quint fez que sim.

"Por quê? Ele não pode ainda estar achando que nós somos comida."

"Não. Ele quer briga."

Pela primeira vez Brody viu a testa de Quint franzir de inquietação. Não era medo, nem pânico, mas um olhar de apreensão — como se, num jogo, as regras tivessem sido mudadas sem aviso, ou o risco tivesse aumentado. Vendo a mudança no humor de Quint, Brody ficou com medo.

"Você já viu um peixe fazer isso antes?", perguntou.

"Desse jeito, não. Eles já atacaram o barco, como eu te disse. Mas na maioria das vezes, uma vez que você enfia o arpão neles,

eles param de lutar com você e lutam contra a coisa que tá enfiada neles."

Brody olhou para a popa. O barco movia-se em velocidade moderada, virando aqui e ali, obedecendo aos movimentos ocasionais que Quint fazia com o timão. Os barris seguindo sempre seus movimentos, ao lado deles.

"Foda-se", disse Quint. "Se é luta que ele quer, é luta que ele vai ter."

Ele desacelerou o motor até o barco parar, pulou da ponte de comando e foi até a amurada. Pegou o arpão. A excitação tinha voltado ao seu rosto.

"Ok, seu imbecil de merda!", gritou. "Vem me pegar!"

Os barris continuaram vindo, varrendo a água — distantes trinta metros, depois vinte e cinco, depois vinte. Brody viu a faixa cinzenta passar a estibordo do barco, a cerca de dois metros abaixo da superfície.

"Ele está aqui!", gritou. "Indo pra frente."

"Merda!", disse Quint, maldizendo seu erro de cálculo com relação ao comprimento das cordas.

Separou a ponta do arpão do cabo, arrancou a corda que segurava o cabo a um gancho, pulou da amurada e correu para a frente do barco. Quando alcançou a proa, abaixou-se e amarrou a corda do cabo a um gancho de proa, soltou um barril e colocou seu dardo no cabo. Ficou de pé no extremo da proa com o arpão elevado em posição de lançamento.

O peixe já havia passado fora de seu alcance. A cauda surgiu na superfície a cerca de seis metros à frente ao barco. Os dois barris bateram na popa quase ao mesmo tempo. Balançaram uma vez, rolando junto à popa, um de cada lado, até finalmente deslizarem na água pelas laterais do barco.

A uns trinta metros à frente do barco, o peixe virou-se. A cabeça levantou-se da água, depois afundou novamente. A cauda, levantada como uma vela, começou a se mover com violência para a frente e para trás.

"Aí vem ele!", disse Quint.

Brody subiu correndo a escada para a ponte de comando. Assim que chegou lá, viu Quint esticar o braço direito para trás e ficar na ponta dos pés.

O peixe bateu com a cabeça na proa do barco, o barulho que fez era o de uma explosão silenciosa. Quint arremessou o arpão. Ele atingiu o peixe no alto da cabeça, acima do olho direito, e ficou ali preso. A corda foi se desenrolando e caindo no mar lentamente à medida que o peixe se afastava.

"Perfeito!", disse Quint. "Agora acertei ele na cabeça."

Agora havia três barris deslizando pela superfície da água. Depois desapareceram.

"Maldição!", disse Quint. "Um peixe normal não vai pro fundo com três arpões espetados no corpo e três barris pra segurar ele aqui em cima."

O barco tremeu, parecendo se elevar, depois tombou de volta. Os barris surgiram, dois de um lado do barco, um do outro. Depois submergiram novamente. Alguns segundos depois reapareceram a uns vinte metros do barco.

"Vai lá embaixo", disse Quint, enquanto preparava outro arpão. "Vai ver se aquele filho da puta avariou a proa."

Brody desceu até a cabine. Estava seca. Afastou o tapete surrado, viu um alçapão e abriu-o. Um jato d'água estava inundando a proa por debaixo do chão da cabine. "Estamos afundando", falou para si, e as memórias dos pesadelos da infância vieram logo à sua mente. Subiu e disse a Quint: "Não está nada bom. Tem muita água debaixo do chão da cabine".

"É melhor eu dar uma olhada. Aqui." Quint entregou o arpão a Brody. "Se ele voltar enquanto eu estiver lá embaixo, enfia isso nele por via das dúvidas."

Ele foi para a popa e desceu.

Brody ficou de pé na ponta da proa segurando o arpão e olhando para os barris que flutuavam. Estavam praticamente parados na água, remexendo-se de vez em quando à medida que o peixe se movia abaixo. "Como é que você morre?", Brody perguntou para o peixe em silêncio. Ouviu um motor elétrico começar a funcionar.

"Sem crise", disse Quint, vindo para a frente. Pegou o arpão de Brody.

"Ele pegou a gente de jeito, tudo bem, mas as bombas devem resolver o problema. A gente vai conseguir rebocar ele."

Brody secou as palmas das mãos nas costas das calças. "Você vai mesmo rebocar ele?"

"Vou. Quando ele morrer."

"E quando isso vai acontecer?"

"Quando ele estiver pronto."

"E até lá?"

"A gente espera."

Brody olhou para seu relógio. Eram oito e meia.

Esperaram por três horas, rastreando os barris à medida que eles se moviam, cada vez mais devagar, num trajeto ao acaso pela superfície do mar. No início desapareciam a cada dez, quinze minutos, reaparecendo a algumas dezenas de metros adiante. Depois seus mergulhos foram rareando mais até que, por volta das onze da manhã não afundaram por quase uma hora. Por volta de onze e meia os barris estavam boiando na água. A chuva tinha parado e o vento tinha diminuído para uma brisa amena. O céu estava completamente cinza.

"O que você acha?", perguntou Brody. "Ele está morto?"

"Duvido. Mas deve estar quase, pronto pra gente passar uma corda no rabo dele e puxar ele até ele se afogar."

Quint pegou um rolo de corda de um dos barris na proa. Amarrou uma ponta a um gancho na popa e na outra ponta deu um laço.

Na base do mastro havia um guincho elétrico. Quint ligou-o para se certificar de que estava funcionando, depois o desligou. Ligou o motor do barco e o moveu em direção aos barris. Conduziu o barco devagar, com cautela, preparado para ir em outra direção caso o peixe atacasse. Mas os barris continuaram parados.

Quint pôs o motor em ponto morto quando chegou ao lado dos barris. Usando um arpão em forma de gancho, esticou o braço para fora do barco e puxou a corda de um dos barris, trazendo-o para dentro do barco. Tentou desamarrar a corda do barril, mas o nó estava molhado e apertado. Então ele pegou a faca da bainha do cinto e a cortou. Fincou a faca na amurada, liberando a mão esquerda para segurar a corda e a direita para jogar o barril para o tombadilho.

Ele subiu na amurada, passou a corda por uma roldana no alto do mastro e a desceu até o guincho. Enrolou a corda algumas vezes em torno do guincho e apertou o botão, pondo-o em funcionamento. Assim que a corda ficou firme o barco foi se inclinando consideravelmente para estibordo, puxado para baixo pelo peso do peixe.

"Esse guincho vai aguentar?", disse Brody.

"Parece que sim. Não conseguiria nunca tirar ele da água, mas eu aposto que consegue trazer ele até a gente." O guincho girava devagar, gemendo, dando uma volta completa a cada três ou quatro segundos. A corda, retesada, espalhava pingos d'água por toda a camisa de Quint.

De repente a corda começou a vir muito rápido e ficou presa no guincho, completamente embolada. O barco deu um estalo e aprumou-se.

"A corda rompeu?", disse Brody.

"Porra, não!", Quint gritou, e agora Brody via medo em seu rosto. "O filho da puta tá vindo aqui pra cima!"

Ele correu para os controles e acelerou o motor, levando o barco para a frente. Mas era tarde demais.

O peixe emergiu bem ao lado do barco, com um ronco estrondoso. Subiu verticalmente, e num instante de horror Brody quase perdeu o fôlego ao ver o tamanho do corpo do animal. Ao elevar-se acima do barco ele impediu a passagem da luz. As barbatanas peitorais pairavam como asas, rígidas e retas, e quando o peixe caiu para a frente pareciam ir para cima de Brody.

O peixe estatelou-se sobre a popa do barco espatifando-a e levando o barco para debaixo das ondas. A água inundou a amurada. Em segundos, Quint e Brody estavam com água na altura dos quadris.

O peixe ficou ali, deitado, a mandíbula a menos de um metro do peito de Brody. O corpo contraído, e no olho negro, do tamanho de uma bola de beisebol, Brody pensou ter visto sua própria imagem refletida.

"Maldita seja sua alma negra!", berrou Quint. "Você afundou meu barco!"

Um barril flutuou para dentro da cabine, a corda se revolvendo como uma serpente. Quint agarrou o dardo do arpão que estava na ponta da corda e, com a própria mão, afundou-o na barriga branca e macia do peixe. O sangue brotou do ferimento e banhou suas mãos.

O barco estava afundando. A popa estava completamente submersa e a proa começava a se elevar.

O peixe rolou da popa e deslizou para debaixo das ondas. A corda, amarrada ao arpão que Quint havia enfiado no peixe, foi atrás. De repente, Quint desequilibrou-se e caiu de costas na água. "A faca!", gritou, levantando a perna esquerda acima da superfície, e Brody viu a corda enrolada ao redor do pé de Quint. Brody olhou para a amurada de estibordo. A faca estava lá, enfiada na madeira. Ele disparou até ela, soltou-a e voltou, num esforço enorme para correr em meio à água cada vez mais e mais profunda. Não conseguiu mover-se rápido o suficiente. Viu, aterrorizado e sem nada poder fazer, Quint tentando alcançá-lo em desespero com as pontas dos dedos, os olhos arregalados e suplicantes, sendo puxado lentamente para dentro da água escura.

Por um momento fez-se silêncio, exceto pelo som do barco sugando a água e afundando lentamente. Brody estava com água na altura dos ombros e agarrou-se desesperadamente ao mastro. Uma almofada de flutuação surgiu ao seu lado, e Brody a agarrou. ("Elas podem mantê-lo boiando", Brody lembrou-se de ouvir Hendricks dizer, "se você for um menino de 8 anos.")

Brody viu a cauda e a barbatana dorsal do tubarão aparecerem na superfície a uns vinte metros de distância. A cauda abanou uma vez para a direita, outra para a esquerda, e a barbatana dorsal moveu-se para mais perto. "Vá embora, seu desgraçado!", berrou Brody.

O peixe continuou vindo, quase sem se mover, chegando bem perto dele. Os barris e o emaranhado de cordas seguiam atrás.

O mastro afundou por completo e Brody o soltou. Tentou nadar até a proa do barco, que agora estava quase totalmente na vertical. Antes que pudesse alcançá-la, a proa subiu ainda mais, e então, rápida e silenciosamente, deslizou para debaixo da superfície.

Brody agarrou-se à almofada e descobriu que segurando-a com os braços sobre ela e batendo os pés com frequência conseguia flutuar sem se cansar.

O peixe chegou mais perto. Ficou muito perto dele, e Brody pôde ver seu focinho em forma de cone. Gritou, num brado de desespero catártico, e fechou os olhos, à espera de uma agonia que não podia sequer imaginar.

Nada aconteceu. Ele abriu os olhos. O peixe estava quase tocando-o, distante dele uns cinquenta, sessenta centímetros, mas parou. Então Brody assistiu o corpo cinza-chumbo começar a naufragar no escuro. Parecia dissolver-se, uma visão a se apagar naquele abismo.

Brody pôs o rosto dentro d'água e abriu os olhos. Viu, em meio à penumbra da água salgada que lhe ardia os olhos, o peixe submergir numa espiral lenta e graciosa, arrastando atrás dele o corpo de Quint — braços estendidos para os lados, cabeça virada para trás, a boca aberta num protesto mudo.

O peixe sumiu de vista. Porém, sem poder afundar por completo por conta dos barris que estavam presos a ele e se mantinham à tona, parou em algum lugar além do alcance da luz, com o corpo de Quint parado, suspenso acima dele, uma sombra rodopiando lentamente na penumbra.

Brody ficou observando até que seus pulmões doeram pedindo ar. Levantou a cabeça, limpou os olhos e enxergou na distância o ponto preto da caixa d'água. Então começou a bater os pés em direção à costa.

Peter Benchley

PETER BENCHLEY (1940-2006) pertence a uma das famílias literárias mais celebradas dos EUA. Seu avô foi o humorista Robert Benchley e seu pai, o romancista Nathaniel Benchley. Jornalista de sucesso, estreou na ficção com *Tubarão* (1974) e, com Carl Gottlieb, escreveu o roteiro da adaptação para os cinemas, sucesso instantâneo. Seu interesse pelos oceanos – presente em todos os seus romances – data da infância, quando frequentava as praias da Costa Leste durante o verão. Escreveu dezenas de romances, muitos deles best-sellers, incluindo *The Deep, Island, The Beast* e *Shark Trouble*. Ao anunciar sua morte, em 2006, o obituário do *New York Times* informava que *Tubarão* já havia superado a marca de 20 milhões de exemplares vendidos.

"Para mim os tubarões significavam o desconhecido e o misterioso, de um perigo invisível e de uma ferocidade irracional."

PETER BENCHLEY NO VERÃO DE 1964

O *TUBARÃO* RETORNOU EM 2021

DARKSIDEBOOKS.COM